KB080759

아름다움에 허기지다

아름다움에
허기지다

박형준 산문집

창비

"표현이 사람을 놀라게 하지 못하면 죽어도 그만둘 수 없다 (語不驚人死不休)"고 한 두보(杜甫)의 시 구절은 시인들의 작시 (作詩) 태도가 어떠해야 하는지 잘 말해준다. 그런데 우리가 기억하는 두보의 많은 시가 개성적인 수사에만 골몰했던 것은 아니다. 불문학을 전공한 어느 선생님에게 '제니'(génie)라는 단어에 대해 들은 적이 있다. 보통 천재성이라고 옮기는데 그것보다 더 많은 뉘앙스를 함축하고 있다고 한다. 불문학에 문외한이니 잘은 모르지만 어쩐지 후자가 더 삶의 깊이에 대해 생각하게 만든다. 분명 시에는 천재성만으로는 안되는 또 하나의 측면이 있다. 언제나 최상의 이미지에 도달하려는 찰나 실패하고 마는 것이 시인의 운명이다. 완벽한 연금술적 상태에 도달하려는 순간 자기 삶의 평범성이 한자락 묻히고 마는 잡티 섞인 보석과 같은 것, 그게 시이다. 나는 그래서 시인들의 시를 들여다보며 거꾸로 아직 가공되지 않은 삶을 만난다. 좋은 시는 개성적인 표현 밑에 정말로 무궁무진하게(!) 시인의 비애를 감춘다. 한편의 시에서 텍스트로 완성되기 이전의, 오히려 충만한 '시적인 상태'와 만났을 때 나는 행복을 느낀다. 신기(新奇)를 쫓으려 한, 아무리 놀라운 표현으로 감추려 해도 그 속에서 슬며시 흘러나오는 시인의 눈물. 시인은 제 자신의 작고 사소한 감정으로 세계를 앓으려 한 존재이다.

이 책을 묶으면서 나는 우리 시대 시인들의 농업(農業)을 통해 그들의 내면을 파악하고자 했다. 특히 관심을 둔 것은 한줄의 독창적인 시 구절 밑에 숨겨진 내면풍경이다. 시인들의 비범함이나 천재성에 다가가기 위해 씌어진 글이라기보다는 그들의 내면이 지닌 '세상과 동떨어질 수 없는 평범성'에 대한 나름의 사유라고 보면 된다. 제1부는 소소한 내 이력에서 나온 소박한 산문과 시에서 느낀 이야기에 해당하는 것들이고, 제2부는 시인론으로도 볼 수 있는 인터뷰를, 제3부는 시집 발문이나 시 해설을, 제4부는 2005년 『창작과비평』에 '계간평' 형식으로 1년간 연재한 글을 실었다. 내가 꿈꾼 것은 나 자신에 대한 것은 물론이고 여기에 언급된 시인들의 시를 만지고 더듬어서 시로 씌어지기 직전의 '시적인 상태'를 다시금 경험해보는 것이었다. 그래서 비평형식으로 씌어진 글에서도 냉정한 논리나 객관성보다는 감정의 빛깔을 잃지 않도록 산문성을 살리고자 했다. 나는 시를 읽은 것이 아니라 여행했다. 이 책은 그 과정에서 시에 대한 열망이 빚어낸 내면일기이다.

시인은 아무것도 아니면서 모든 것을 말한다. 너무나 사소한 존재여서 세상에 난무하는 온갖 말 속에서 그들의 말은 거의 들리지 않는다. 그런데 오히려 들리지 않음, 이 들끓는 침묵에의 헌신이 세상의 소란을 가라앉힌다. 나는 이러한 시인을 아버지에게서 보았다. 그래서 이 책은 또한 내 주변의 사소한 이야기에 해당한다. 가족, 특히 아버지에 대한 회상은 많은 부분 시에 대한 성찰이기도 하다.

유년시절 아버지가 내게 만들어준 밀가루떡. 이스트만 넣고 부풀린 떡에서는 술냄새 비슷한 것만 나고 아무 맛도 없었다. 점심 무렵 동구의 밭에서 일하다 돌아온 아버지는 부엌에서 달그락대다 숭숭 구멍 뚫린 떡을 쟁반에 얹어 방바닥에 엎드려 공부를 하는 내 옆에 슬쩍 밀어놓곤 나가셨다. 어떨 때는 머리맡에 떡을 놓아두고 나는 잠이 들곤 하였다. 고요한 대낮, 천장에서는 쥐가 달그락대는 소리. 아버지는 참 말씀이 없으셨다. 마당에 낙엽이 내리면 낙엽을 쓸고, 새벽에 일어나시면 서둘러 밥을 먹고 밭에 나가 낙엽 같은 채소를 길렀다. 아버지가 기른 채소는 식구들이 배불리 먹을 수도 돈이 될 수도 자식들을 가르칠 수도 없는, 그저 아버지의 삶이 충실했음을 보여주는 당신만의 증거였다. 아버지는 내게 그 맛없는 떡 한조각을 남겨주고 세상을 뜨셨다. 유년시절 머리맡에 놓여 있던 그 밀가루떡. 그때 맛이 없다고 먹지 않았던 무미한 떡 한조각이 시(詩)라는 생각이 든다. 낙엽 같지만 헛되고 아름다웠던 아버지의 노동. 그 빈궁은 너무나 절실해서 말이 되지 못하고, 그 침묵의 안쪽에 들끓는 가족애는 어린 막내 옆에 가만히 놓아둔 밀가루떡이 되었다. 앞으로 맛없는 시를 세상 한편에 부끄럽게 놓아두고 싶다. 시는 그런 '별식(別食)'이다.

이번 책이 이만큼이라도 될 수 있었던 것은 선후배, 동료 시인들, 그리고 안팎의 불황에도 부족한 글을 책으로 묶어준 창비 식구들 덕분이다. 특히 여러 차례 조언을 해준 편집부 박신규씨의 배려가 고맙다.

2007년 1월
박형준

차 례

제1부

우주적으로 쓸쓸하다

자식의 발자국을 되밟아가는 어머니처럼

  시인이 되지 않았으면 공원(工員)이 되었을 것이다. 어린 촌놈이 도시로 올라온 것은 출세를 위해서였겠으나, 성장하면서 나는 남들보다 그다지 뛰어난 데가 없다는 것을 깨닫게 되었다. 내가 도시라 부른 곳은 인천이다. 그것도 『괭이부리말 아이들』 때문에 주목을 받은 바로 그 동네가 내가 처음 바라본 도시였다. 그곳에서 나는 십수년을 살았다. 인근이 거의 공장지대인 변두리 동네에는 거무튀튀한 화물기차가 어김없이 하루에 두 번 지나갔고, 여름에는 공장 담벼락을 따라 장미꽃길이 부두까지 이어져 있었다. 한번은 사람들이 다니지 않아 잡풀이 무릎까지 올라오는 기찻길 옆 공장 담벼락의 붉은 장미를 따라 부두까지 걸어간 적도 있었다. 마치 공원들의 피를 먹은 듯 붉은 장미길의 끝에서 만난 바다는 공장의 먼지가 뒤섞여 푸르지도 않아서 서러웠다.

사람들은 그곳을 수문통이라고 불렀다. 일요일마다 빠짐없이 다녔던 중앙교회와 드센 아이들로 넘쳐나는 송현초등학교 사이에는 지붕을 얹은 수문통시장이 동인천 쪽을 향해 뻗어 있었다. 15분만 걸어가면 나오는 동인천 번화가보다는 15분을 더 걸어가지 못하고 번번이 주저앉고 만 수문통시장이 내게는 도시의 원체험이 되었다. 하굣길에 시장으로 들어가면 어두컴컴한 소금창고 속 같은 목조건물의 틈바귀로 저녁햇살이 쏟아져들어왔다. 시장 사람들은 따로 화장실이 있는 것도 아니어서 바닥의 목재를 뜯어 볼일을 봤다. 목재를 들어올리면 화장실이었고 닫으면 시장바닥이었다. 그 밑으로 바닷물이 흘러갔다. 언젠가는 내 또래쯤 되는 갈래머리 소녀가 시장바닥을 열고 흰 엉덩이를 드러낸 채 바다를 향해 오줌 누는 것을 바라본 적도 있었다. 소녀의 흰 엉덩이와 낡은 목조건물 틈으로 쏟아져들어오는 저녁햇살과 막 사춘기가 시작되던 내 나이의 서글픈 어울림. 그곳에서 바다는 바닥일 뿐이었고, 푸른색의 갈망을 잊어버린 낡은 생의 쓰라린 뒤척임일 뿐이었다.

동인천 반대쪽, 수문통시장이 시작되는 곳에는 갯벌이 썩어가고 있었다. 변두리 사람들의 싸움과 악다구니들이 뭉쳐 온갖 악취를 뿜어내고 있었지만, 그곳에는 시골에서처럼 둑방이 있었고 풀이 있었고 벌레들의 울음소리가 있었다. 나는 거기에 앉아 부러진 돛을 뻘에 처박은 채 무너져가는 배들을 바라보았다. 누가 무엇 때문에 배들을 수문통에 정박해놓았는지는 알 수 없었다. 고기를 잡을 수도, 항해를 할 수도 없는 배들이 어린 내게는 미래의 삶에 대한 은유처럼 보였고, 아무런 지향점도 없이 뻘에 처박힌 형상은 앞으로 풀어나가야 할 인생의 비밀처럼 느껴졌다. 그런 배들도 백중사리 때면 어김없이 물위로 떠올랐다. 아침이면 부엌의 수챗구멍 속에서 바닷물이 역류해들어왔고 방 안까지 물고기떼가 튀어오를 지경이었다.

부엌에서 바닷물을 정신없이 퍼내다보면, 단칸방에 살던 형과 누나와 나는 서해 섬으로 고춧가루 팔러 떠난 엄마 생각이 났다. 엄마의 발자국이 저 바닷물을 따라 우리가 잠든 사이, 새벽에 찾아오는 것은 아닐까. 그것은 어린 나만의 생각인지도 몰랐으나, 그만큼 고향이 그리웠다. 가난한 옴팡집 초가지붕 사이로 들어오는 별빛들과 벽에 똥칠하던 할머니. 아, 내 할머니, 둘이서 어느 환한 날에 부엌에 앉아 시루 통째로 쪄 콩나물을 서로의 입에 넣어주던 연인. 아버지 형제들 때문에 모든 재산을 잃고 천신만고 끝에 어머니가 간신히 장만한 동구밭에 식구들이 일을 나가면, 나는 모든 기억을 잊어가며 절구통처럼 쪼그라들어가던 할머니의 품속에서 그렇게 성장을 멈추었다. 도시, 수문통은 성장을 멈춘 내게는 통증이었고 두려움이었고 조로(早老)하고 싶은 아득한 바닥이었다.

그런 바닥에 백중사리 때 비까지 내리면, 수문통 사람들은 소풍날처럼 바빠졌다. 형과 누나와 내가 차오르는 바닷물을 연신 퍼내다보면, 어느새 바닷물이 수챗구멍으로 빠져나가며 꾸르륵대는 소리가 식탐에 빠진 노인이 배불리 식사한 뒤 내는 트림소리처럼 들렸다. 무릎까지 올라오는 바닷물을 헤치고 등교길에 나서면 동네 아이들은 모두 신이 나 소리를 질러댔다. 초등학교 교실에도 물고기가 학생들과 함께 수업을 받았다. 또 인천 시내에 있는 축구공과 배구공은 죄다 수문통에 모여들었다. 애들이 놀다가 마당에 놓아둔 공들이 빗물에 쓸려 하수도를 따라 떠내려온 것이다. 갯벌로 내려가 수문을 열어젖히면 가지가지 색깔의 공들이 쏟아졌다. 다른 건 몰라도 수문통 아이들은 공놀이 하나만은 마음껏 할 수 있었다.

형과 막내누나는 모두 결혼할 때까지 수문통 부근을 전전하며 살았다. 그러다 결혼하면서 차례로 수문통을 떠났다. 형과 어머니가 모은 돈으로 장만한 작은 아파트가 내게 선물처럼 남았다. 군대를 제대하고 나는 충무로에서 명함을 만드는 영세한 회사에 취직을 했다. 명함을 만들고 인쇄하기 위해 을지로를 돌아다녔지만 그렇게 적은 양은 인쇄해줄 곳이 많지 않아 종이를 어깨에 짊어지고 헤매곤 했다. 그때에도 나는 시를 생각했다. 도시로 올라와 출세하겠다는 다짐으로 전학가는 날 저녁, 방 안에 틀어박혀 상장을 하나씩 모두 찢어냈던 나로서는 시가 막다른 골목이자 선택이었다. 무용(無用)한 것이었으나 책상에 앉아 살 것이라는 결심만은 버릴 수 없었다. 둘이 앉기도 빠듯한 그 회사를 그만두고 수문통 송현아파트 13평 방에 혼자 틀어박혀 초가을부터 겨울까지 미친 듯이 시를 썼다. 호박덩굴이 베란다의 가스통을 타고 창문까지 올라오다가 모두 시들어버렸고, 창밖 어둠속에서 불켜진 제철공장의 빈터에 쌓아올린 철근더미에서 밤새 고양이가 울고 눈이 내렸다.

나는 신춘문예에 투고를 하고 형에게 일자리를 부탁했다. 나처럼 책상에 앉아 살고 싶어하던 형은 결혼한 뒤에도 미련을 버리지 못해 대우중공업에서 일을 하면서 인하공전을 다니고 있었다. 형은 그런 노력 끝에 현장을 접고 영업사원으로 자리를 옮겼으나, 나는 그것이 너무나 불안하기만 하였다. 아무튼 나는 군대에서 운전을 배웠기 때문에 대우중공업에 지게차 운전사로 취직하고 싶었다. 시인이 되지 못하고 언제까지나 책상다리에 집착한다면, 이유를 모른 채 수문통 뻘에 처박힌 돛 부러진 배가 될 것 같았다. 내 양손에는 신춘문예에 투고할 원고지와 공원이 되려는 이력서가 들려 있었다.

그 겨울이 지나고 결국 나는 책상에 앉아 살게 되었다. 신인에게 청탁해준 잡지사가 고마워 13평 방에 틀어박혀 이틀 밤낮을 꼬박 시를 써서 보냈고, 그리고 나서야 전기밥솥에 쌀을 안치고 김이 모락모락 피는 밥솥을 바라보고 있는 나 자신을 깨닫기도 하였다. 그 이후 어떤 인연으로 다시 몇군데 회사에 다니고 시집을 내고 형이 그런 것처럼 나이 들어서 다시 4년제 대학에 편입을 했다. 책상에서 떨려나가지 않으려고 안간힘을 다해 시를 썼고 학교에 다녔다. 석사, 박사 과정을 다닌 뒤, 지인의 도움으로 강의를 시작했고, KTX를 타고 고향보다 먼곳으로 출강했다. 새벽에 일어나 용산역에서 기차를 타고 학생들에게 들려줄 말을 위해 책에 밑줄을 그으며 읽다보면 깜빡 잠이 들었고, 어느 순간 깨어나면 집이 멀지 않은 고향역이었다.

일주일에 한번씩 내려가고 올라오면서 두 차례 고향을 지나쳐 가다보면 우리집 밭도 스쳐지나간다. (이 글을 쓰고 난 지 얼마 지나지 않은 2005년 5월에 아버지가 세상을 떠나셔서 고향집 밭머리엔 무덤이 있다.) 형도 누나들도 보이지 않고, 식구들이 일하는 모습을 바라보며 열 그루 남짓 서 있던 아그배나무 아래 앉아 동화책을 읽던 어린 시절도 보이지 않았다. 공동묘지와 우리집 밭둑에 심겨 있던 아그배나무들. 그 작은 열매도 더이상 떫은 맛을 내지 못하고 사라지고 있었다.

덜컹거림도 거의 없는 최신형 기차에 앉아 있는 동안 졸음 속에서 간신히 기차에 얽힌 몇개의 추억이 아침의 부신 빛에 깨어났다. 막내누나가 아버지와 함께 친척을 만나러 기차를 타다가 출입구 난간에 손이 끼였던 기억. 신태인읍으로 일을 보러 나갔던 아버지가 자전거를 끌고 철교를 건너다 앞쪽에서 다가오는 기차를 피하려고 강물에 뛰어내렸던 기억. 방학이 되어 어머니와 함께 기차를 타고 고향에 가던 기억. 일주일에 한번씩 일분도 안되게 기차가 고향역에 정차해 있는 동안 간절히 어머니 생각이 났다. 내가 도시로 올라간 길을 어머니는 몇십년을 꼬박 그 길을 따라 올라오셨다. 김장을 해주러, 빨래를 해주러, 결혼을 독촉하러 어머니는 도시를 향해 오셨다. 오로지 자식의 발자국을 따라가는 것이 일생이 되어버린 어머니.

이번 설날에 나는 고향에 내려가지 못했다. 일을 한답시고 고향을 스쳐가면서 정작 부모님을 뵈러 가지는 못했다. 텔레비전 채널을 돌리며 많은 이들이 고향으로 내려가는 차량 흐름을 맥없이 바라보고 있다가, 어느 책 소개 프로그램에 시선이 꽂히게 되었다. 설 특집으로 이청준(李淸俊)의 「눈길」을 이미 각색해 방영한 적 있는 드라마와 함께 작가의 말, 평론가들의 해설을 곁들여가며 소개하고 있었다.

어느 순간 나는 저절로 눈물이 나왔다. 큰아들 탓에 집이 다른 사람의 손으로 넘어갔지만 작은아들과의 하룻밤을 위해 주인의 양해를 구해놓고 매일 그 집 방을 쓸고 닦는 어머니. 세간은 다 넘어갔으나 단 하나 집안의 추억이 서린 옷궤짝만은 남겨놓고 마침내 작은아들이 집안 사정을 알아보려고 돌아오자 아무 일도 없었다는 듯 아들을 집에 불러들인다. 그 집에서 어머니와 아들은 하루를 보내고, 혼자 가겠다는 아들의 만류를 뿌리치고 아무도 깨지 않은 새벽의 눈 덮인 산길을 넘어 버스정류장까지 따라나선다. 아들은 버스를 타고 횡하니 떠나고 어머니는 눈길에 찍힌 아들 발자국을 꾹꾹 눌러박으며 마을로 돌아간다. 아들의 발자국을 되밟아간다는 것, 함께 걸어왔을 때는 더없는 위안이 되었으나 이제 혼자 되돌아가며 보게 되는 아들의 발자국은 지울 수 없는 상처가 되고 만다. 어머니는 마을로 곧장 들어가지 못하고 마을이 보이는 언덕에 앉아 부신 햇살 속에서 아침밥 짓는 집들의 지붕 위로 솟는 연기를 바라본다. 나는 그저 묵묵히, 어머니로 나오는 탤런트 고두심이 언덕에 앉아 있는 모습을 지켜본다.

그 눈길의 화인(火印)이 내겐 시였을까.

타자기는 귀하고 컴퓨터라는 이름도 생소하던 시절, 나는 대학노트에 연필로 시를 썼다. 그때는 책상에 앉아 시를 쓴 기억이 별로 없다. 늘 방바닥에 엎드려 초등학생처럼 받아쓰기를 했다. 선생님이 단어를 불러주면 몽당연필에 침을 묻혀 꾹꾹 눌러쓰듯이. 시를 쓰는 것은 받아적는 것이었다. 예감이나 영감이라는 말을 사랑한 시절, 시는 내가 쓰는 게 아니라 추억이 쓰는 것이었고, 고향의 기억이나 사물이 쓰는 것이었다. 하지만 나는 매번 받아쓰기에 서툰 초등학생이었다. 불러주는 것도 제대로 받아적지 못하는 덜 떨어진 시인 지망생이었다. 그때나 지금이나 내 자신이 시인이라는 생각이 들지 않는다. 그저 받아적기가 좋을 뿐이다. 지금은 편하게 컴퓨터에 앉아 운문이나 산문을 쓰지만 여전히 글쓰기가 지독하게 두렵다. 과연 내가 표현력이나 문장력이 있는 사람일까. 그러고 보면 청탁받아 쓴 글에 빨간줄이 그어져 되돌아오는 경우가 많다.

늦깎이로 대학에 편입했던 30대 중반에는 이런 일도 있었다. 등록금을 벌기 위해 자그마한 잡지사에 일주일에 며칠만 나가

'바다'에 대한 책을 만들기로 했다. 인터넷을 뒤져 바다에 관한 최신 자료를 수집하고 책을 쌓아놓고 읽었다. 출근해서 하루에 30매씩 바다에 대한 글을 썼는데, 다음날이면 내가 쓴 '바다'는 폭풍이 인 것처럼 빨갛게 칠해졌다. 편집일에 정통하다는 동료가 밤늦게까지 고쳐 책상에 올려놓은 것이었다. 처음엔 그의 행동에 불만이 있었지만 차츰 나는 그가 수정한 대로 다시 문장을 손보았다. 그리고 끝내 그 책이 출간되는 것을 보지 못하고 잡지사를 그만두었다. 어찌어찌 바람결에 그 책이 출간되었다는 소식을 듣긴 했지만 아무도 내게 그 책을 보내주지 않았다. 어쩔 때에는 이런 상상을 하곤 한다. 내가 쓴 '바다'의 섬과 산호와 항구와 배와 역사가 어디에 놓여야 할지를 놓고 그 친구가 아직까지도 밤새도록 고민하고 있다고.

그처럼 나는 내가 쓴 시에서 그 친구 같은 누군가의 시선을 느끼곤 한다. 내 시집을 들춰보지 않는 이유도 그런 눈길이 두렵기 때문일 것이다. 서점에 가면 절판될까 두려워 사람들의 기억에서 잊혀졌을 내 시집들을 사와 책장에 꽂아놓기도 한다. 어쩌다 늦은 밤 새삼스럽게 내 시가 읽고 싶을 때 꺼내보려 하지만 사온 책은 사라져 있기 일쑤이다. 시를 배우겠다는 후배들이 왔을 때 술기운을 빌려 줘버렸기 때문이다. 그래도 책장엔 몇권의 내 시집이 꽂혀 있다. 표지를 넘기면 누군가에게 서명을 해서 증정본으로 보내줬지만 주소가 틀려서 되돌아온 것들이다. 그런데 거기엔 가슴 아픈 서명도 있다. 밥 먹고 살자고 취직을 하기 위해

면접을 볼 때 조금이라도 잘 보이기 위해 서명한 것들이다. 끝내 면접자에게 전달되지 못하고 고스란히 가방에 담긴 채 책장으로 되돌아온 시집들. 이제는 내 밥의 질서를 판가름하려 했던 그 이름들에서 그들의 얼굴을 떠올리기는 어렵게 되었지만, 그 이름들과 내 서명은 세상의 육체들로부터 벗어나서 하나의 각인(刻印) 그 자체가 된 듯하다.

어쩌면 내 시들은 헛되이 유리창에 쓰려 한 사랑의 편지들은 아니었을까. 간절하게 사랑한 것들을 받아쓰려 했지만 어떤 진실과 삶도 담아내지 못하고 유리창에서 지워진 편지들. 그때는 진실했고 어떻게든 세상과 교신하려 한 흔적들은 세월의 두꺼운 먼지가 쌓여서야 이해할 수 없는 각인들로 살아날 뿐이다.

끔찍이도 떠돌아야 했던 도시생활에서도 이사갈 때마다 꼬박꼬박 챙겨갔던 대학노트들. 넘겨보면 같은 시가 같은 제목으로, 혹은 제목이 바뀌어 조금씩 이미지가 변화하면서 끝없이 적혀 있다. 200줄의 시가 20행이 되기도 하고 5행이 30행으로 늘어나기도 하면서 그것들은 당시에는 간절했던 어떤 삶을 망각한 채 새겨져 있다. 그 각인을 보면서 나에게 무언가를 불러준 목소리와 눈길을 안타깝게 떠올린다. 그리고 그 서툰 받아쓰기가 영원한 내 사랑의 방식임을 어렴풋이 느낀다.

도시로 올라가고 싶은 열망 때문에 철길에 떨어진 껌종이를 줍던 어린 시절. 도시의 향내가 알싸하게 배어 있던 껌종이. 내가 가고 싶은 도시는 부재 속에서만 아름다웠고 부재 속에서만 향내를 풍겼다. "일요일 날 아이들은 반짝반짝하는 껌종이를 주우러 철길로/ 갔다. 철길에 향을 배어내는 껌종이"(「집으로 가는 길」, 『나는 이제 소멸에 대해서 이야기하련다』). 이처럼 평범한 몇행의 시를 건지기 위해 대학노트에는 철길에서 기차에 치여죽은 아이들과 사람들의 모습이 서툴게 적혀 있다. 그리고 그것들은 다른 형태로 씌어지면서 어지러운 각인들로 뒤덮여 있다. 난삽하게, 또다시 씌어지면서 그것들은 잊혀져간다. 시는 유리창에 덧칠되는 각인 속에서만 살아 있고 누군가 입김을 불어줄 때 먼지 속에서 희미하게 살아난다.

추억으로밖에 글을 쓸 수 없는 내가 현재 우리 시에 내릴 수 있는 전망은 많지 않다. 애당초 내게는 시란 이러이러한 것, 혹은 이러이러한 것을 추구해야 한다는 개념이 존재하지 않았다. 하지만 시인이 되고 책상에 앉은 뒤부터, 그것이 삶을 운영할 수 있는 공간이 되고부터, 내가 시에 대해 뭐라 말할 수 있는 처지일까 반성하고 괴로워했다. 우리 땅에서 시인들은 이청준의 「눈길」에 나오는 어머니처럼 역사와 삶이 찍어낸 발자국들을 되밟아온 소중한 분들이다. 시가 점점 변두리로 밀려나고 소외되고 있는 지금 우리가 새삼 시에 주목하는 것은 시에는 우리 삶의 원적(原籍)인 발자국들이 찍혀 있기 때문이다. 내가 비루하기 그지없는 추억을 끄집어내는 것은 그러한 상처의 발자국을 나부터 속에서 발견하고 되밟아가려는 욕구에서 비롯된 것이다.

시인이라는 것

아름다움에 허기져서

어느 문학강연회에서 시를 왜 쓰냐고 누가 묻기에 이렇게 되물은 적이 있다. 밥은 왜 먹느냐고. 그러자 그는 '허기져서' 그렇다고 하였다. "나는 아름다움에 허기져서 시를 썼어요." 내가 말해놓고도 그 말이 그럴싸하고 멋지게 생각되어 뒤풀이자리에서는 분위기에 한껏 취했지만, 집에 돌아와 술기운이 빠져나가면서 점점 멋쩍어지고 얼굴이 붉어지는 것은 어쩔 수 없었다.

나도 한때 직장생활을 한 적이 있다. 그만두고 옮겨다니고 하며 한 5~6년 여기저기 다녔다. 그렇다고 그 시기에 시간이 없어서 시를 못 쓴 적은 없다. 오히려 직장생활은 시 쓰는 소재를 발굴하는 데 더없이 좋았다. 시란 삶에서 나오는데, 삶이 누락되면 '골방의 시인'이 되어버린다. 부지런히 사람들 사이를 비집고 다니면서, 가난과 신산(辛酸), 사람들의 내면을 들여다본다면 직장이야말로 시가 샘솟는 자리이다. 시란 고상한 것이 아니라 밥에 얽매여 있는 샐러리맨의 고뇌와 내면이 될 수도 있으며, 점심 무렵 홀로 골목이나 고궁을 거닐면서 사물들과 자신만의 화법으로 나누는 대화일 수도 있기 때문이다. 그러니 사십이 넘은 이 나이에 낮에는 자고 밤에는 깨어나 창을 바라보며 골똘히 시상(詩想)을 떠올리는 처지야말로, 궁상도 그런 궁상이 없는 것이다. 이런 내 처지와는 반대로 직장을 열심히 다니던 젊은 소설가가 제대로 된 소설을 써보겠다고 집에만 틀어박혀 있더니 어느 날 전화를 했다. 그는 막상 직장을 그만두고 해보니 글 써서 밥을 먹는다는 것이 갈수록 힘들어진다며 "소설을 팔아보려면 문학상을 받는 것밖에 길이 없는 현실이 서글프다"고 털어놓았다. 이상문학상, 현대문학상 등 유수한 문학상의 이름으로 발간되는 작품집이 여전히 적게는 몇만 부에서 몇십만 부까지 팔리는 현실을 두고 하는 자조적인 푸념이었다.

그래도 나처럼 시를 쓰는 사람들에겐 소설은 아직 괜찮은 것 아닌가 하는 생각이 들기도 한다. 또 어려울수록 내가 언제 돈을 벌려고 시를 썼나, 그냥 좋아서 썼지 하는 초발심이 생긴다. 여기서 초발심이라고 한 이유는 사물을 낯설게 처음 바라보는 것처럼 인식하는 순간 그것들은 가슴 떨리는 호기심의 문을 열어

주기 때문이다. 시에 물들어가던 문학청년 시절은 사물과 만나
는 매순간이 놀라움이고 기쁨이었다.

미하엘 쾰마이어(Michael Köhlmeier)는 자신의 책 『그리스
신화』에서 "나는 호기심을 사랑한다. 신화는 호기심이 만들어낸
거대한 코스모스다"라고 말했다. 여기서 '신화'라는 단어를 '시'
라는 단어로 대체하면, 나는 그것이 시의 속성을 파악하는 열쇠
가 된다고 생각한다.

미궁을 향해 나아가는 자

시인은 미궁을 향해 나아가는 자이다. 시인을 '견자(見者)'라
고 일컫는 것은 이 때문이다. 호기심은 맹목의 산물이 아니다.
우리가 어떤 사물에 호기심을 느끼는 것은 그 속에 비밀이 숨겨
있기 때문이다. 비밀을 풀기 위해서, 미궁을 빠져나가는 열쇠를
발견하기 위해서 시인은 관찰한다. 많은 시인들이 저주받은 인
생을 살다가 간 이유도 거기에 있다. 첨단의 미와 실천을 동시에
꿈꾸었던 김수영(金洙暎)은 술에 취한 채 버스에 치여 세상을
떠났고 천상의 시인 천상병(千祥炳)은 평생 하늘병(病)을 앓다
가 지상의 소풍을 끝내고 하늘로 돌아갔다. 시는 그들의 고통스
런 삶의 무늬들이다. 우리는 그 무늬들을 보고 아름답다고 말
한다. 조개를 죽음으로 몰고 간 '진주'를 보고 찬탄하는 이치와

같다.

그리스 신화에 반인반수인 마르시아스(Marsyas) 이야기가 나온다. 볼품없고 못생긴 마르시아스는 팔라스 아테나(Pallace Atena) 여신에게 저주받은 악기 플루트를 불다가 음악의 신 아폴론(Apollon)과 연주대결을 벌이게 된다. 음악과 학문의 뮤즈들을 불러놓고 벌인 대결에서 마르시아스는 아폴론에게 패하게 된다. 그는 신과 대결을 벌인 죄로 나무에 매달려 자신이 불던 플루트로 가죽을 벗기는 형벌에 처해진다. 여기서 중요한 것은 뮤즈들의 반응이다. 뮤즈들은 세상만사를 미적인 차원에서 받아들이기 때문에 마르시아스의 비명도 음악소리로 여기며 듣는다. 시인의 운명도 마찬가지이다. 시인이란 미궁의 비밀을 풀기 위해 '견자'로서 살다가, 그 죄로 저주받게 된다. 그리고 우리는 그의 고통에 찬 신음을 천상의 음악으로 듣는다.

그래서 시인은 자신의 가난을 팔지 않는다. 뮤즈(독자)들의 환심을 사기 위해서 자신의 음악을 팔지 않는다. 나무 꼭대기에 매달려 피부가 벗겨지는 형벌에 처해지더라도 그는 신의 영역인 비밀과 대결한다. 미궁으로 나아가는 정신은 그렇게 태어난다. 그러나 자괴심은 쉽사리 사라질 리 없다. '이슬'만 먹고살 수 없는 것이 현실이고 보면 술자리에서 만난 소설가나 나나 무슨 영화(榮華)를 보겠다고 이짓인지 하는 생각이 슬며시 드는 것은 어쩔 수가 없다.

'골방의 시인'이라는 운명을 받아들이고

그렇지만 나는 현재 내가 처한 '골방의 시인'이라는 운명을 받아들여야겠다고 결심해본다. 그리고 어느 조폭영화에서 나온 짧은 대사를 떠올려본다. "나는 한놈만 골라 팬다고." 시도 마찬가지 아닐까. 어떤 흐릿한 이미지가 떠오르면 그것에 죽어라고 매달려서 피를 돌게 하고 살을 붙이고 형상을 만드는 것. 삶과 동떨어져 있다고 해서 절망하지 않고 늦은 밤 창가에 떠오르는, 삶의 깊숙한 곳에서 샘솟는 구체적 형상을 만들어보는 것. 그러다 보면 시는 손끝에서 만들어지는 것이 아니라 자기도 모르게 입에서 중얼거리는 음악의 형상으로 나오는 게 아닌가 하고. 그럴때 골방의 시인이 바라보는 창은 '아름다움에 허기진' 사람이 처한 시적 현실의 출발점이 되기도 한다.

나는 도망친다, 나는 모든 창에 매달려 삶에게 등을 돌리고 싶다, 하여,
순결한 '영원(永遠)'의 아침이 금빛으로 물들이는
구원의 아침이슬로 축복받고 씻겨서
그 창유리 속에 내 얼굴을 비추면
나는 천사가 된다! 그리고 나는 죽어
—창유리는 예술이어라, 신비이어라—

'아름다움'이 꽃피는 태곳적 하늘에

꿈의 왕관을 쓰고

나는 새로 태어나고 싶다!

　　——스떼판 말라르메(Stéphane Mallarmé)「창」부분(김화영 역)

뒤란의 빛

김태정 『물푸레나무를 생각하는 저녁』

왜 한국시에서 고독이 사라지고 있는가

최근의 한국시에서 고독을 발견하기는 어렵다. 대체적으로 착한 시만이 대접받는 풍토가 된 것 같다. 생활과 자연에 기반을 둔 시들이 삶에 대한 진정성이 넘치는 시로 포장되어 평단과 독자들에게 유통되는 현상은 최근 몇년 사이에 더 강력해진 듯하다. 때 아닌 '남루'와 '느림'과 근검한 '생활'만 떡살 찍듯 곱게 뽑아낸다. 시인이라고 해서 꼭 의식적으로 거지와 성자 사이에 있어야 하는 걸까.

그런데 현실은, 수백권이 꽂힌 교보문고 문예잡지 코너에서 아무거나 펼쳐들면, "아, 이 시인이 이렇게 어렵게 사는구나, 아

니면 상처받은 내면을 복구하러 여기로 여행을 떠났구나" 하면
서 별 관심도 없는 최근 동정을 알게 된다. 그렇다고 해서 내가
상대적으로 요즘의 젊은 시인들의 난해한 시들을 사랑하고 있는
것 같지도 않다. 환각과 꿈으로 덧칠된 이해하지 못할 내면의 잔
혹성이 도드라지는 젊은 '산문파 시인들' 역시 불편하기는 마찬
가지이다. 자연파 시인들이 이젠 자연과 생활을 사랑하는 마음
이 너무나 지극해져 별장을 만들거나 농촌으로 산중으로 심지어
절에까지 내려가 살든, 환각을 노래하는 모더니즘 계열의 시인
들이 현대도시의 미로 같은 복잡미묘한 내면을 행갈이나 연갈이
도 없이 기나긴 산문으로 써내려가든, 그것은 그들의 자유이다.
다만 내가 문제삼고 싶은 것은 '왜 한국시에서 고독이 사라지고
있는 것인가'이다. 그렇다고 여기서 한국시의 강박코드 중 하나
인 김수영의 '노고지리'와 '혁명'과 '고독'을 새삼 꺼내고 싶은 생
각은 추호도 없다.

증발해버린 자의식과 자기반성

　요즘 시에 고독이 보이지 않는다는 것은, 모두들 내면의 상처
를 꿈과 여행을 통해 해결하려 들며 시의 가장 기본이라 할 수
있는 자의식도 자기반성도 보여주지 않는다는 뜻이다. 세상이
빠른 속도로 변하고 있는데 시만 뒤떨어져 있다는 자괴감에서

꺼낸 말이 아니다. 우선 나부터가 세상에 한참 뒤떨어져 있으며 기억의 흐린 후광에 사로잡힌 낡고 칙칙한 시를 쓴다. 이미 암스트롱(N. A. Armstrong)이 밟아버린, 과학의 탐사지로 전락한 달을 보면서도, 여전히 마른 포도덩굴이 뻗어 있는 담벼락의 초승달에서 고양이 눈을 떠올리고 고향을 생각한다. 끊임없이 고향에 돌아가고 싶어하면서도 고향에 돌아가지 못하리라는 치유되지 못할 상실감(정확히는 도시에 안착하고 싶은 욕망!)을 핑계 삼아 '늙은 달'을 예찬한다. 자연은 유년시절의 끝 무렵 도시로 올라오면서 내 곁에서 거의 아무런 영향력도 발휘하지 못하는데, 나는 여전히 젖 한줄기 흘러나오지 않는 자연을 빨아대는 퇴행적 사고에서 벗어나지 못한다.

또한 나와는 완전히 다르지만 현실(여기서 현실이란 생활과 자연만을 지칭하지 않는다)과 유리된 채 인문학과 인터넷 등에만 기대어 있는, 자기체험이 부족한 시들도 고독이 없긴 마찬가지이다. 이들의 시는 새로운 것을 추구하는 과정에서 그것에 대한 지나친 강박으로 부자연스럽고 오히려 너무 진지하기까지 하다. 시는 세계라는 텍스트에 대한 해석에만 있지 않다. 세계는 발견되기 위해서, 그 안에 설렘을 가득 품고 있는 존재의 영역이기도 하다. 새로움은 무엇을 해석해내는 과정에서 생기는 것이 아니라 세계가 숨기고 있는 설렘을 건드렸을 때 그 끌어당기는 힘과 맞서는 데서 생긴다. 그런데 말장난 같긴 하지만 고독이 없는 설렘이 있는가.

죽음의 대화

『내셔널지오그래픽』(*National Geographic*) 같은 잡지를 들여
다보면 먹이를 사냥하는 맹수들의 역동적인 사진이 빠짐없이 등
장한다. 직접 본 적이 없어 단정할 순 없지만, 야생짐승들의 눈
은 고독하다. 그들의 고독은 생태계 피라미드의 맨 꼭대기에 있
는 맹수들일수록 더 강렬하고 진하다.『내셔널지오그래픽』한국
판에서였다. 하루종일 늑대들에게 쫓겨다닌 어린 수컷 무스
(moose, 말코손바닥사슴)가 분홍바늘꽃 덤불 속에 기력이 다해
쓰러져 있는 사진을 보았다. 늑대새라고 불리는 도래까마귀는
포식자들이 먹잇감을 죽일 때까지 기다렸다가 재빨리 사체 위에
내려앉아 살점을 쪼아먹으려고 무스의 코앞에서 충혈된 눈을 바
라보고 있다. 늑대들에게 쫓기고 차디찬 강물에 내몰려 진이 빠
진 무스의 드러난 갈비뼈는 얕은 숨을 따라 오르내리고 눈은 퀭
하기 그지없다. 늦은 오후가 되어 강둑에 올라온 무스를 향해 늑
대가 다가오고, 배리 로페즈(Barry Lopez)가 '죽음의 대화'라고
일컬은 대로 그들은 서로에게 시선을 고정한 채 응시하고 있다.
그 작가는 그 광경을 이렇게 썼다. "이런 시선교환은 의식(儀式)
과 같다. 사냥한 동물의 살을 취하고 대신 그 영혼에 경의를 표
하는 것이다."

이만한 의식은 못되더라도, 시인이 사물에서 시를 취하려면

적어도 사물의 영혼이 경이롭다는 것은 알아야 할 것이다. 한국 시에서 고독이 점차 사라지는 이유는 자신은 아무것도 변하지 않으면서 자연과 생활, 무의식에 습관적으로 자신을 의탁하여 생태시니 뭐니 하는 자기 삶의 알리바이를 그럴듯하게 위조해내기 때문은 아닐까.

자기 내면의 나르씨스적 거울이 자연과 생활이고, 아니면 번지수 없는 암흑의 환각이라면, 시인이 마주선 채 응시하고 있는 사물이란 이미 자기 시를 쓰기 위한 단순한 먹잇감에 불과할 것이다. 그럴 때 사물과 마주선 고독에서 나오는 저 '죽음의 대화' 같은 것은 존재하지 않을 것이고 경의와 설렘도 자기 삶을 위한 음풍농월(吟風弄月)이나 게이머(gamer)의 화려한 손놀림에 지나지 않을 터이다.

물푸레나무를 생각하는 저녁

이같은 생각을 하다가 읽은 시집이 김태정(金兌貞)의 첫시집 『물푸레나무를 생각하는 저녁』(창비 2004)이다. 서시 「호마이카상」이 흥미로워 다음 페이지로 또 다음 페이지로 넘어가는 동안, 어느덧 막연히 '고독'을 생각하던 머리 한쪽이 옅게 터지는 느낌을 받았다. 십삼년 만에 펴낸 첫시집인 까닭인가. 그도 한때 "흔적을 사냥하는 광견의 시대 팔공년대"(「나의 아나키스트」)를 온몸으로 통과해왔고 여전히 그 시대에 '증오'와 '애정'을 갖고 있음을 본다. 또한 "순도 백 퍼센트를 내세우고도 모자라/순, 진짜만을 부르짖는 예술순교주의파 시인들이/점잖게 경멸을 한다 해도"(「시의 힘 욕의 힘」) 생의 들숨과 날숨으로 온밤을 버티고 땅을 짚고 일어나는 시를 쓰겠다는 다짐을 본다.

그러나 이런 이유 때문이 아니라 내가 이 시집을 읽으며 옅은 흥분감을 느낀 것은 어쩐지 긴 생머리를 단정하게 뒤로 묶고 있을 것 같은, 시집 안 간 누나의 이미지를 떠올려주는 순정한 어투 때문이었다. 연필심을 꾹꾹 눌러쓴 듯한, 상쾌하면서도 삶의 긴장감을 놓치지 않는 시들. 좋은 세상에 대한 믿음을 버리지 않으나 절대로 사물을 제 것으로 만들어 다 취하려 들지 않고 경이롭게 바라보는 마음. 한때의 투사답게 산비탈을 오르내리며 노동의 삶에 투신하던 때, 시집갈까봐 두려워 "오년 뒤엔 뭐할 거냐"(「낯선동행」)며 물어보는 남자를 배려하는 따뜻한 마음. 그의 시 겉면에는 민중시의 회고투의 상실감이 흐르고 있으나, 그 안으로 들어갈수록 삶의 안간힘 끝에 문득 찾아오는 환하고 쓸쓸한 꽃바구니 같은 고독이 물들어 있다.

그는 지금 책갈피에 가득 쌓인 먼지에서 격정으로 들끓게 했던 수염이 텁수룩한 사상가를 떠올리면서 아물지 않은 상실감을 끌어안은 채 해남 땅끝 미황사에 내려가 거처를 마련하고 있는 모양이다.

어느 표류하는 영혼이
내생을 꿈꾸는 자궁을 찾아들듯
떠도는 마음이 찾아든 곳은
해남군 송지하고도 달마산 아래

장춘이라는 지명이 그닥 낯설지 않은 것은
간장 된장이 우리 살아온 내력처럼 익어가는
윤씨 할머니댁 푸근한 뒤란 때문이리라

여덟 남매의 탯줄을 잘랐다는 방에
무거운 배낭을 내려놓고 모처럼 나는
피곤한 몸을 부린다
할머니와 밥상을 마주하는 저녁은 길고 따뜻해
이 세상이 이 세상 같지 않고

개밥바라기별이 떴으니
누렁개도 밥 한술 줘야지 뒤란을 돌다
맑은 간장빛 같은 어둠에
나는 가만가만 장독소래기를 덮는다
느리고 나직나직한 할머니의
말맛을 닮은 간장 된장들은 밤사이
또 그만큼 맛이 익어가겠지

여덟 남매를 낳으셨다는 할머니
애기집만큼 헐거워진 뒤란에서
태아처럼
바깥세상을 꿈꾸는 태아처럼 웅크려 앉아
시간도 마음도 놓아버리고 웅크려 앉아
차랍차랍 누렁이 밥 먹는 소릴 듣는

해남하고도 송지면 달마산 아래
늙고 헐거워져 편안한 윤씨댁 뒤란은
이 세상이 이 세상 같지 않고
오늘밤이 오늘밤 같지 않고
어제가 어제 같지 않고
내일이 내일 같지 않고 다만

개밥바라기별이 뜨고
간장 된장이 익어가고
누렁이 밥 먹는 소리
천지에 꽉 들어차고

—「달마의 뒤란」 전문

땅끝 바다 시린 파도, 뒤란의 경이와 만난 시인

시집을 읽다보면 그는 물푸레나무가 파르스름하게 물드는 저녁의 시간, 글쓰기와 삶의 밑천인 낡은 호마이카상과 286컴퓨터, 빛과 어둠의 경계에 서 있는 미황사의 꽃살문 너머 "땅끝 바다 시린 파도"(「미황사(美黃寺)」)를 가지고 살고 있다.

이런 것을 가지고 산다고 할 수밖에 없음은, 그가 집이란 것이 있다면 미황사의 무명저고리에 행주치마 같은 두 칸짜리 해우소, 꼭 그만한 집이었으면 좋겠다고 말하기 때문이다. 바랜 꽃내음 속에서 맑고 커다란 눈동자를 지닌 순정한 이웃집 누나의 고단하고 곧은 인생이 훅 끼쳐올 듯하다.

그의 시는 「달마의 뒤란」처럼 궁핍마저 푸르스름한 빛이 가득한 뒤란을 닮은 것 같다. 그는 한 시에서 나이 마흔이 다 되도록 물푸레나무를 단 한번도 보지 못했다고 고백하면서, 어쩌면 물푸레나무는 저녁의 푸른 어스름을 닮았으리라고 생각한다(「물푸레나무」). 물푸레나무는 그가 해남 땅끝 미황사에 머무르는 동안 뒤란의 상상력을 통해 빛깔을 입는다. 서울살이에 표류하다가 깃든 땅끝에서 만난 윤씨댁의 뒤란은 그가 한번도 보지 못한 물푸레나무의 파르스름한 생명력으로 다가와 그의 상실감을 정화하는 성소가 된다. 이것은 뒤란이 미황사의 '해우소'처럼, 뜨거웠던, 그리고 슬픔 많던 기억의 속내가 도란도란 익어가는 그늘의 빛으로, 드디어는 피곤한 몸을 부리고 응어리진 맘을 풀고 싶은 한채의 집으로 다가오는 것이다. 이 시는 가령 '변죽을 치면 복판이 운다'라는 말을 떠올리게 만든다. 그릇이나 세간, 과녁 따위의 가장자리를 일컫는 말인 '변죽'처럼, 나는 변두리의 힘을 이처럼 탁월하게 보여준 예를 최근시에서 본 적이 없다. 할머니의 애기집만큼 헐거워진 뒤란에서 태아처럼 바깥세상을 꿈꾸며 웅크리고 앉아 있는 시인. 자기 것을 놓치지 않고 움켜쥐고 있다면, 고독하지 않았다면 시인은 세상을 파르스름하게 물들이는 뒤란의 경이와 절대 만나지 못했을 것이다.

길들여지지 않은 새들이
빗속으로 날개를 들이민다
한기 속에 들어서야
비로소 온기를 얻는 깃털
저들을 날게 하는 건
날개의 힘만이 아니라는 듯

발끝으로 잠시 진창을 더듬는 사이
가뭇없이 지워지는 새들의 자취

——「내유리 길목」 부분

고독의 온기

그가 절에 들어간 것은, 자기 삶의 알리바이를 만들기 위해서가 아니라 "길들여지지 않은 새들"이 한사코 빗속에 날개를 들이미는 것이 '온기'를 얻기 위해서인 까닭과 같다. 그때의 깃털의 온기야말로 한 순정한 사람의 인생이 삶의 안간힘 끝에 만들어낸 고독의 온기이며, 뒤란의 빛이다. 이처럼 그의 시는 스스로는 한번도 반성하지 않으면서 여전히 머릿속으로 고독을 부르짖고 짐짓 남을 꾸짖는 자세를 취하는 것이 아닌, "뒤란에서 저 홀로 익어가는/간장맨치로 된장맨치로 톱톱"한 그래서 "은근하니 맛깔스러운"(「가을 드들강」) 고독의 발효를 꿈꾸는 작품이라 할 수 있다. 여름이 가기 전에 시골집 뒤란으로 가 선선한 바람이 부는 감나무 그늘 밑에서 이 시집을 꼭 다시 읽고 싶다. 뼈저린 고독의 고요와 소요 끝에 우리의 실존을 늙고 헐거운 시원(始原)으로 초대해주는 그의 시를 통해 이 세상에는 여전히 좋은 시가 많으며 나 역시 열심히 살아야겠다는 반성을 얻는다. 나는 다시 이 세속도시로 돌아와 내 시의 소명(召命)은 무엇일까 곰곰 생각해본다. 구두끈을 단단히 조여야겠다.

침묵으로 나누는 대화

여림 『안개 속으로 새들이 걸어간다』

책을 읽는 일은 침묵을 읽는 일이다. 그래서인가! 장 그르니에(J. Grenier)를 읽는 밤은 행복하다. 그의 산문은 그의 말을 빌려 표현하자면, 보리수 그늘 밑에 가만히 누워 구름 한점 없는 하늘을 보다가 문득 허공속으로 송두리째 삼켜지는 것 같은 체험을 하게 만든다. 이를테면 그것은 무(無)의 아름다움이며, 그 느낌은 '생존의 인상'이다. 침묵이 그의 글을 부드럽게 감싸안고 있는 것이다. 괴테(J. W. von Goethe)의 일기에 나오는 "언어는 성스러운 침묵에 기초한다"는 말을 상기시키듯이.

그르니에를 읽는 동안 나는 의자가 삐걱대는 소리를 듣는다. 책에 정신을 집중하고 있는 사이 몸이 간간이 흔들리며 그 하중으로 의자의 침묵이 깨어지는 소리를. 그 삐걱대는 소리는 마치 침묵을 바탕으로 내가 의자와 대화를 나누고 있는 듯한 환상에 빠지게 한다. 의자에 두 팔을 걸치고 잠시 창문을 바라보면 침묵이 나를 가장 먼 데까지 데려가는 것을 느낀다. 짐승들이 가만히 엎드려서 자연을 응시하는 것처럼. 침묵은 내게 끝없이 과거를 회상하게 하고, 그 과거는 현재의 어떤 풍경에 의해 다시 촉발되어 미래의 아득한 곳으로 뻗어나간다. 나는 책을 읽는 동안 그런 수천개의 추억을, 몸을 움직일 때마다 조그맣게 들리는 의자의 삐걱대는 소리로도 되살릴 수 있다. 침묵은 과거, 현재, 미래를 하나로 만든다. 침묵을 배경으로 솟아나는 언어들의, 그 삐걱대는 소리는 언제나 시간의 차원을 초월하여 우리를 고양된 세계와 만나게 한다.

침수와 범람으로 세간살림이 늘 젖곤 했던 인천의 수문통 시절이 생각난다. 낮에도 불을 켜야만 하는 방. 불을 끄고 있으면 어둠속에 혼자 방치되고 마는 아이. 그 집은 베니어판을 사이에 두고 주인집 방과 셋방으로 나뉘어 있었다. 형은 공장으로 누나는 재봉일을 하러 출근하고 나면 불도 켜지 않은 셋방, 그곳에서 나는 언제부턴가 베니어판 사이로 보이는 빛을 발견했다. 흑백 텔레비전에서 새어나오는 빛이었다. 베니어판 벽에 몸을 기대고 그 작은 틈으로 텔레비전의 빛이 그리는 환상의 세계를 곁눈질했다. 그러는 사이, 침묵이 내 몸속에 넓게 퍼져나가는 것을 느꼈다. 침묵은 그 틈으로 엿보는 텔레비전의 휘황한 세계에 내가 속할 수 없다는 것을 역설적으로 일러주고 있었다.

그 뒤로 나는 계몽사판 어린이문고를 읽기 시작했다. 텔레비전 불빛은 여전히 흘러들어왔지만 더이상 그 세계에 집착하지 않았다. 내 안에 넓게 자리잡은 침묵은 가난을 있는 그대로 대면하게 했고, 내가 앞으로 걸어가야 할 길이 무엇인지 가르쳐주고 있었다.

  종일.
  살아야 한다는 근사한 이유를 생각해봤습니다.
  근데 손뼉을 칠 만한 이유는 좀체
  떠오르지 않았어요.

  소포를 부치고,
  빈 마음 한줄 같이 동봉하고
  돌아서 뜻 모르게 뚝,
  떨구어지던 누운물.

  저녁 무렵,
  지는 해를 붙잡고 가슴 허허다가 끊어버린 손목.
  여러 갈래 짓이겨져 쏟던 피 한줄.
  손수건으로 꼭, 꼭 묶어 흐르는 피를 접어 매고
  그렇게도 막막히도 바라보던 세상.
  그

세상이 너무도 아름다워 나는 울었습니다.

——여림「살아야 한다는 근사한 이유」부분

(『안개 속으로 새들이 걸어간다』, 작가 2003)

내 친구 여림(여영진)은 진눈깨비가 내리던 재작년(2002) 초 겨울, "언제나 희망이 유급당하는/그러나 사랑하는 나의 땅"(「예하리」)을 떠났다. "살아야 한다는 근사한 이유"를 찾지 못했으나 "살아야 한다는 절실한 다짐을 가슴 깊이 각인하고서 세상의 것들에게서 발을 떼"(「내가 여윈 모든 것을 깨닫게 될 겨울」)버렸다. 그리고 나는 이맘때가 되면 그가 남기고 간 시를 되풀이해서 읽는 것이 버릇이 되어버렸다.

그의 모습이 아른거린다. 가끔은 그에 대한 생각으로 소스라쳐 깨어난다. 생전에는 보지 못했던 그의 시편들을 만지작거리며 물끄러미 바라보기도 한다. 종잇장에서 금세라도 그의 목소리가 들려올 것만 같다. "형준아, 내가 김장해주러 한번 올라갈까." 그가 죽기 한달 전 전화를 걸어와 힘겹게 꺼낸 말이다. 그의 말끝은 흘러내렸고, 힘없이 떨어지는 형. 준. 아. 내. 가. 김. 장. 해. 주. 러…라는 말은 이승에서 들은 그의 마지막 음성이 되고 말았다.

그가 죽었다는 소식을 나는 부산에서 들었다. 그날은 영화제가 시작되는 날이었고, 몇몇 문인 친구들과 이제하 선생님의 공연이 열린 부산의 한 카페에서 술을 마시고 있을 때였다. 그의 부음은 삐걱거리는 목조계단을 밟고 올라오는 것처럼 내 마음속에 저음(低音)으로 가라앉았다. 믿지 못할 순간이 내게 찾아온 것이다. 선생님은 여러 차례 앙코르를 받았고, 나는 점점 술에 취했으며, 어느 순간 일행들과 함께 해운대 앞바다에 있었다. 만월이 떠 있는 바다는 달빛을 받아 나비가 쓴 글씨처럼 일렁거리며 음영을 만들고 있었다. 바다는 파도 속에서 나타났다 사라지곤 하였다.

부산에서 새벽 첫차를 타고 올라왔지만 장례식장에 도착했을 때는 날이 어두워지고 있었다. 남양주장례식장. 산중턱에 자리 잡은 장례식장으로 가는 길에 택시는 자꾸 미끄러지고 있었다. 진눈깨비였다. 길 가장자리에 몰려든 낙엽들은 얼어 있었지만, 부서질 듯 바랜 잎맥에 박혀 있는 얼음알갱이들이 바람에 은가루처럼 반짝였다. 그는 죽어서도 쓸쓸하고 외진 장례식장에 누워 있었다. 자정 무렵 나는 만류하는 친구들의 손을 뿌리치고 터덜터덜 올라온 길을 되짚어내려갔다. 길가에 얼어서 터진 빛나는 낙엽들을 발로 툭툭 차며 어둡고 긴 길을 내려가는 동안 나도 모르게 눈물이 나왔다.

그는 죽은 후 한번도 꿈에 나타나지 않았다. 나는 김장을 해주러 오겠다는 그의 말을 차갑게 끊어버렸다. 전화기 너머에서 들려오는 힘없는 음성에 묻은 외로움과 그리움을 짐짓 모른 척 외면해버렸다. 20대 초반이었던가. 그의 어머니가 계신 마석으로 그를 찾아간 적이 있다. 밤새도록 함께 술을 마시고 취해 방 한

구석에 널브러져 있는데, 어둠속에서 그가 가만히 내 손을 잡아주었다. 시에 절망하고 도무지 풀릴 것 같지 않은 삶에서 한없이 도주하고 싶은 시절이었다. 그 역시 외롭고 고단하긴 마찬가지였지만 그가 지닌 여린 심성은 친구의 절망을 조용히 감싸주었다. 어둠속에서 손을 가만히 쥔 채 내려다보는 그 눈망울이 지금도 불쑥불쑥 떠올라온다. 그가 서울에서 출판사에 다닐 때 우리 집에 놀러 오면 다음날은 어김없이 방이 깨끗이 청소돼 있고 냉장고에 김치와 반찬이 정성스럽게 올려져 있었다. 그러고도 모자라 그는 혼자 사는 내가 안쓰러워 결혼시키기 위해 발 벗고 여자를 소개시켜주었지만 내가 그에게 해준 것은 아무것도 없다. 시인인 그가 여린 심성 때문에 발표지면 하나 제대로 얻지 못하고 있어도, 나는 한번도 그에게 시를 보여달라는 말을 하지 않았다.

유고집을 만들기 위해 한 친구가 그의 시를 취합해 메일로 보내왔을 때에야 내가 얼마나 모진 사람인가를 알게 되었다. 그의 시에 밴 외로움과 슬픔, 그리고 절망은 그가 일찍 죽을 수밖에 없는 시인임을 절절하게 증언하고 있었다. 아무런 수사 없이도 시행을 감싸고 있는 진실한 울림은, 시란 영혼으로 쓰는 것이지 손으로 쓰는 것이 아님을 아프게 깨우쳐줬다. 그가 최하림(崔夏林) 선생님을 좋아한 것도, 필명을 그분의 이름을 따 여림으로 삼은 것도, 영혼이 저절로 토해져서 나오는 시의 길을 밟고자 한 그의 의지였다는 것을 뒤늦게야 알게 되었다.

전화는 언제나 불통이었다. 사람들은
늘 나를 배경으로 지나가고 어두워진
하늘에는 대형 네온이 달처럼
황망했었다. 비상구마다 환하게 잠궈진
고립이 눈이 부셨고 나의 탈출은 그때마다 목발을 짚고 서 있었다.
살아 있는 날들이 징그러웠다. 어디서나
계단의 끝은 벼랑이었고 목발을 쥔 나의 손은 수전증을 앓았다.
                                    ──「계단의 끝은 벼랑이었다」 전문

　어느 비 오는 봄날이었던가. 술에 취해 집으로 돌아오는데 살
구꽃잎이 현관 유리문에 붙어 있는 것을 보았다. 살구꽃잎에 있
는 여리고 자잘한 붉은 핏기가 영진의 영혼처럼 마음을 파고들
었다. 아무에게도 말하지 않고 절망 속에서 자신의 살을 떼어내
어 시로 만든 그의 일생은 비 맞은 채 유리문에 붙은 살구꽃잎처
럼 마음속에서 떨어지지 않는다.
　지금도 새벽이 가까운 시간이면 불현듯 전화벨이 울릴 것만
같다. 그리운 마음에 수화기를 집어들면 환청처럼 "너 더러운 것
보기 싫어 내가 함께 살아주어야겠다"는 그의 목소리가 금방이
라도 들릴 것 같다. 영진아, 한달만 같이 살자는 너의 청을 나는
석사논문을 써야 한다는 핑계로 매정하게 거절했었지. 그때 너
는 아마 강가에 앉아 안개 속에서 새들이 걸어가는 모습을 보며

하루종일 살아야 한다는 근사한 이유 하나를 생각하고 있었겠지. 그 안개 속의 새가 내가 될 수 있었음을, 작은 희망이 될 수 있었음을 왜 나는 몰랐을까.

그동안 그의 시를 몇번이나 읽었는지 모르겠다. 세상에 절망하는 이유가 세상을 사랑하기 때문임을 그의 시만큼 아프게 전해준 시를 나는 본 적이 없다. 그가 한번만 꿈속에 와준다면, 그가 해준 밥에 김치를 척척 얹어서 함께 웃으며 먹자고 말하려 해도, 그는 나타나지 않는다. 술을 좋아해서 지금도 저세상 어느 선술집에서 술을 마시고 있을 그가 따뜻한 손길을 뻗어 한번만 더 내 손을 만져준다면 좋으련만, 한밤중에 전화를 들면 뚜우 뚜— 신호음만 들려올 뿐이다.

그가 탁월한 시인이었음은 그의 시를 소리내어 읽어보면 금방 알 수 있다. 절실한 시는 수사에 있지 않고 거친 듯하면서 여린 호흡 속에서 나오는 것임을 깨닫게 된다. 그러한 그의 시는 이제 내 영혼의 둥지가 되어, 그가 보고 싶을 때마다 나는 가만히 그의 시에 손을 올려놓는다. 그의 온기가 너무 따뜻해서 아프다.

이렇게 바람이 심한 날이면 느낄 수 있어
사랑은 저리도 절절이 몸을 흔드는 나무와 같다는 걸
그 나무 작은 둥지에 새끼를 품고 있는 어미새와 같다는 걸
그런 풍경을 안타깝게 바라보는 우리 두 마음이라는 걸.

―「느낌」 전문

나는 그가 '더러운 것'이라고 했던 '먼지의 방'에서 여전히 살고 있다. 한국일보 신춘문예로 등단했지만 생전에 시 한편 발표하지 않고 "꿈으로 지은 집에 세들어 살"다가 "그 집의 세간들에 정들 무렵/홀연/먼 길을 떠"(「木에게」)나버린 그의 침묵을 그리워하고 있다.

창으로 밤하늘의 별이 빛난다. 침묵의 빛은 경이롭다. "그립도록 따뜻한 마을"(「마석우리 詩·1—나의 너에게」)로 돌아가기 위해 "견뎌온 생애와/버려가야 할 생계"의 돌투성이 길을 걸어 그는 지금 저 밤하늘의 "소행성처럼 둥"(「나는 집으로 간다」)근 집에 있다. 어린 시절 주인집 텔레비전 불빛을 보기 위해 베니어판 사이에서 눈을 뗄 줄 모르던 나처럼 그도 저 밤하늘 어느 소행성에서 이 지상의 불빛을 훔쳐보고 있는 것일까. 오늘 따라 별빛이 사무치도록 차고 곱다. 저 수없이 빛나는 밤하늘의 침묵은 아름다운 세상에서 우리가 '살아야 한다'를 '살아가야겠다'로 수정해야 할 이유, 그것 자체는 아닐는지.

면도날 위를 기어가는 민달팽이

문성해 시인께

저에게 시집을 보내주실 때 저의 주소가 '지층'이라고 하셨지요? 첫시집 『자라』(창비 2005)의 판권을 보니 작년 8월 말에 시집이 나왔더군요. 그때 저는 한참 이사 준비를 하고 있었습니다. 문성해(文成海) 시인께서 보내주신 편지를 받고 나니 새삼 그때의 일이 떠오릅니다.

하지만 이제 이사 횟수를 헤아릴 수가 없네요. 오른손과 왼손을 다 주먹으로 만들고 다시 손바닥으로 펼쳐내도 말입니다. 인생이 가위바위보 같은 것이라면 저는 단 한차례도 가위로 생을 오려보지 못하고 바위와 주먹으로 그저 무너뜨렸다 세웠다를 반복하고 있는 셈이지요. 시인께서 궁금해하시던 지층의 집을 떠나온 지 이제 9개월이 넘어갑니다. 먼지의 방. 시인께서 말씀하

50

신 대로 지층에는 벌레들이 참 많이 기어다녀요. 바퀴벌레는 말할 것 없고요. 그 벌레들 중에서 거미와 돈벌레는 처치곤란이지요. 문성해 시인께서도 그러셨나요? 백석 시의 한 장면처럼 방바닥에 기어다니던 거미 모자(母子)는 종이에 올려놓고 문밖에 내보냈나요? 돈벌레도 그렇죠? 다리가 징그럽게 많은 돈벌레를 죽이면 돈이 다 없어진다지요? 그러고 보면 종이는 시를 쓰기 위해서만 있는 것은 아닌 듯해요. 같이 살 수 없는 사연 많은 벌레를 올려놓고 문밖에 내보내야 하잖아요? 어째 이렇게 말하고 보니 그 행위가 시쓰기와 참 닮았네요. 가슴속에 살고 있는 어찌할 수 없는 것들을 종이에 담아 내보내니 말이에요. 그러나 간곡하게 이제 가서 돌아오지 말라고, 그렇게 온 마음을 담아 내보내도, 지층의 방에도 그리고 가슴속에도 벌레는 끊임없이 기어들어와 같이 살 수밖에 없어요. 지층의 방에서는 그렇게 모든 것이 반복되지요.

보내주신 편지[1]를 읽고 가장 인상 깊었던 건 민달팽이에 관한 이야기였습니다. 보랑사란 절 앞 계곡에서 만나셨다는 민달팽이. 저처럼 지층이라는 껍데기 아래 숨어 '연민'을 종이에 '수사'하는 '달팽이'와는 차원이 다른 그는 온몸으로 집이더군요. 특히 이런 대목에 이르러 저는 상쾌함과 공포에 가슴이 저릴 지경이었습니다. "하늘이 집이고 바위가 집이고 풀숲이 집인 민달팽

---

1) 문성해 「시인이 시인에게: 시인에게 묻다」, 『시와반시』 2006년 가을호. 이 글은 '시인의 거울'이라는 제목으로 같은 호에 실렸다.

이처럼 하늘 아래 더이상 숨을 데가 없을 때, 제 누추한 시도 몇 겹의 거추장스런 수사를 벗게 되겠지요." 시인께서는 "그 무심한 민달팽이에게 시를 한수 배우는 느낌"이라고 했지만, 사실 그 말씀은 먼지가 벌레들의 털처럼 날리는 상처와 연민의 집 속에 웅크린 저와 같은 존재에게 던지는 칼날이라는 것을 알고 있습니다. 그 말씀을 들으니 영화 「지옥의 묵시록」에 나오는 "면도날 위를 기어가는 민달팽이"라는 대사가 떠오릅니다.

모든 것을 벗어던지고 맨몸으로 세계와 만나는 시. 어쩌면 그런 시의 소재가 될 수 있는 것 중 하나가 '공중'이 아닌가 싶네요. 지층의 또다른 변형물인 '신발'을 공중에 띄워보고 싶은 욕구라든지 무거운 것을 가볍게 만들어보는 것. 중력의 법칙에 지배되면서도 탈중력의 운동성을 내재하고 있는 어떤 것. '공중'이란 것이 그렇지요. 그런데 시인께서는 "공중에 신방(新房)을 들이고" 살려는 제가 욕심 많다고 하셨죠. 아, 그래요. 저는 공중에 새로 집을 지으려고 했습니다. 지층을 벗어나 저기 존재의 집으로 이사를 가고 싶었습니다. 20대 후반 서울로 올라와 처음 한강변에서 반지하 전세를 살았을 때 앞마당의 나무가 생각납니다. 플라스틱 지지대에 간신히 몸을 지탱하고 열매를 맺던 포도나무, 그것은 먹을 수 없을 정도의 작은 열매를 맺었죠. 시골 출신의 가난한 시인의 운명처럼 잠자리 날개 같은 투명한 열매를 채 익기도 전에 땅바닥에 툭툭 떨어뜨리고 말았습니다. 때로는 반지하의 부엌으로 포도알들이 바람에 휩쓸려들어오곤 했습니다.

그때 저는 부엌의 포도알을 주워 한강에 나가 멀리 띄워 보내곤 했습니다. 어디론가 가기를, 그래서 이곳 말고 어느 땅에서 싱싱한 포도나무가 되기를 저는 간절히 원했던 것 같습니다. 아마 저는 그 포도나무가 제가 차린 공중의 신방 앞마당에 자라기를 기도하고 있었는지 모르겠습니다.

제 시에 빈집이 나오는 건 시인께서 지적해주신 대로 "빈집은 한때 빈집이 아니었던 데서 슬픔이 시작"되기 때문이지요. 이 세상에는 정말 빈집 같은 존재들이 많지요. 그런데 그들의 존재를 헤아려보면 제가 지층의 방에서 내보내려 했던 거미나 돈벌레들처럼, 그들은 이 세상 밖 어딘가에서 살림을 차리고 있다는 생각이 듭니다. "한때 빈집이 아니었으나 이젠 빈집이 된" 그들을 끊임없이 회상하며 저는 공중을 꿈꿉니다. 이 세상의 기억을 가지고 있으면서 이 세상을 넘어서 있는, 겉으로는 무기력하지만 동굴의 벽에 자라는 종유석과 같이 그 기억을 단단한 상아빛으로 만드는. 그것이 제가 「춤」을 쓰면서 열망했던 것입니다. 어린 송골매가 절벽에서 비상을 하기 위해 절벽에 핀 꽃을 발톱으로 움켜쥐는 연습을 수천번 반복하듯이요. 그래서 발톱에 멍동이 꽃물이 들었을 때 비로소 절해의 바다를 찢어놓을 수 있게 되기까지요. 그렇게 되기 위해서 시인께서 만났던 계곡의 민달팽이가 제 연민과 상처의 껍데기에서 벗어나 면도날 위를 기어보라고 속삭이는 듯합니다.

시인께서 던져주신 물음에 어쭙잖게 답변하느라 시인의 시에 대해서는 질문을 드리지 못했네요. 저는 『자라』를 다시 읽고 있습니다. 여전히 좋은 느낌이 번져났지만, 특히 '거울'에 관한 두 편의 시에 눈길이 오래 머물렀습니다.

「깨지지 않는 거울」에서는 빗방울이 웅덩이를 만들어 거기에 생긴 '검은 거울'에 거리의 모든 것이 비칩니다. 빗방울이 떨어질 때마다 깨지는 일만이 자신의 존재증명인 듯 검은 거울은 얼굴을 흩뜨리며 깨지는 연습을 합니다. 하지만 튀어나간 물 파편은 또다른 곳에서 거울을 만들지요. 그 속에서 가로수나 건물은 웅크리고 있지만 개미만은 거울을 벗어나기 위해 사투를 벌입니다. 시인께서는 그 장면을 이렇게 포착하고 있습니다. "거울 한복판에서 죽은 세포를 발견하게 될 때의 경악!"

「오래된 거울」에서 거울은 기사식당 벽에 걸려 있습니다. 식당이 생긴 이래 한번도 바뀌지 않고 그 자리에 걸려 있는 오래된 거울입니다. 맞은편에는 러브체인 조화(造花)가 매달려 있고 식당에는 매일 밀려드는 기사들로 시끌벅적합니다. 그러나 이 번잡한 식당에서 거울 속이 제일 조용합니다. 왜냐하면 맞은편에 있는 러브체인 조화조차 머리도 빗지 않고 꾀죄죄하니 그것은 이제 거울로서의 존재 기능을 상실해버렸기 때문이지요. 그런데 그 거울 속에는 옹이가 하나 있습니다. 시인께서는 그 장면을 이렇게 묘사하고 있지요. "기어코 그 속으로 들어가려던 풍경 하나가/ 쨍그렁, 그것을 깨고 들어간 흔적이 있는 그 거울". 러브체인 조화조차 머리빗기를 포기할 만큼 더이상 현재를 비추지 못하지만 거울은 자기만의 그림으로 안을 가득 채워가고 있었던 거지요. 현재를 잊어버린 거울은 오래전 보았던 풍경을 밑바탕부터 데생해나갈 뿐이지요.

비 오는 날 검은 웅덩이에 생긴 '복제 거울'과 기사식당 안의 '데생 거울'은 묘하게 시의 운명을 환기시켜줍니다. 시는 왜 현실 속에 있지만 현실을 비추지 못할까요? 물거울 속에서 죽어가는 개미처럼 시 속에 사투를 벌이던 흔적들은 어느날 죽은 세포로 떠올라오거나 데생 거울 속 옹이로 남아 있지요. 시는 현재와 과거가 시소를 타는 '감각의 저울'이고, 그 거울 속에서 조용하게 생성될 뿐입니다.

시를 쓰면서 오히려 설렘을 잊어가고 있었는데, 문성해 시인의 편지를 받고 답장을 쓰면서 설레었습니다. 시인께서 제 시의 거울 속에 쨍그렁하고 풍경 하나를 던져주었기 때문입니다. 이제 제 거울에 생긴 옹이의 힘으로 민달팽이의 시를 쓰기 위해 노력하겠습니다.

고맙습니다. 내내 평안하십시오.

우리가 왔던 시간의
발자국 속에서

1

내가 사람이라는 게 싫을 때가 있다.
나는 양복점에도 들어가보고 영화관에도 들어가본다
펠트로 만든 백조처럼 바싹 말라붙고, 방수(防水)가 되어,
자궁들과 재의 물속으로 나아간다.

이발관 냄새는 나로 하여금 문득 쉰소리로 흐느껴 울게 한다.
　　　　　　　　　——빠블로 네루다 「산보」 부분(정현종 역)

영화 「일포스티노」로, 그리고 시집 『스무 편의 사랑의 시와 한

편의 절망의 노래』로 우리에게도 잘 알려진 칠레 시인 빠블로 네루다(Pablo Neruda). 그의 시 「산보」의 한구절 "이발관 냄새는 나로 하여금 문득 쉰소리로 흐느껴 울게 한다"는 오래오래 내 기억에 남은 시행의 하나이다. 삶이 무기력해지거나 지긋지긋해졌을 때 우리는 바깥바람을 쐬러 나간다. 정신이 멍하고 어깨는 축 늘어지고 신경은 무감각해졌지만 무작정 나간 산책길에서 우리는 무언가 잃어버린 것을 회복하고 싶은 욕구를 느낀다. 빠블로 네루다 역시 그랬을 것이다. 거리를 걷다가 눈에 띄는 양복점이나 영화관에 들어가 편안히 휴식에 빠져들고 싶지만 쉽사리 기분은 회복되지 않았을 것이다. 다시 거리를 걷다가 그는 우연히 자신의 무기력한 삶에 강하게 파고드는 이발관 냄새와 마주치게 된다. 그는 왜 이발관 냄새에 쉰소리로 흐느껴 울고 싶었을까.

1970년대 초반 근대화가 진행되던 무렵에 초등학교를 다녔지만 궁벽한 시골에서 자란 탓인지 동네에 텔레비전 한 대가 없었다. 당시 미들급 복싱챔피언이던 유제두의 세계 타이틀전을 보기 위해서는 유일하게 텔레비전을 가지고 있던 이웃 마을 친구네 집에 가서 돈을 내야 할 정도였다. 그러니 이발관에 가서 머리를 깎는다는 것은 꿈도 꿀 수 없었다. 우리들이 이발관에 가서 머리를 깎을 수 있는 기회는 명절 때밖에는 없었다. 명절이 가까워지면 또래 아이들과 함께 읍내로 머리를 깎으러 갔다.

읍으로 가는 길은 두 갈래였다. 하나는 신작로이고 하나는 철길이다. 우리는 대부분 철길을 걸어 읍으로 가곤 하였다. (…) 레일 위를 두 팔 벌려 걷기도 하고 침목을 세며 걷기도 하면서, 우리는 알 수 없는 냄새의 갈증에 시달렸다. (…) 철길에는 기차에서 떨어진 껌종이가 널려 있었다. 껌종이 안에는 반짝반짝 빛나는 은박지가 있었고, 그 안에서 풍기는 싸한 냄새는 우리를 짜장면만큼이나 들뜨게 했다. (…)

껌종이는 가난한 시골 아이들은 상상도 할 수 없는 도시 아이들의 문화에 대한 부러움을 일컫는 것이나 다름없다. 그때 우리들은 누나가 씹다가 벽에 붙여놓은 단물 빠진 껌을 밤에 몰래 일어나 질겅질겅 씹으며 그렇게 어른들의 세계로 한발자국씩 걸어가고 있었다.

——「날아오르는 일이 갈망이었을 때」 부분
(졸저 『저녁의 무늬』, 현대문학 2003)

껌종이를 주우며 읍내에 도착해 이발관에 들어가면 제일 먼저 눈에 띄는 것은 아저씨들이 삐걱거리는 의자에 누워 수건으로 얼굴을 덮고 있는 모습이었다. 그리고 수건 위로 모락모락 피어오르는 김을 따라 눈길을 돌리면 거울 위에 액자 하나가 있었다. 멀리 산자락을 배경으로 물레방아 도는 냇가가 있고, 그 속에서 한무리의 오리가 떠 있었다. 그러나 무엇보다 우리들에게 이국적으로 다가왔던 것은 이발관 특유의 냄새였다. 연탄난로 위에서 부글부글 끓는 주전자의 물을 비누가 담긴 컵에 붓고 솔을 휘

저어 면도용 거품을 만들 때 풍기던 냄새, 그리고 녹십자 표시가 된 투명한 유리박스에 있는 위생용품에서 나던 냄새 등은 촌놈들에겐 이상야릇하게 다가왔다. 마치 명절날 이웃마을에 가서 50원을 주고 보던 텔레비전에서 젓가락을 휙 날려 적의 눈을 찔러버리는 이소룡의 '까야오' 하는 괴성처럼, 우리들로 하여금 먼 곳에 대한 갈망을 부추겼다.

결국 우리 마을 앞으로 쉴새없이 지나가던 호남선의 기찻소리는 일찍 철든 아이들을 하나둘 영등포나 구로의 공단으로 떠나게 하였다. 그들이 부러웠던 나 역시 부모를 졸라 초등학교 5학년이 되자 인천으로 전학을 갔다. 하지만 내가 전학간 곳은 인천에서도 변두리 중의 변두리였다. 거기 수문통거리 부근 갯벌에는 돛이 부러진 배가 처박혀 있었다. 기대에 잔뜩 부풀어 도시라고 올라와서 본 것이 그 정도였으니 도시와의 첫 대면은 암울할 수밖에 없었다.

그중에서도 고역은 이발관에 들어가는 것이었다. 내성적인 성격 탓에 친구도 없이 사람들로 북적대는 이발관에 들어가기가 조금은 두려웠다. 가난한 사람들이 모여사는 곳이라 그들끼리는 옆집에 숟가락이 몇개 있는지 알 수 있을 정도였지만 시골에서처럼 편하게 말을 붙여줄 사람은 없었기 때문에 외따로 떨어져 머리 깎을 시간을 기다리는 것이 서글프기까지 했다. 커서도 단골 이발관이나 미용실이 없이 머리 깎을 때가 되면 이곳저곳을 배회하는 것은 사람들 속에 섞이지 못했던 그 기억 때문일지도 모른다. 그 시절, 나는 도시 변두리 이발관에서 이발사 아저씨가 시골 정미소에서나 사용할 것 같은 검은 가죽벨트에 접이식 면도칼을 능숙하게 가는 모습을 바라보았다. 때로는 벽에 붙은 화려한 금박장식의 액자그림 속 '이삭 줍는 풍경'을 바라보며 눈시울을 적시곤 했다. 그림 속 여인은 수건을 말아 얼굴 깊숙이 눌러쓰고 호미를 쥐고 밭일하는 시골의 어머니를 연상시켰다. 그것이 밀레의 그림이라는 것을 안 것은 조금 더 커서의 일이었다. 그 액자 속의 풍경은 다시 고향에 내려가 어머니 품속에 안기고 싶은 충동을 불러일으켰다.

이발관은 내게 성장통과 같은 것이었다. 시골에 있을 때는 도시에 대한 유혹을, 막상 도시에서 살게 되었을 때는 고향에 대한 향수를 불러일으켰다. 나는 삶이 지긋지긋해졌을 때 네루다처럼 거리를 무작정 배회하다가 어디에선가 풍겨오는 이발관 냄새에 쉰소리로 흐느껴 울어보고 싶다. 그리고 그 안으로 들어가 가난한 마음을 달래주는 이발관 그림 아래서 푹 삶아진 수건을 얼굴에 덮어쓰고 휴식하고 싶다. 어린 시절 읍내 이발관에서 보았던, 물레방아 도는 마을 그림 옆에 씌어진 "삶이 그대를 속일지라도 노여워하거나 슬퍼하지 마라, 슬픔의 날 참고 견디면 행복이 오리니"라는 시 구절도 읊어보고 싶다. 누구나 서울에 올라가 출세를 꿈꾸었던 그때, 어른이 된다는 것은 막연하지만 참고 견뎌야만 행복해질 수 있는 조금은 슬픈 일이라는 느낌으로 다가왔던 뿌슈낀의 시. 지금은 가고 싶어도 갈 수 없는 1970년대의 이발관. 생각해보면 이발관의 냄새와 그림은 가난하고 마음 둘 곳 없는 사람들에겐 잃어버린 고향 같은 것이었고, 그래서 우리는 잠시 거기서 고단한 삶을 접고 미래에 대한 꿈을 꿀 수 있었다.

2

1969년 한국의 서울을 바라본 『내셔널지오그래픽』의 한 기자는 이렇게 말한다. "구릉들로 둘러싸인 새 서울이 하늘로 뻗어나가고 있다. 1950년에서 1953년에 걸친 한국전으로 네 차례나 전쟁터가 되었던 서울은 폐허가 되고, 백만 시민들은 기근에 허덕였다. 오늘날 온 국민의 열성과 원조로 다시 태어난 이 나라의 수도는 4백만 시민의 보금자리로 새롭고 현대적인 스카이라인을 자랑한다."

전쟁의 폐허에서 다시 태어난 서울은 1970년대가 되자 한국 근대화의 상징으로서 더욱더 다채로운 스카이라인을 수놓게 되었다. 하지만 그 아래 비좁은 땅에서는 하늘로 수없이 뻗어올라갈 도시의 스카이라인을 위해 희생당해야 했던 이주 농민들의 고통이 자리잡았다. 내가 유소년기를 보낸 인천의 수도국산 산동네 또한 그러했다. 80년대 군사정부가 호령하던 시절, 무소불위의 권력을 휘두르던 대통령께서 인천 산업지역 시찰차 멋진 관용차를 타고 수도국산 아래를 지나다 하신 말씀이 지역사람들의 입에 회자된 적이 있다. "왜 이리 불빛이 많아, 저것들이 다 빌딩인가." 아마도 산동네 사람들의 자조 섞인 농담이었을 테지만, 밤의 산동네야말로 도심의 어디보다 올망졸망한 불빛들의 천국을 이루고 있었다.

휴일이면 하루 벌어 하루 먹는, 힘든 사람들이 모여사는 산동네에는 이사가는 이와 이사오는 이로 붐볐다. 그들은 차를 댈 돈이 없어 손수레에 가득 이삿짐을 싣고서 산동네 새 보금자리로 찾아들었다. 이사가는 날 힘이 들기는 어른들도 그러했겠지만 아이들은 더욱 심했다. 지금이야 자녀가 하나나 둘이 고작이지만 '기찻길 옆 오막살이'라는 동요가 그러하듯이 농촌을 등진 이농 가족들에게는 자식들이 열매처럼 주렁주렁 달려 있었다. 그러니 아이들이라고 해서 봐주는 법이 없었다. 아이들은 누가 시키건 말건 손수레에서 항아리와 찌그러진 양은밥솥과 책장을 내려, 정말 알아서 스스로 옮겼다. 운이 좋아 트럭에 짐을 싣고 새집으로 이사가는 아이도 어른들이 트럭에 장롱을 잘 실었는지 살펴보느라 차 밑바닥에 납작 엎드렸다. 이사가는 것이 재밌고 호기심 있는 살 만한 집 아이들과는 달리 산동네에 이삿짐을 풀어야 하는 아이들의 처지는 고단했다. 아이들은 손수레에서 허름한 살림들을 내려 양손으로 품에 안고 골목을 지나갔다. 먼저 항아리를 내린 아이는 힘이 들어 무릎에 끼다시피 하고 골목을 지나가고 그 뒤를 따르는 동생인 듯한 아이는 형보다는 가벼운 책꽂이를 무릎까지 받쳐들고 내려가지만 뒤뚱거리며 버거워하기는 마찬가지였다. 이삿짐을 실은 손수레를 끌고 산동네를 내려와 거리를 지나가는 것도 스산하기는 마찬가지였다. 손수레에 허름한 장롱 한채가 실린 게 고작인데, 아이는 그 장롱에 끈으로 허리가 묶인 채로 무언가를 멍하니 바라보았다. 입을 꾹 다문 채 앞을 향해 시선을 두고 손수레를 끌고 있지만 미래에 대한 불안감이 담긴 주름 가득한 아버지의 표정과 그 아이를 구경하는, 화사한 옷차림으로 휴일나들이를 떠나는 어린 소녀의 표정은 대비되어 가슴 뭉클한 슬픔을 안겨주었다.

그리스 철학자 헤라클레이토스는 세계를 '불'이라 표현했다. 불은 생성하는 변화로서 끝없는 움직임 그 자체이다. 만물은 잠시도 고정돼 있지 않고 성장하거나 쇠퇴하며 변화한다. 그는 이 원리를 "같은 강물에 두 번 발을 담글 수 없다"는 말로 설명했다. 강에 발을 담그는 순간 물은 이미 하류로 흘러가고 그 찰나에도 내 몸은 변화한다. 그렇게 헤라클레이토스의 눈으로 보면 삶이란 영원히 붙잡을 수 없는 강물 같은 것이다.

그런데 우리는 지나가는 시간을 붙잡고 싶어한다. 기억하고 싶지 않은 산동네 이사가던 날 풍경을 붙잡고 싶어하고 또 거기로 회귀하고 싶어한다. 이런 심리는 헤라클레이토스와는 반대로 "같은 강물에 두 번 발을 담그고" 싶은 근원적 회귀에 해당한다. 그것은 우리가 흔히 추억이나 기억으로 부르는 행위 속에 나타난다. 우리는 강물을 시간처럼 바라본다. 강물은 끊임없이 하류로 흐르지만 자세히 바라보면 역류하는 물살들이 있다. 아래로 빠르게 흘러가는 것 같으면서 조금씩 위로 흐르는 물살들은 우리들의 인생에 근본적인 질문을 던진다. 그래서 대개 성공한 사람들은 현재나 미래에 자기의 인생을 걸지 과거에 자신의 인생을 걸지 않는다. 이러한 사람들은 추억이나 기억을 매우 싫어한다.

그런데 '과거'에 대해 아주 흥미로운 통계가 하나 있다. 현대의 정신의학자들은 영아기에 경험하는 친밀감에 따라 낭만적 사랑이 형성된다고 가정한다. 어머니의 젖가슴과 얼굴에서 받은 느낌들에서 촉발된 심리적 안정감이 뇌에 각인돼 성인이 되어서도 이를 되찾으려고 끊임없이 노력한다는 것이다. 이 이론에 따르면 누군가를 사랑하는 이유는 다가올 미래 때문이 아니라 되찾고 싶은 과거 때문이다. 사랑이 미래지향적이 아니라 뒤를 돌아보게 하는 과거지향적이라는 것, 그 이유로 이성간에 사랑이 싹틀 때 누군가에 대해 좋은 느낌이 들거나 낯익은 느낌이 드는 것인지 모르겠다. 뒤를 돌아보는 행위란 이렇듯 끔찍하면서 친밀한 이율배반적 요소를 지니고 있다. 그러나 분명한 것은 자기 인생의 어떤 근원으로 추정되는 행위가 추억이나 기억 속에 내재돼 있다는 사실이다.

이사 다녔던 일을 떠올리는 것은 바로 이러한 끔찍함과 친밀함을 되새겨보는 것이다. 정말 무던히도 이사를 다녔다. 초등학교 5학년 때 시골에서 도시로 전학오던 순간부터 변두리 산동네를 전전하기 시작한 것이다. 인천의 변두리를 전전하다 나는 20

대 중반부터 서울에서 살게 되었다. 그러면서 이사를 다니는 기준에 하나의 원칙을 두게 되었다. 아마 그때까지 열 번은 이사를 다녔겠고 하나같이 지하방 수준을 못 벗어나는 것에 대한 보상 심리였는지 모르지만 "나무 있는 집에서 살자"는 것이었다. 누추한 살림을 나무 그늘로나마 덮고 싶었던 것일까. 그보다는 나무들이 내 영혼에 뿌리내린, 삶에 대한 사랑의 은유를 반영하고 있었던 게 아닐까. 나무에 대한 추억은 어린 시절로 나를 데려간다. 거기에 아그배나무가 있다.

내 유년의 나무. 달지 않고 떫떠름한 맛이 나는 작은 배가 열리는 나무, 이름도 아그배다. '아기'처럼 작다는 뜻일까.
아그배나무 뒤로는 커다란 공동묘지가 있었다. 밤마다 인광(燐光)이 날아다니는 몇백 기의 묘지가 펼쳐져 있던 곳. 어린 시절 나는 아그배나무 아래서 곧잘 책을 읽곤 하였다. 나는 책을 읽다가도 내 발치 아래에 있는 할머니의 묘에서 죽은 할머니가 무어라 이야기를 하는 상상에 빠지곤 하였다.
—「콩나물 삶는 냄새」(『저녁의 무늬』)

나는 시골을 떠나면서, 그리고 이사를 가면서 하나씩 나무를 버렸고, 새로운 나무를 만났다. 나는 '나무'들이란 사람의 영혼과 같다고 믿는 사람이다. 내가 외로우면 나무도 외롭다. 외로운 나무들만 보인다. 하지만 나무들은 내 심연까지 뿌리를 내려 그리움을 호소한다. 우리가 함께 있던 곳, 갈라지기 전 한몸이었던 세계에 대하여 나무는 한곳에 서서 그 기억을 되살리고 있는지 모른다. 지금도 나는 전셋집에서 산다. 그러나 그 집 창밖엔 나무 한 그루가 없다. 나는 서서히 과거에서 벗어나고 있는지 모른다. 가난이라는 과거, 고독이라는 과거, 상처뿐인 과거와 결별하고 있다. 하지만 여전히 이사 다닐 때마다 '나무 있는 집에서 살자'고 다짐했던 마음을 간직하고 있다. 뒤를 돌아보면 우리가 걸어왔던 시간의 발자국이 보이고 그 발자국 속에서 미래가 자란다.

> 나는 언제까지고 겸손한 무릎으로
> 지구를 찾아온 나무여야 하리라
> 현재에서 떠나지 않으려고 노력하며
> 그 실상을 꿰뚫어보려는 시선을 지녀야 하리라
> 지층의 창문에 왔다 간 것들
> 가령 구름을 향해 뻗어가는 담쟁이덩굴
> 찬 서리가 지층의 창문을 얼리고 있는
> 이사가기 전날 밤
> 내 영혼은 어떤 나무로 다음 생에
> 지구에 서 있을 것인가
> 감나무에 매달린 홍시를 생각하고 또 생각해보는 것이다
>
> ──「창문을 떠나며」 부분(『학산문학』 2005년 가을호)

이미지라는 껍질에 대한 명상

　발터 벤야민(W. Benjamin)의 『아케이트 프로젝트』(*Das Passegenwerk*, 새물결 2005)라는 책을 읽고 있습니다. 이 책은 벤야민이 필생의 사업으로 삼았으나 미완성인 채로 남긴 것인데, 저자는 "사물 스스로가 말하게 하려는 기획"이었다고 밝히고 있습니다. 비유하자면 집에 대해 설명하기보다는 집을 구성하고 있는 것들을 모자이크처럼 보여주는 것, 그래서 벽돌 한장 속에 집이 들어 있음을 말하려 한 것인지도 모르겠습니다. 이렇게 자신없게 말하는 이유는 다 읽어도 제가 저자의 심오한 세계를 속속들이 알기에는 참 부족하기 때문입니다.

　아무튼 자본주의를 다루는 이 책에서 흥미를 끈 것은 자본주의를 유아기의 모습과 변두리 공간에서 파악하려 한 저자의 의

도였습니다. 그는 사람이든 사상이든 다 성장한 어른의 세계가 아니라 아이의 모습, 그리고 중심이 아니라 변두리에서 본질을 찾아 현재시간(Jetztzeit)을 구성하려 했습니다. 철저히 파고들지만 연민이 가득한 벤야민의 이러한 관찰은 제게 많은 것을 생각하게 했습니다.

저는 제가 나름대로 리얼리스트라고 생각합니다. 시를 쓰면서 리얼리즘을 철저히 끝까지 파고들면 환상에 도달할 수 있다고 생각했습니다. 그런데 나이를 먹어가는 동안 저는 현실을 살지 못했습니다. 현실이란 과거와의 관계에서만 존재할 뿐이었습니다. 저에게 현재란 언제나 화석으로 만들어야 간신히 도달할 수 있는 '현재'였습니다. 저에게 온 풍경과 체험은 역으로 저를 소외시켰습니다. 가장 소중하다고 믿었던 풍경과 체험은, 벤야민 식으로 이야기하면 모자이크로, 제 식으로 하면 이미지의 DNA화 과정을 거쳐서 일부만 간신히 현실이 된 것들이었습니다.

이제 저는 초현실주의 선구자 앙드레 브르똥(André Bréton)의 말로 제 이야기를 시작하고자 합니다. 그는 1919년 어느날 "창 옆에 두 동강이 난 사람이 있다"[1]라는 말을 떠올렸다고 합니다. 의식적으로 생각하지 않았는데 이것은 그에게 충격을 주었고, 뒤이어 이상한 계시와 함께 시간적인 영상이 나타나고 뜻없는 많은 구절이 떠올랐다고 합니다. 초현실주의의 자유로운

---

1) C. W. E. 빅스비 지음, 박희진 옮김 『다다와 초현실주의』, 서울대출판부 1979, 55면.

연상, 즉 자동기술법이 탄생하게 된 것이지요.

오늘날에도 많은 시인들이 '상상력' 하나만으로 타락한 예술과, 부패해가는 사회를 인간화시킬 수 있다고 생각합니다. 저 역시 이런 부류에 속하는 사람인지 모르겠습니다. 시란 자연주의자의 인생에서 집어낸 한 조각이 아니라 시인의 유동하는 상상력 쪽을 택하는 것이 아닌가 하는 생각입니다.

그런데 문제는 제가 쓰는 시란 완전히 상상력 쪽으로 기울어지지 않는다는 것입니다. 다시 말해 자연주의적인 인생의 한조각을 완전히 포기하지 않는다는 것입니다. 저에게 시는 자유로운 상상력이라는 그릇 속에 인생의 한조각을 갈아넣어 다른 무엇으로 바꿔보고 싶은 욕구로 존재한다는 것입니다.

이러한 성향은 제가 시골 출신이기 때문인지도 모릅니다. 저는 완전히 성장해서가 아니라, 미숙과 성장의 중간 정도라고 할 수 있는 초등학교 5학년에 도시로 전학을 왔습니다. 제 고향 정읍의 산북리는 뒤쪽으로 노령산맥의 지류가 흐르고 앞쪽으로는 평야지대가 펼쳐진 곳입니다. 동네 절에 올라가면 평야지대 어디쯤에 계백장군의 황산벌이 보일 정도라는 말을 들으며 자랐습니다. 동네 옆쪽으로는 기차가 지나다녔습니다. 어릴적 제 동네친구들은 누구나 그 기차를 타고 서울로 올라가는 모험을 감행하고 반학기쯤 흘러 다시 돌아오곤 했는데, 저는 단 한번도 시도한 적이 없습니다. 하지만 도시는 이미 제게 선험적으로 존재하는 것이었습니다. 가지 않았어도 이미 간 것 같은 것, 이 역설이 시를 쓰는 저에겐 존재합니다. 그런데 어머니 손을 잡고 올라간 도시는 서울이 아니라 인천의 변두리였습니다. 위성도시이자 산동네인 곳, 산동네 위 수도국산에 올라가면 아래로 공장지대와 멀리 바다가 보였습니다. 제가 어렸을 때부터 선험적으로 느꼈던 도시에, 이제 반대로 선험적으로 시골이 자리하게 된 것입니다.

어느 자리에서 저는 제 시가 데깔꼬마니 같다는 말을 한 적이 있습니다. 초등학교 미술시간에 배웠던 데깔꼬마니 기법은 한쪽에 물감을 풀어 접으면 반대쪽에 찍혀서 처음 의도와는 다른 환상적인 그림이 나타나는 것입니다. 즉 아무 의미 없이 이것에도 속하지 않고 저것에도 속하지 않는 환상적인 존재, 나비가 태어나는 것이 그것입니다. 저의 시는 아마 도시와 시골의 이미지가 찍혀서 생긴 그런 그림인지 모르겠습니다.

그래서 제 시는 구체적이지 못합니다. 현실을 완벽하게 재현해낼 묘사체계를 갖추지 못합니다. 때로는 모호하고 무얼 말하려 했는지 정확하지 못하고, 그렇다고 초현실주의자의 그것처럼 완전한 상상력의 자유도 누리지 못합니다. 그것은 접경지대, 경계지대에 어정쩡하게 서 있는 불완전한 것입니다.

그러나 그렇다고 해도 제가 시를 쓰는 이상 어떤 곳에 서 있으려고 하는 의지는 존재할 것입니다. 제 성향은 세상을 미메씨스, 즉 재현과 같은 것이 아닌 이미지로 파악하려는 속성에 가깝습니다. 어떤 영상이 떠오르면, 그것이 왜 현재의 내게 왔나를 생각해보는 것입니다. 대개 그것은 기억이나 저녁의 흐릿한 이미지를 동반합니다. 구멍이나 흔적, 사물에 흐릿하게 묻어 있는 저녁빛, 혹은 어머니가 남긴 편지가 소재가 됩니다.

여기서 잠깐 어머니 얘기를 해보도록 하겠습니다. 앞에서 얘기한 것처럼 저는 어려서 도시로 전학을 왔기 때문에 유년시절 어머니의 영상이 조금은 고정된 편이고, 또한 흐릿합니다. 그런데 도시로 잠깐씩 올라오는 어머니는 자꾸 늙어갑니다. 어머니가 저를 보고 시골로 가기 위해 서울역으로 갈 때, 버스 속에서 저를 위해 기도하는 어머니는 시골에서 봤던 어머니와는 같으면서도 다른 존재가 됩니다. 저는 어린 시절의 원형을 통해 본질성을 회복하고자 하는 욕구에도, 그렇다고 지금의 현실을 타개할 어떤 의지에도 기울어지지 못합니다. 양자가 뒤섞여서 파생된, 그러니까 바로 버스 속에서 기도하는 어머니가, 그 영상이, 그 이미지가 시가 됩니다.

저는 보는 만큼 봅니다. 제가 보는 자연과 사람 혹은 과거와 기억이라는 것도 따지고 보면 그만큼만 존재합니다. 저는 기억력이 별로 좋은 사람은 못되어서 과거의 일을 인상적인 이미지로 기억할 뿐입니다. 따라서 과거의 일이 시가 되려면 그 이미지가 현재에 투영되지 않고서는 구조화되지 못합니다.

가령 제가 무진 애를 쓰며 작품화하려 했던, 그러나 여전히 인상적인 이미지로만 머물고 있는 다음의 시를 소개함으로써 제가 도달하고자 하는 시를 말해보고자 합니다.

싸리꽃을 주고 싶어

향기가 진해서

너 발자국 밑을 쫓아다니면서라도

주고 싶어

수리조합 둑방의 풀이 유난히 푸르다

사람들이 오누이를 에워싸고 있고

무릎을 꿇고 고개 숙인 소녀의 모습

수리조합 물살에 떠내려간다

물에서 건져낸 오빠의 얼굴

풀물 들어서, 소녀는 얼굴이 발그레하다

동그랗게 에워싸고 있던 사람들과

입맞춤과

지는 해와

풀물 들어서

수리조합 둑방

방아깨비 발에 하늘이 들려 올라간다

태풍 지나간 후에 더 진해진

싸리꽃 냄새

　　　　　　　　　　　　——「싸리꽃」 전문(『춤』, 창비 2005)

어린 시절 제게는 백치 친구 하나가 있었습니다. 그 친구는 피부가 치약을 짜놓은 것처럼 하야말끔했습니다. 우리 고향엔 수리조합이란 것이 있었는데, 논에 물을 대는 하천을 관리하기 위해 조직된 것이었습니다. 이 하천에는 마을을 통과하는 곳마다 수문이 있어서 수량조절이 가능했지요. 너무나 더운 어느 여름이었습니다. 그 아이가 죽었습니다. 갑자기 누군가 수문을 열어놓아 익사해버린 것이지요. 수리조합 둑방의 방아깨비 발에 하늘이 들려가는 것 같은 충격을 받았지요.

그 시절에도 인공호흡이 알려져 있었습니다. 둑방으로 건져진 아이는 아직 숨이 끊어진 것은 아니었습니다. 그런데 둑방에 몰려든 마을사람 그 누구도 엄두를 내지 못했지요. 입과 입이 마주친다는 것이 어딘지 상스럽고 부끄럽게 여겨졌던 것이지요. 할 수 없이 친구의 누나가 인공호흡을 하는데, 그녀는 동생이 생사를 오락가락하는데도 부끄러움 때문에 제대로 하지 못했어요. 그 순간 친구 누나의 눈가에 맺히던 눈물과 친구의 하얀 피부는, 시인이 되어 시를 쓰는 어느 때부터 '인상적인 이미지'로 떠오르곤 했습니다.

「싸리꽃」은 어느날 문득 새벽에 썼던 것입니다. 끊임없이 고쳐낸 시지요. 제목도 '미(美)' '제트기의 구름'을 거쳤습니다. 고향 마을의 둑방에서 벌어진 이 사건이 거의 30년 동안 잊혀지지 않는 까닭은 무엇일까요. 머릿속에서 익사상태로 있던 그 풍경을 겨우 간신히 종이에 누이긴 했지만, 저는 이 시가 아직 시가 되지 못했다고 생각합니다. 누가 그 익사체에 입을 맞추려면, 이 시는 여전히 끊임없이 고쳐야 합니다.

제가 그때의 원(原)기억을 시로 왜곡하는 것은 바로 '인상적인 이미지' 때문입니다. 동생의 파리한 입술 앞에서 자신의 입술을 부끄러워하며 어쩔줄 몰라 울고 있는 누나. 그리고 그들을 둥글게 에워싸고 있는 마을사람들. 누나가 부끄러움을 이기지 못하면 조금 후에 숨이 끊어질 동생의 희디흰 피부. 그들의 심사를 대변하듯 저녁 물결에 떠 있는 햇빛. 오누이는 저녁 물살의 홍조와 조금 후에 스러질 햇빛의 운명관계로 이미지화되었습니다. 그리고 두 남녀를 에워싸고 있는 사람들은 그 이미지의 그림자였습니다. 처음에 저는 원기억과 지금 내가 살고 있는 이 세상 사이의 간극을 운명적인 오누이의 풍경을 통해 드러내고 싶었습니다. 저는 그것이 미의 원형이라고 느꼈습니다. 미(美)란 나와 너의 운명적인 차이에서 출발하나, 또한 운명적으로 서로 합일되고자 하는 간구에서 생겨나는 것으로 인식하려 했던 거지요. 누나의 얼굴에 떠오른 부끄러움, 즉 홍조의 이미지야말로 저는 미의 핵심이라고 생각한 것입니다.

그로부터 또 몇년의 세월이 흘러 저는 그 시를 '제트기의 구름'이라는 제목으로 개작했습니다. 혹시 제트기가 지나가면서 남기고 가는 구름을 본 적 있습니까. 저는 어린 시절 제트기를 보려고 얼마나 하늘을 올려다보곤 했는지 아직 기억이 생생합니다. 너무나 깊은 곳에서, 너무나 빨리 사라져버리는 제트기의 항

적운(航跡雲). 그 구름은 서서히 퍼지면서 알 수 없는 슬픔 속으로 어린 나를 데려가곤 했지요. 제트기의 꼬리에서 나오는 선명한 자국이 점점 부풀어가는 모습은, 이 세상에 변하지 않는 것은 하나도 없다는 생각을 심어줬지요.

사실 지금 되돌아보면 제트기의 모습보다, 그것이 만든 흰구름만 생각납니다. 저는 고향의 풍경을 떠올릴 때, 그것은 제트기의 구름과 같은 기억이 재구성한 왜곡된 풍경은 아닌가 자문하기도 하지요. 고향의 실체보다 고향의 기억이 마음속에서 전혀 다른 고향을 구성하고 있는 것이 아닌가, 그래서 오히려 그 풍경 속에서 위안받고 있는 것은 아닌가 의심을 하지요. 저는 제트기의 구름처럼 수리조합 둑방에 올려져 있는 오누이의 풍경을 왜곡함으로써 그들의 운명에 기대어 지금 내 삶의 치욕들을 위안받으려 했던 것 같습니다.

그리고 최근에 들어 그 풍경을 담은 시는 '싸리꽃'으로 제목이 바뀌고 다시 한번 변형을 하게 됩니다. 그러는 와중에 누나—동생의 관계는 누이—오빠의 관계로 역전되고 말았습니다. 이 역전은 어쩌면 여자인 '누나'는 원형 그대로 간직되고 있음에 반해 열살이 못되어 죽은 친구는 제 마음속에서 조금씩 성장을 하고 있었음을 무의식적으로 전해주고 있습니다. 남동생이 죽어가는 순간에도 볼에 홍조를 띤 누나를 위로해주기 위해 친구는 어느새 제 마음속에서 성장하여 '싸리꽃' 진한 향기를 건네주고 있는 거지요. 이런 왜곡은 제가 세상을 미적으로 파악하려는 우울한 낭만주의적 속성에서 자유롭지 못하다는 것을 얘기해주고 있습니다.

아마도 제가 끈질기게 매달리고 있는 이 풍경은 제트기가 사라지고 나서도 구름으로 남아 있는 유년의 하늘처럼 오랫동안 마음속에서 왜곡의 형상으로 떠 있게 될 것입니다. 다시 말해 동생의 입술에 수줍게 입을 맞추고 눈물을 흘리던 그 누나의 홍조와 죽어가는 동생의 흰 피부에 대한 집착은, 제가 이 세상을 인상적인 이미지로 파악하고 있다는 증거를 보여줍니다. 사물과 인간에게서 보이는 것 이상으로 보려는 이러한 시적 속성은 사실상 대상에 대한 학대에 다름아닙니다. 왜냐하면 이 경우, 보이지 않는 진실은 사물과 인간 속에서 한번도 드러남 없이 간직돼 있기 때문입니다. 따라서 제가 시를 가장하여 이 오누이에게 행한 이미지의 폭력은 절대로 온당한 게 아닙니다. 언표할 수 없는 비애를 표면적으로 조몰락거린 댓가를 언젠가 치러야 할지 모른다고 생각합니다.

결과적으로 시적 대상인 사물과 인간은 내가 보는 만큼 보이는 것이 아닙니다. 그것은 인상적인 이미지를 통해 왜곡한 것일 수 있습니다. 진심으로 대상과 한몸이 되고자 하는 시를 쓰려면, 제가 보는 사물과 인간이 반대로 그만큼만 저를 보고 있었다는 것도 알아야 합니다. 제가 대상에게서 뭔가를 본 것이 아니라 대상이 저에게서 뭔가를 발견했다는 사실을 그들에게서 배우지 않고서는 용서를 구하기 어렵습니다. 그때가 돼서야 '인상적인 이미지'와 '현실'은 새롭게 갱신될 수 있습니다. 저는 그러한 순간을 기다립니다. 그리고 죽은 친구와 누나가 저의 '인상적인 이미지'라는 껍질을 싹 벗겨내어서, 제가 그들에 의해 발견되기를 기다립니다. 저는 앞으로 이 시가 그렇게 다시 정말 본모습으로 태어날 날을 기다립니다.

제 시는 지금 그 갈림길에 서 있는 듯합니다. 그러나 그것이 확실하게 무엇인지 잘 모르겠습니다. 저는 제가 사는 세상을 재현해낼 수 있는, 그래서 그것을 시적 실천으로 옮길 수 있는 용기도 없습니다. 하지만 막연하게나마 무엇인가가 제가 떠올리는 이미지들에게 새로운 힘을 요구하고 있습니다. 그 요구가 무엇인지 불확실하지만, 저는 그래도 시를 쓰기 때문에, 그나마라도 알고 싶습니다. 그러기 위해 저는 이제 사물과 인간이 제게 말 걸어주기를 진심으로 간구하고 있습니다.

아버지의 노래

아버지는 글을 읽을 줄을 모르신다. 그러니 쓰지도 못하신다. 어머니가 서울에 올라와 언문체로 쓴 편지를 남기고 시골로 돌아가시는 데 반해 아버지는 단 한번도 내가 사는 자취방에 오신 적이 없다. 읽을 줄 모르니 쓸 줄도 모르는 것처럼 아버지의 인생 역시 침묵으로 채워져 있다.

나는 아버지가 자식들에게 어떻게 살라고 말씀하시는 것을 들어본 적이 없다. 그것은 오로지 글을 읽고 쓰는 어머니의 몫이었는데 대부분 주일날 목사님께서 들려주는 성경과 설교와 찬송가로 채워진 것이었다. 아버지는 환갑을 넘으면서 교회에 다니셨지만 찬송가조차 읽을 줄 몰라 부끄러워하셨다. 1919년생이니 아버지는 일제말부터 지금까지 많은 추억과 회한과 비애를 안고 사셨을 것이다.

아버지는 단 한번도 자신이 살아온 이야기를 입밖에 꺼내지 않으셨다. 키도 165cm를 넘지 않는 자그마한 체구였다. 어머니는 아버지 얼굴 한번 보지 못하고 시집을 오셨는데, 아버지가 키도 작은데다 양미간의 눈썹이 달라붙어 있어 하늘이 샛노래지셨다고 한다. 하도 기가 막혀 어머니는 시집와 밤마다 호롱불 밑에서 양미간을 가득 채운 볼품없는 아버지의 까만 눈썹을 족집게로 뽑아내셨다는데, 이것은 우리 가족에게 두고두고 회자되는 일화이다.

아버지는 아침에 일어나면 하루도 빠짐없이 마당을 쓸었다. 아침마다 마당에는 빗살무늬토기처럼 싸리빗자루가 지나간 흔적이 깔끔하게 새겨져 있었다. 내 어릴적 아버지는 가을이 되면 꼭 창호지를 새로 바르셨다. 저녁바람에 문풍지가 바르르 떨리면, 창호지에선 가을볕에 말린 흐릿한 국화꽃 냄새가 났다. 아버지는 국화의 첫잎을 따 창호지에 바르셨고, 그 꽃은 빛이 스며드는 종이 속에 바래어갔다.

아버지는 밭일을 마치고 돌아오면 창호지 앞에 앉아 발뒤꿈치 굳은살을 면도칼로 깎아내셨다. 그리고 창호지 한쪽에 오려붙인 작은 유리로 밖을 내다보셨다. 아버지는 그 유리를 '거울'이라고 부르곤 하셨다. 아버지에게 그 거울은 세상을 바라보는 창이었고, 국화꽃 냄새는 보잘것없는 촌로의 인생을 함축한 땀내였다. 아버지는 그 거울처럼 작고 초라하기만 한 밭뙈기를 목숨처럼 일구셨다. 더 늘 것도 줄 것도 없는 살림에는 도대체 관심이 없으셨다. 그런 아버지와 가난이 싫어 식구들은 모두 대처로 나갔고 한결같이 아버지처럼 되지 않겠다는 걸 좌우명으로 삼았다.

언젠가 신경림(申庚林) 시인의 시를 읽다가 내 처지와 같은 '아버지의 거울'이 나와 왈칵 목이 멘 적이 있다.

> 나는 내가 잘못했다고 생각한 일이 없다,
> 일생을 아들의 반면교사로 산 아버지를
> 가엾다고 생각한 일도 없다, 그래서
> 나는 늘 당당하고 떳떳했는데 문득
> 거울을 보다가 놀란다, 나는 간 곳이 없고
> 나약하고 소심해진 아버지만이 있어서,
>
>   (…)
>
> 그 거울 속에는 인사동에서도 종로에서도
> 제대로 기 한번 못 펴고 큰소리 한번 못 치는
> 늙고 초라한 아버지만이 있다.
>
> —신경림 「아버지의 그늘」 부분
> (『어머니와 할머니의 실루엣』, 창작과비평사 1998)

놀랍게도, 시인은 거울을 보며 자신이 아닌 아버지의 얼굴을 들여다보고 있다. 평생 아버지를 증오하면서 '아버지처럼 안되겠다'를 좌우명으로 삼았던 시인이 어느새 "기 한번 못 펴고 큰

소리 한번 못 치는" 바로 그 아버지가 돼 있는 것이다.

어린 시절, 노동을 끝내고 창호지 앞에서 면도칼로 발뒤꿈치를 깎는 아버지 등뒤에 엎드려 나는 도시로 간 형에게 몽당연필로 편지를 썼다. 어서 빨리 여기서 나를 데려가달라고. 끝내 도시로 건너온 나는 어떤 일이 있어도 아버지처럼 작은 유리로 세상을 바라보지 않겠다고 작심하며 살았다. 아버지가 그 거울을 보며 도시로 나간 자식들을 기다린다는 생각은 해보지도 않았다. 나처럼 우리 시대의 많은 자식들은 저마다 자기 얼굴에서 '아버지'를 알아보지 못한 채 살아간다. 커다랗게 벌린 시장(市場)의 입속에서 헤매다가 아버지를 비쳐주고, 나를 비쳐주던 거울을 어느결엔가 깨뜨렸기 때문이다.

내게는 실재인지 환상인지 알 수 없는 아버지와의 추억이 딱하나 있다. 초가집 흙벽에 호롱불 그을음이 까맣게 내려앉던 어느 해 겨울, 수두로 온몸이 불덩이 같은 나를 아버지가 읍내까지 들쳐업고 병원에 갔을 때였다. 달은 차고 맑은데 아버지는 숨을 헉헉거리며 나를 업고 들판을 내달리셨다. 얼마나 갔을까, 들판 한가운데 둥그런 돌이 하나 있었다. 아버지는 나를 돌에 내려놓고 내 이마를 당신의 투박한 손으로 짚으셨다.

성년이 될 때까지 나는 왜 그때 온몸에 물집이 가득했던 것을 수두 때문이 아니라 석유를 먹어서 그렇게 되었다고 생각했을까. 아마 석유를 먹어서라도 아버지의 사랑을 받고 싶은 간절함에서 비롯된 것은 아니었을지.

그 무렵에 들었던 아버지의 일본노래는 머릿속에서 지워지지 않았다. 어느날 해가 뉘엿뉘엿 지는 모습을 창호지의 유리로 바라보며 일제 때 탄광촌에서 배운 일본노래를 낮은 음성으로 부르고 계셨다. 그 노랫소리가 하도 구슬퍼 내 눈에서도 눈물이 나올 지경이었다. 성장하면서 나는 아버지처럼 말이 없고 가족에 등한한 분도 없다고 생각했다. 나귀처럼 평생 일을 짊어지고 살면서 가족을 위해 따뜻한 말 한마디 건넨 적이 없었고 저녁에는 방에 틀어박혀 창호지의 유리만 바라보셨다.

한번도 자신의 인생역정을 들려주지 않았지만 저녁빛에 물들어가는 그 노랫소리는 당신이 살아온 삶을 서글프게 축약하고 있었음을 이제는 알 것도 같다. 아버지는 조상들에게 아무것도 물려받지 못하고 당신도 자식들에게 물려준 것은 없지만 농부로서의 삶을 곡진하게 사셨다. 시대와 상관없이 오로지 마당과 들판에서 살기를 원했으나, 일제 강점기에는 북간도에 징용 가서 탄광촌의 막장으로까지 내몰리셨다.

내 아버지의 개인사와는 경우가 다르지만, 요즘 신문과 방송을 요란하게 장식하고 있는 과거사 진상규명 문제에 아버지들의 과거 캐기가 빠짐없이 등장하고 있는 것을 보면 조금 서글프다. 소위 내로라하는 명문가의 자식들이 정치인이 되어 자기 정파의 이득을 위해 아버지를 백척간두에 내몰고 협상테이블에 올리는 것을 보면 그들이 진심으로 나라를 위해서 그러는 것일까 의문이 생긴다.

아리엘 도르프만(Ariel Dorfman)의 『체 게바라의 빙산』(창비 2004)에는 우리나라의 정치판을 연상케 하는 아버지와 아들 들이 등장한다. 아리엘 도르프만은 삐노체뜨 이후 칠레 정치의 뒤틀린 모습을 암울하고 유머러스한 필치로 그려 전세계적으로 주목받는 작가이다. 그의 책은 부모 세대에 의해 형성된 불가피한 정치적 상황이 제2세대에게는 어떻게 영향을 미치는지 프로이트(S. Freud)의 『토템과 터부』에 나온 시원적 아버지에 대한 전설에 비유해 그려내고 있다.

한 원시부족의 마을에 모든 여자를 독차지하고 아들들에게는 성을 허락지 않는 아버지가 있었다. 결국 아버지는 자식들에게 살해되고 만다. 아들들은 승리감과 여자를 갖게 되리라는 희망에 도취된 채 죽은 아버지의 살을 나눠먹고 그와 같은 능력을 갖게 되기를 희망한다. 하지만 그들에게 남은 건 아버지를 살해했다는 죄의식뿐이다. 우리나라에서 벌어지는 정치의 우스꽝스런 자화상 역시 이 전설과 다를 것이 있을까.

나는 정치인들이 투명하게 친일파 문제를 해결하려면 자기 정파의 이득을 따지기 전에, 아무것도 가진 것 없지만 자신에게 맡겨진 일만은 최선을 다해서 어려운 시대를 살아온 우리 아버지 같은 민초들의 삶을 들여다봐야 한다고 생각한다. 잘난 자기 아버지의 영웅담과 기득권을 유지하기 위한 끝없는 변명 대신 말없이 마당과 들판에서 살아온 가난한 아버지의 일본노래에 가득한 회한을 그들도 한번쯤 느껴봤으면 좋겠다.

이런 점은 시각을 넓혀서 우리의 문학에도 대입해볼 필요가 있다. '근대성 담론'으로 유명한 일본의 문학평론가 카라따니 코오진(柄谷行人)의 『일본 근대문학의 기원』에 보면 풍경에 대한 흥미로운 접근법이 나온다. 일본의 근대문학이 발견한 '풍경'은 그것 자체로는 아무런 해가 없다. 그러나 일례로 근대문학가 쿠니끼다 돗뽀(國木田獨步)가 홋까이도오의 아름다운 풍경을 노래하는 순간 그는 그곳에 살고 있던 소수민족 아이누의 타자성(他者性)을 부정하는 미필적 고의를 범하게 된다.

카라따니 코오진은 기본적으로 사람들을 전쟁의 광기로 몰아넣는 내셔널리즘의 제도성을 비판하는데, 나는 문학과 같은 분야에서도 그러한 제도성이 발휘되고 있다고 생각한다. 그런 맥락에서 보면 누구보다도 조선의 미(美)에 대해 관심을 보여왔던 야나기 무네요시(柳宗悅)도 조선의 미 자체를 사랑했을 뿐 식민지 치하에서 신음하는 조선인의 '폭력적' 해방의지에 대해서는 아무 말도 하지 못한 셈이다. 스스로 서양적인 태도를 보여왔던 일본이 미적 대상물로서만이 아닌 한국의 타자성을 '괄호'로 묶어버리고 인정하지 않는 것은, 근대 이후 그들의 나쁜 전통이 된 것 같다.

하지만 이러한 타자성은 국가간의 관계뿐만 아니라 개개인의 영역에서도 성립되어야 한다. 문학의 중요성의 하나는 그것을 억압하는 것에 대해서 싸워나가고 피해받는 사람을 옹호하는 일이다. 문학이 자아탐구와 심미주의에만 경도될 때 그것이 타자성을 억압하는 지배이데올로기에 봉사할 수 있음을 카라따니 코오진은 경고하고 있다. 내면탐구라는 미명 아래 감각의 미로를 즐기는 것 같은 우리 세대의 문학이 여전히 귀담아 들을 만한 대목이다.

가난은 함부로 말해질 수 없다

"어두운 시를 쓰지 말고 밝은 시를 써라."

"여보세요"라는 말을 채 끝내기도 전에 큰누님은 전화기 너머에서 다짜고짜 이렇게 말했다. 작년(2005)에 아버지가 노환으로 돌아가시고 난 뒤 어머니는 급격하게 몸이 쇠해지셨다. 큰누님이 어머니를 뵈러 시골에 내려가셨다기에 전화를 넣었더니 큰누님이 받은 것이다.

몇년 전만 해도 어머니는 서울에 사는 자식들을 보러 한달에 한번씩 올라오셨다. 어머니는 내 집에 오시면 방 안에 처박혀 시만 쓰는 나를 가리켜 '방안통소'라고 불렀다. 어머니로부터 그말을 오랜 세월 동안 들었다. 내력은 이렇다. 고등학교 시절 문예반에 들어간 인연으로 시를 접하고 서울예술대 문창과를 졸업

한 뒤 1991년 신춘문예로 시단에 나오게 되면서 어머니에게 '방안통소'라는 직함을 받은 것이다.

그 뜻을 알기 위해 인터넷을 검색해보니 어느 분이 굳이 한자로 쓰자면 '房中洞簫'라고 그럴듯하게 해석해놓고 있다. 동소(洞簫)는 피리의 하나인 통소의 원말이며, 그래서 방안통소는 "밖에서는 실력이 안되어 불지도 못하면서 방 안에서만 삐리리삐리리 불어대는 엉터리 통소쟁이", 즉 '안방장군'이라는 것이다. 내 시는 동물로 치자면 바퀴벌레와 닮았다. 바퀴벌레는 방 안의 어둠속에서는 작은 틈만 있으면 누구의 손도 재빨리 피해 놀라우리만치 민첩하게 숨을 줄 안다. 내 시도 그렇다. 세상 밖으로 나가서는 아무 위력도 발휘하지 못하지만 방에 있을 때만은 내가 쓴 시가 가장 아름다운 통소소리를 내는 것이다. 어쩌면 그것이 좋아 장가도 못 가고 마흔이 넘은 지금까지 문학청년처럼 시를 쓰고 있는지도 모른다.

내가 쓰는 시의 소재 중에서 많은 부분을 차지하는 것이 가족에 관한 것이다. 큰누님에 대한 시만 해도 지금까지 몇편이 된다. 내가 팔남매의 막내인 탓에 큰누님은 내겐 어머니뻘이다. 큰누님은 올해 회갑을 맞았다.

집안이 가난해서 어린 시절 식모를 살았던 큰누님. 그때 제일 힘들었던 기억이 겨울강가에서 빨래를 할 때 얼어 있던 단풍잎을 본 것이라고 한다. 겨울에 언 강을 깨고 빨래를 하는데 큰누님 뒤로 빨간 단풍잎이 바람에 날아왔다. 빨래를 하는 동안 겨울인데도 색깔을 잃지 않은 단풍잎은 금세 강물에 젖어 서리가 맺히고 어느새 큰누님의 마음속에서도 얼어붙었다. 큰누님과 통화하면서 어린 소녀가 단풍잎보다 빨갛게 언 손으로 빨래를 하며 모래톱에서 얼어가는 낙엽을 보며 자신의 처지를 생각하는 장면이 겹쳤다.

사철나무로 된 시골집 울타리 속에서 개나리가 꽃망울을 맺었다며 큰누님은 흥분을 감추지 못했다. 여름에 개나리가 꽃을 피운 것이 그렇게도 놀라운 일일까. 나는 오히려 얼어붙은 단풍잎을 바라보며 눈물을 흘렸던 소녀가 환갑이 돼서도 여전히 맑은 마음을 잃지 않는 것이 놀라웠다. 게다가 큰누님은 커다란 두꺼비 한 마리가 집 마당에 들어왔다며 이제 우리 집안에 좋은 일이 가득할 거라고, 너도 희망을 잃지 말고 늘 밝은 시를 써야 한다는 말로 전화를 끊었다. 그 여운이 쉽사리 가시지 않아 다음날 어머니께 전화를 드렸다. 어머니는 "일년에 개나리는 두 번 피지 않는데 그것도 제철을 벗어나 한여름에 누이들이 에미를 보러 온 날 피었다"며 "너도 올해는 꼭 장가를 들어야 한다"고 하셨다.

나는 어두운 가족사를 돌아보며 시를 쓴다. 그것은 어둡고 칙칙한 방안통소의 음률에 불과하다. 그런데도 가족들은 내 시집이 나오면 꼼꼼하게 시를 읽어준다. 거기에 자신의 모습이 나와 있기 때문이다. 큰누님 역시 어둡고 칙칙한 모습으로 시에 각인돼 있다. 큰누님에겐 얼마나 돌아보기 싫은 과거였을까. 그런데도 큰누님은 자신의 불행한 기억을 시로 썼다고 해서 야단을 친

적이 없다. 대신 이젠 희망을 이야기할 때라고 말한다. 과거의 칙칙한 기억에 지배당하지 말고 여름날에 핀 시골집의 개나리에서 희망을 보라고 하신다. 큰누님에게서 가난은 함부로 말해질 수 없는 것이지만 돌아보는 행위를 통해 미래를 희망하는 발판이 될 수 있음을 배운다.

지금 사회는 모든 것이 속도 위주로 흘러간다. 너무나 빨리 변하는 현대사회에서 현대인들에게 과거는 화석이나 다름없는 것이 됐다. 모두들 미래를 향해 뛰어가지 않으면 금세라도 도태될 듯이 숨을 헐떡거리고 있다. 마치 소돔과 고모라에 나오는 여인처럼 뒤를 돌아보면 당장이라도 몸이 굳어 소금기둥이 돼버릴 것만 같은 모습들이다.

나는 배운 도둑질이라곤 그나마 시 쓰는 것밖에는 없어 학생들에게 시를 가르친다. 그래서 일주일에 한번씩 광주행 새벽기차에 몸을 싣는다. 비몽사몽간에 교재에 밑줄을 그으며 강의준비를 하다보면 기차는 어느새 고향을 스쳐간다. 그런 때 떠오르는 시가 두보(杜甫)의 「무가별(無家別)」이다. 우리말로 하면 '집 없는 이의 이별'쯤 될까. 이 시는 전쟁에서 패한 어떤 병사가 황폐해진 고향집에 돌아왔으나 이별할 가족도 없이 다시 군역에 불려간다는 처참한 내용을 담고 있다. 난세(亂世)란 집에 돌아왔어도 집에 들어가지 못하고 다시 이별을 경험하는 그런 것이다. 시의 마지막 연은 다음과 같다.

비록 고을 안으로 일하러 가는 것이지만,

집 안을 돌아보니 작별할 가족이 없다.

가까운 데에 가도 한 몸뿐인 신세,

먼 곳에 가면 끝내 더욱 떠돌 것이다.

집과 고향 이미 다 없어졌으니

머나 가까우나 이치는 매한가지.

길이 애통하리라, 오래 병들어 돌아가신 어머니

오년간이나 진구렁에 버려둔 것이.

날 낳으시고 도움도 못 얻으시고

평생 우리 둘은 쓴 눈물로 지냈다.

사람이 살면서 이별할 가족도 없으니

어찌 백성이라 말할 수 있으리요?

──두보 「무가별」 부분

(이영주 편역 『가난한 사귐의 노래』, 솔 1998)

  하필 이 시가 각별하게 다가오는 것은 다른 이유 때문이 아니
다. 고속열차를 탄 뒤 두 시간쯤 지나면 내 고향 정읍을 스쳐간
다. 그리고 10초면 고향이 차창 밖으로 사라진다. 기적(汽笛)이
우리집 담벼락을 울리면 거기서 혼자되신 어머니가 오래 서서
내가 타고 가는 기차 꽁무니를 바라볼 것만 같은 생각이 든다.
고향에 가도 고향에 당도하지 못한다는 역설이 두보의 시를 더
각별하게 만든다. 현대의 각박한 삶의 전쟁 앞에선 고향마저도

안식처가 되지 못하고 이별해야 할 대상이 되고 있다.

나는 절대 가난과 가족을 팔아서는 안된다고 생각한다. 가난은 함부로 말해질 수 없다. 광주에서 수업을 끝내고 저녁기차에 몸을 실은 어느날은 자신의 무릎이 하얗게 비어가는 줄도 모르고 산 어머니의 무릎을 안마해드리러 고향역에 내릴 것이다. 그리고 시골집 마당에 들어서면 가장 먼저 사철나무 속의 개나리를 만질 것이다. 여름날 누이가 감격해하며 바라본 사철나무 속 개나리. 분명 가을에는 꽃이 져 있겠지만 누님을 기쁘게 하던 그 작은 기적을 돌아보고 또 돌아볼 것이다.

사회적 시각으로 보면 나는 방 안에서 퉁소나 부는 못난 시인이지만 그것이 내게는 정직한 행위이고 위안이며 미래를 예견케 하는 희망이다.

우주적으로 쓸쓸하다

김춘수(金春洙) 선생이 돌아가시고 난 후 그와 인연이 깊었던 출판사에 다니는 후배로부터 이런 말을 들은 적이 있다. 선생이 살아 계실 때 거실 탁자에는 조화 한 송이만 덩그러니 놓여 있었다고. '꽃의 시인'이란 이미지로 각인될 만큼 꽃을 사랑한 노시인이 홀로 거실에 앉아 조화를 바라보는 풍경이라니.

그런데 뇌리에 박힌 그 풍경이 밤이면 가끔씩 눈앞에서 보는 것처럼 떠올려진다. 불혹을 넘어섰는데도 아직 노총각 딱지를 떼지 못해 혼자 사는 이유만은 아닐 것이다. 밤중이면 왜 죽은 시인의 쓸쓸한 말년이 아직은 젊다고 자부하는 나 같은 시인의 곁에 아른거릴까 하는 생각이 많아졌다. 그러다 최근에 그 의문이 조금은 풀린 듯하다. 은사인 최인훈(崔仁勳) 선생의 『길에 관한 명상』(솔과학 2005)을 읽고 나서였다.

책을 읽는 동안 스무 해도 전에 스무살짜리 청년이 선생의 강의를 들으며 온갖 언어의 바다로 출렁이는 칠판을 얼이 빠져라 바라보고 있는 모습이 떠올랐다. 그리고 자신을 '시골작가'라 명명하면서 예술가란 자신의 공방에서 언어의 망원경으로 현실과 상상을 치열하게 융해하는 것이라 하던 선생의 음성이 들려오는 듯했다.

그제야 알 것 같았다. 선생이 말하는 공방의 망원경이 노년의 김춘수 시인이 바라본 탁자 위의 조화였다는 것을. 시인은 훼손되지 않는 삼라만상의 본질을 한 송이 조화를 통해 응시하면서 언어라는 존재의 집을 짓고 있었던 것이다. 그러니 그 고독한 거실은 시인에게는 그만의 공방이자 실험실이었던 셈이다.

나는 노년이 되어 탁자에 무엇을 올려놓을까. 재주도 지혜도 턱없이 모자라니 그저 한권의 시집을 올려놓아야겠다. 하루에 단 한편만 오래오래 입 안에 궁글리며 리듬과 의미를 음미하고 싶다. 때로는 게으르게 방바닥에 누워 천장에 떠도는 시의 그늘에 얼굴을 적시고 싶다.

시인, 우주적으로 쓸쓸하다.

제2부

시인을 찾아가는 길

견자(見者)와 날이미지 시

오규원

　나는 새들을 부러워한다. 특히 공중에 양 날개를 쫙 펴고 움직이는 듯 정지한 듯 미세한 떨림만으로 대기와 호흡할 때, 온몸이 전율한다. 저렇게 시 한편만 써보았으면 싶다. 새들은 뼛속이 비어서 하늘을 날 수 있다고 한다. 그들에게 생이란 하늘을 날 수 있을 정도의 무게를 의미한다.

　오규원(吳圭原) 선생님을 만났을 때의 첫인상이 그러했다. 내가 스무살 때였으니 벌써 20년이 넘었다. 선생님께서 시를 배우는 학생들에게 한 일이라곤 "줄여, 이게 말이 된다고 생각하니?" 하며 빨간 싸인펜으로 밑줄을 그으신 것밖에 없다. 그렇게 선생

* 이 글은 『대산문화』 6호에 실린 인터뷰를 개고한 것이다.

님은 우리들 이십대의 푸른 이력서에 붉은 밑줄을 그었고, 그것은 어느새 지울 수 없는 화인(火印)이 되어 모두 제각각의 허공으로 흩어졌다.

그중에서도 비루하기 짝이 없는 새가 나이다. 지난 20년간 하늘을 날기 위해 무던히도 절벽에 서보았지만 늘 땅바닥에 간신히 내려앉곤 했다. 내가 썼던 시들은 선생님께서 빨간펜으로 그어 땅바닥에 떨어진 깃털들을 운좋게 주운 것에 불과하다. 지금 나는 다시 선생님 앞에 앉아 하늘을 나는 법을 배운다. 선생님 이순(耳順)을 기념해 문학과지성사에서 출간된 『오규원 시전집』(전2권), 『오규원 깊이 읽기』를 펼쳐놓은 채.

——선생님은 지금도 학생들에게 '시가 되지 않는 것은 버려라'고 말씀하십니까?

시창작 실습시간이니까, 당연히 시가 안되면 버리라고 하지요. 사물의 외양이나 본질, 현상, 이 모든 것을 그릴 수 있는 수사법은 묘사밖에는 없습니다. 깨달음을 직술하는 방법은 진술이니까요. 진술은 귀를 향하는 어법이잖아요. 그럼 눈을 향하는 모든 건 묘사 아니면 안됩니다. 그 둘 중에 하나를 선택해야 하는데 진술하는 사람도 묘사를 바닥에 깔고 해야만 그게 잡힙니다. 묘사가 객관지향성이 훨씬 강하기 때문이지요. 난 묘사만 하라고 하진 않아요. 묘사 위에 모든 것을 얹어라, '묘사 위에다!'라고 말하지요.

———그런 측면에서 보면 선생님의 시는 인간관념을 철저히 배제한다고 할 수 있습니다.

옛날에 화공, 도공은 있었지만 시공은 없었잖아요. 우리는 족보도 없었지요. 그저 어정쩡하게 시객(詩客), 문객(文客)이라는 이름이 있었습니다. 이 이야기는 우리 사회가 지식인 중심사회라는 뜻이지요. 그들이 이데올로기를 창출해가지고 사회에 기여한다면, 예술가도 예술가 나름으로 우리들 삶에서, 이 사회에, 이 지구에 할 일이 있는 거 아니겠습니까. 당연히 선비계급과 당당히 맞서야 되는데, 그러기 위해서는 선비적인 언어가 아닌 언어로 세계를 이해할 수 있어야 하는 것이지요. 선비에게 예술이란 언제나 하등의 것이지 않습니까.

———말씀을 듣고 보니 선생님 시를 일컬어 왜 '전복의 사회학'이라고 하는지 그 이유를 알 수 있을 듯합니다.

아무리 현실도피에 있는 사람들도 관념용어를 쓰면서 현실이야기를 하지 않습니까. 내 경우는 그것을 입밖에 내본 일이 없어요. 그것은 내 스스로 선택한 것이니까요. 선택했다는 것을 다른 말로 하면 침묵이 필연이라는 뜻이지요. 그래서 뒤집어보면 사회에 대해서 아무 이야기 안한 내 시가 사회학을 갖고 있는 것입니다. 즉 전복의 사회학입니다.

　——선생님은 김춘수 선생의 시를 일컬어 '예술적 인식'이라고 말하고 선생님 시는 '인식적 예술'을 지향한다고 말씀하십니다.

　그러니까 내 질문의 서두는 언어(인식)란 무엇인가이고 김춘수 선생은 시(예술)란 무엇인가입니다. 나는 앞에 이야기한 전복의 사회학을 이루는 기본적 골격은 언어란 무엇인가부터 출발했기 때문에 그렇게 된 것입니다. 그러니까 내 경우에는 세계를 새롭게 바라보는 방법이 시를 새롭게 하지요.

　말씀을 듣고 있는데 뜬금없이 선생님이 더 말랐다는 느낌이 들었다. 무시무시하게 말랐다는 것이 솔직한 심정이었다. 선생님은 1991년부터 아팠다. 만성폐쇄성폐질환이란 희귀한 병이었는데, 이산화탄소를 내보내는 기능을 상실함으로써 인간이 누리는 산소의 20%만 갖고 살아야 하는 것이 선생님의 현실이다. 그런데 그해는 내가 신춘문예로 등단한 해이기도 했다. 그때 제자들에게 전해오는 관습은 신춘문예로 등단하면 신년에 양주를 한 병 사들고 선생님과 밤늦도록 술에 취하는 거였다. 오전 10시쯤 선생님을 찾아가 뵈었을 때 아직 선배들은 오지 않았고, 덕분에 나는 선생님께서 손수 책장에서 뽑아주신 『현대시작법』을 선물로 받았다. 선생님께서 십수년간 담당해온 시창작 강좌에서 엑기스만 뽑아올린 그 책은 나를 포함해 "시를 공부하겠다는/미친 제자"(「프란츠 카프카」, 『가끔은 주목받는 生이고 싶다』)들에겐 이젠 거의 경전이 되어버렸다. 그해부터 선생님은 아파서 술을 마시지 못하셨고, 술자리는 싱거워졌으며, 우리들은 절대 청정공기가 필요한 선생님이 멀리멀리 떠나버린 강원도를 그리워했다.

지금 선생님은 강원도 인제, 무릉을 거쳐 1996년부터 서후리에서 요양하고 계시다. 경기도 양평군 서종면 서후리는 양수리에서 차로 20분쯤 들어가다보면, 길이 끊어진 산 밑의 마지막 동네이다.

——선생님을 만나뵙는다 생각하니 먼저 떠오른 것이 무릉과 서후였습니다. 시의 운명을 사시는 선생님과 그곳의 자연공간은 어쩐지 필연적 운명으로 묶여 있다는 느낌을 주는데요.

무릉(武陵)은 물론 중국 고사에서 나왔지만 한자로 보면 '무사들의 무덤'이라는 뜻이지요. 내가 산 곳은 도원이 아니라 도원을 바라보는 무릉, 즉 싸우는 사람들이 즐비하게 죽어 있는 무덤이 있는 곳이었지요. 그게 현실이지요. 실제로 내가 머문 그곳에 무릉리, 도원리가 붙어 있었지요. 어떤 사람이든 어디 가면 자기에게 알맞은 이미지를 그 땅에 부여하려고 합니다. 내가 부여하려고 한 것은 우리가 사는 현실과 어울리는 무릉이라는 이름이 내가 사는 곳이다, 이런 거였지요. 서후(西厚)도 직역하면 서쪽이 후하다는 뜻이니까 서쪽이 땅이 기름지다는 뜻 정도가 됩니다. 그런데 동후(東厚)가 해뜨는 곳이 풍부한 쪽이라면 서후(西厚)는 해지는 쪽이 풍부한 땅 아니겠습니까. 그래서 서후를 '해지는 땅이 넉넉한 마을'로 새롭게 뜻을 붙인 것이지요. 내가 사는 곳의 이미지를 내 몸과 맞추려는 노력인 셈이지요.

——자연공간이 선생님께 어떤 영향을 끼쳤는지 궁금합니다.

나는 어떤 계기로 해서 자연과 만난 것입니다. 그렇다는 의미는 내가 늘 자연 속에 쑥 들어가지 않는 일면의 경계 같은 것이 있고, 내 발이 자연과 도시 양쪽에 걸쳐 있다는 뜻도 될 것입니다. 즉 경계를 산다고 말할 수 있지요. 두번째는 시간이라고 할 수 있습니다. 정말 많은 시간이 있었지요. 내가 그 첫번째 자연공간인 무릉에서 써낸 책이 바로 이것입니다.

선생님은 무릉을 떠나실 때 산문집 『가슴이 붉은 딱새』(문학동네 1996)를 펴내셨다. '무릉日記 2'라는 부제가 붙어 있는 이 책은 무릉에서 지냈던 4년간의 삶과 사유가 고스란히 들어 있다. 적막 속에서 자연, 조주(趙州)를 비롯한 선사들, 문인들, 화가들과 나눈 교감이 청교도적 문체로 그려져 있다. 선생님께서 손을 짚으신 곳은 그 책 9페이지였다.

한 스님이 물었다.

"하루 스물네 시간을 어떻게 마음을 써야 합니까?"

"그대는 스물네 시간의 부름을 받지만 나는 스물네 시간을 부릴 수 있다. 그대는 어느 시간을 묻느냐."

그 인용구는 『조주록(趙州錄)』의 한대목이었다.

이 글에 대답이 다 있지 않습니까. 우리가 보통 말하는 시간, 그러니까 물리적으로 계산된 시간이나 순차적 시간 그런 거 말고, 마음이 다스리는 시간은 자기 것이라는 것을 알았다는 것이지요. 내가 자연을 만났을 때 느낀 것은 '두두시도 물물전진(頭頭是道 物物全眞)'이란 말입니다. 사물 하나하나가 전부 도(道)고 또한 이 사물 하나하나가 진리(眞理)다 이런 뜻인데, 이 말의 의미를 거기서 몸으로 깨달았습니다. 생각해보십시오, 저기 있는 소나무, 저기 있는 돌, 저기 있는 철쭉, 저런 게 진리가 아니라면 진리가 있을 데가 없습니다. 도시에서 책 속의 명제를 찾는 거나 자연 속에서 사물의 진리를 찾는 거나 별반 다르지 않지요. 도시든 자연이든 인간을 그리는 거울임은 똑같다는 것이지요. 나는 자연이든 도시든 어느 쪽도 칭송하는 그런 사람이 아닙니다.

── 선생님 시의 핵심인 '날이미지' 시론이 떠오르는데요.

전통적인 시는 시인이 어떤 대상에 대해서 자기의 사상이나 정서를 언어로 노래한 것이지요. 그것이 만약 인간중심 사고의 결과라면 거기에서 벗어나는 방법의 첫번째는 주체의 사상이나 정서를 빼버리는 것입니다. 물론 사상이나 정서만 빼면 저절로 되는 것은 아니지요. 언어에는 달력이라든지 나무라든지 실제를 가리키는 용어와 사랑, 슬픔, 법 등 관념용어 이렇게 두 가지가 있지 않습니까. 그 두번째가 바로 그것이지요. 인간이 인간의 세계를 체계화하려고 만들어놓은 관념용어를 시에서 빼는 것이지요. 그러면 한번 더 인간적인 것이 배제되는 것이니까요. 세번째는 개념적인 것이나 사변적인 것이나 그러한 비유, 혹은 진술 이러한 것을 모두 빼버린 상태에서 사물의 현상을 재현하는 것입니다. 이렇게 세 단계를 거치는 것이지요. 그래서 주체중심, 인간중심 사고에서 벗어나서 그 관념을 생산하는 수사법도 배제한 그러한 상태의 살아 있는 이미지들을 시에 구현하는 것, 그것이 날〔生〕이미지 시입니다.

——그런데 선생님은 시에서 왜 그런 작업을 하시는지요.

휴머니즘이라는 용어가 좋긴 한데 말을 바꾸면, 그건 인간중심이라는 것이지요. 세계를 인간중심으로 이해해서 요리하는 것이니까요. 그럼 그러한 사상과 맞서려고 하면 어떻게 해야 하겠어요. 인간의 욕망이 수습해놓은 나쁜 요인들을 배제할 수 있는 아주 정교한 장치들이 예술에서 필요한 거 아니겠습니까. 시인도 이제 위대한 화가처럼 각각의 구조(시법)를 짜지 못하면 아무 소용이 없지요. 옛날에 시를 노래라 하고 시인을 보고 가객(歌客)이라 그랬지요. 랭보가 모음(음악)을 색깔(시각)로 바꾸어 노래한 이후, 가객의 시대는 갔지요. 지금 같은 불안정한 내재율 구조로는 시가 노래가 되기 힘들지요. 새로운 가객의 시대가 오려면 음악 구조를 부활시키는 자가 나와야 하니까요. 지금은 견자(見者)의 시대이지 가객의 시대가 아닙니다. 내가 묘사를 얘기한 것도 이것과 관련이 있습니다. 대부분의 시인들이 나중에 제자리를 못 잡는 이유가 바로 이 부분입니다. 자기의 시법을 갖지 못하거나 해서 망가지는 것이지요.

——날이미지와 관련해 앞으로 어떤 시를 쓰실 건가요?

날이미지 시의 궁극이 목표로 하는 것은 아무것도 말하지 않으면서 모든 것을 말하는 시입니다. 내 마음이 아무것도 안 가진 채, 아무것도 소유하지 않은 채 그득하다면 시가 아무것도 말 안 하고 그냥 그득한, 그러한 모든 걸 말하는 방법도 있지 않을까요.

——매우 선적(禪的)인데요?

내 말의 이미지가 선적으로 들리는 것은 불립문자 때문에 그럴 텐데 그거하고는 관계없어요. 아무것도 말하지 않으면서 모든 것을 말한 시가, 불교와 같은 종교적으로 연결되기보다는 견자시론 쪽으로 연결되기를 희망합니다. 나는 그런 욕망을 갖고 있습니다.

선생님과 일산 자택에서 인터뷰를 하고 식사를 하는 그 서너 시간, 나는 얼핏 선생님의 안경 너머 날카로우면서 깊은 눈, 깡마른 어깨와 팔, 그 어디쯤에 잘 마른 날개가 숨겨져 있는지 탐색하기 바빴다. 나는 여전히 그의 학생이며, 푸드덕거리는 늦둥이 새였다. 날 수 있을 만큼의 줄이고 줄인 언어의 무게로 일생을 견딜 수 있다면, 나도 공중에서 견자(見者)가 되지 말라는 법은 없을 테니까.

가장 어려웠던 날들의 수첩

이성복

　카프카와 보들레르, 그리고 이성복(李晟馥)은 내가 조용히 되뇌어보는 이름들이다. 내게 카프카(F. Kafka)는 측량사 K를 통해 안개와 눈에 가려진 성(城)의 완고한 신비로, 보들레르(Ch. Baudelaire)는 진창에 떨어진 후광의 더럽혀진 신비로, 이성복은 유곽에 떠 있는 별의 치욕과 연민의 신비로 각인됐다. 이성복은 내용면에서는 카프카적이며 형식면에서는 보들레르적이다. 그 자신도 산문집에 보들레르, 카프카를 일컬어 "선을 향한 두

---

* 이 글은 '문학적 연대기' 「뱀의 입속에 모자만 남은 개구리가 허공에 대고 하는 고백」(『작가세계』 2003년 가을호)을 이성복의 유년시절과 청년시절을 중심으로 재편집한 것이다. 이성복의 주요한 연대는 송재학의 「정든 유곽에서 호랑가시나무까지」(『이성복 문학앨범』, 웅진출판 1994)를 참조했음을 밝힌다.

개의 등대"라고 적었다. 시인의 정신적 공간인 대구의 고택 집필실에 머물던 여름밤, 나는 그가 젊은 날 쓴 메모첩에서 다음과 같은 구절을 발견했다. "카프카 극복의 두 가지 길—Brecht와 Buber" 카프카가 안개와 눈으로 가려진 고독한 내면의 성채를 찾아 떠났다면 브레히트와 종교사회주의자 부버는 현실 속에서 이상을 발견하고자 한 사람들이다.

이성복이 '가장 어려웠던 날들의 수첩(手帖)'이란 제목으로 1979년 10월 29일부터 1980년 1월 14일에 걸쳐 쓴 이 메모첩에는 '치욕' '나사로' '환청' '상처' 같은 단어들이 보인다. 첫시집에 수록된 시편들의 초고가 메모 형식으로 기록되어 있는가 하면 글쓰기에 대한 치열한 상흔이 엿보인다. "글은 정신의 사랑행위이다. (확실히 나는 보들레르보다 더 따뜻한 곳에서 살고 있다.) 사랑은 언제나 죽음을 낳는다. 죽음 있는 곳에만 삶이 있다. 우리는 셋이서만 산다 — 너와 니 그리고 破産(혹은 끝장)." 이리한 글귀들은 후일 그의 첫시집과 네 권의 산문집에서 꽃씨처럼 발견되는데, 나는 그 시차의 아득함 속에서 한 인간의 강인한 정신력에 흠칫 놀랄 수밖에 없었다. 그의 집필실 뜰에서 달빛을 받고 있는 석류처럼 나는 조용히 입을 다물려고 했으나, 다음과 같은 구절을 발견하곤 한숨을 쉬지 않을 수 없었다. "위대한 것들은 모두 위독하다."

이성복은 일찍이 악몽으로 점철된 카프카를 구부려 유곽을 창조했고 그 스스로 유곽의 의사가 되었다. 그에게는 시 역시 진창에 떨어진 후광을 유곽에 덧씌우는 것이었다. 어느 겨울이 생각난다. 나는 후배와 함께 대구의 이성복을 만나러 갔다. 후배가 "이성복 선생님이 세상을 편하게 사는 법을 가르쳐주신다고 했어요"라고 전화로 통보했고, 나는 서둘러 그에게 치료를 받으러 행장을 꾸렸다. 대구에 도착해서 그의 집필실에 들렀을 때 고택의 뜰에는 매운바람이 석류에 내려앉은 눈발을 흩뜨렸다.

밤이 깊어 드디어 그가 세상을 편하게 사는 법을 가르쳐줬다. 세 사람이 앉아 있는 중앙에는 탁자가 놓여 있었는데, 문풍지 사이로 바람이 스며와 한기가 들었다. 우리는 세계여행 전문가인 후배에게서 터키 이야기를 듣다가, 그가 물을 때마다 나는 간간이 서울 이야기를 했고, 그는 묵묵히 듣고 있었다. 자정이 가까워올 무렵 말이 없던 그가 탁자를 손가락으로 툭툭 두드렸다. 탁자를 두드리는 기다란 손가락에 눈길이 가자 얼굴이 너무 섬세해서 '유리처럼 바스러질 것 같았다'는 어느 선생의 그에 대한 인상기가 떠올랐다.

"박형준씨는 이 소리가 어디서 나는 것 같아요?"

그럴 땐 정신을 바짝 차려야 하지만 환자는 의사 앞에서 단순해지는 법이다.

"그야 탁자에서……"

의사답게 이성복은 뜸을 들인 후 다시 말했다.

"그럼 이번엔 눈을 감고 들으세요. 이 소리가 어디서 나요?"

나는 그때서야 그의 의중을 알아차렸다. 소리는 탁자에서 나

는 것이 아니었다. 눈을 감고 들으면 그것은 문풍지 사이로 스며
드는 매운 겨울바람이 내는 소리일 수도 있다. 내가 듣고 있는
소리는 집착과 습관에서 나온 것일 뿐, 그것에서 빠져나오면 모
호하기 그지없다. 그는 뒤이어 서울에서 일을 보고 새마을호 열
차로 대구로 내려올 때의 일화를 소개해줬다. 기차가 천안에 도
착했을 때 텔레비전에서는 드라마를 방영하고 있는데 그 아래
'이번 역은 천안역'이란 자막이 찍혔다는 것이다. 아무런 연관성
없는 두 세계가 한 공간에서 아무 이유 없이 만날 수 있다는 것
인데, 기억과 집착에서 벗어나면 삶은 자유로워진다는 말이었
다. 그가 1시쯤 집으로 돌아간 뒤 후배와 나는 컴퓨터 모니터에
붙어 있는 금색 불상그림을 바라보다가 간혹 탁자를 두드리며
겨울바람 소리를 들었다.

그러면 이번 방문은 어떤가. 겨울과 여름이라는 차이가 있고,
이번에는 일 때문에 온 것이기는 했다. 그러나 이번에도 그는 메
모첩을 남겨놓고 자택으로 돌아갔고 나는 집필실 뜰에 앉아 한
섬세한 인간을 통해 새삼 시와 삶이란 무엇인가를 곰곰이 고민
해볼 수밖에 없었다.

아래의 글은 그러한 불면의 하룻밤을 보내고 아침 일찍 찾아
간 그의 직장 계명대 연구실에서 찾아낸, 어제는 맛보기이고 이
번부터 본게임이라는 듯 감춰져 있던 놀랍게도 많은 메모와 노
트, 그리고 이야기를 토대로 작성한 것이다.

가문을 레벨업시키자

그 친구는 카프카를 무척 좋아했다. 뭔지 모르게 음산하게 그를 둘러싸고 있는 불안과 초조를 느끼고 있었다. 상식성에 기겁을 하며 손을 내저으며, 웃을 때면 그 특유의 웃음—비웃는 투의 씨니컬한 웃음에 가까운, 속에서부터 울려나와 흠칫 듣는 이를 놀라게 하는 웃음을 조심스럽게 사물에 투영시켰다.

그 친구는 좋은 놈이었다. 한권의 소설을 읽으면 그에 푹 빠져들어 며칠간은 몽롱한 속에서 살았고, 한편의 영화를 보면 며칠을 그 배우에 대한 사진을 수집하러 돌아다녔다. 『개선문』의 라비끄와 『의사 지바고』의 지바고를 "좋은 놈들이야" 하며 "의사란 모두 좋은 놈들인 모양이야"란 결론을 서슴지 않게 내놓을 정도였고, 한편을 개봉관, 재개봉관 그리고 3류로 한달에 걸쳐 혼자서 보고 집으로 돌아오곤 했다.

그 친구에게 여자와의 관계란 오입질할 때의 창녀 둘뿐이었다. 좋아하면서도 상식성에 두려움을 느낀 그는 좋아하는 여자를 멀리하고, 따라서 아예 접근조차 제 능력 밖의 문제로 취급했다. 그 친구는 시를 잘 썼다. 열심히 그리고 훌륭한 시를 쓰기를 원했다. 집에서 그의 식구가 다 잠든 밤, 도둑처럼 안방다락으로 기어가 밤새 소주를 마시고 잠이 들었던 기억을 내게 털어놓았을 때, 그때 그는 "술병에 별이 떨어진다"는 시구에 술을 마셨다고 자신도 모르겠다는 어처구니없는 표정을 지었다.

　　──유태수「깃발 없는 풍경」(서울대 문리대 학회지『형성』, 1973)

위 글은 대학시절 이성복의 선배가 그를 모델로 학회지에 발표한 단편소설의 앞머리이다. 소설이란 점을 감안하더라도 이성복이 그동안 써낸 시집과 산문에서 보이는 상식을 거부하는 집요한 정신과 성격의 일단이 흥미롭게 드러난다. 상식을 거부하고 대상에 파고드는 집요함과 끈질김은 그의 유년시절에서부터 형성된 것이다.

이성복은 1952년 경북 상주읍 오대리에서 오남매 중 넷째로 태어난다. 위로 누나 둘과 형, 아래로 여동생이 하나 있다. 그의 선조는 한산 이씨 목은(牧隱) 이색(李穡)의 갈래로 임진왜란 때 서애(西厓) 유성룡(柳成龍)의 사위였다. 처음엔 안동 일직에 정착해 살았으나 그 이후 선산을 거쳐 상주에 터잡게 된다. 하지만 그 과정에서 가세는 기울어지기 시작한다. (이 대목에서 이성복은 자신과 멀지 않은 선대에서 양대 진사를 배출한 가문이라고 하면서 조심스럽게 보자기를 풀어 선조들의 문집을 펼쳐보였다. 그는 기회가 되면 그 문집을 번역하고 싶다고 했다. 이후 수없이 쏟아져나온 2만매는 족히 될 그의 메모와 미발표 시원고를 세 시간여 동안 감상하면서 부러움과 시기로 눈이 멀고 기가 질렸다. 사실대로 말하면, 행복해서 눈물이 나올 지경이었다.)

아버지 이한구(李漢求)씨는 3대 독자로 상주 농잠고등학교를

112

졸업하고 금융조합이나 경북능금조합에 근무했다. 형제들이 없었던 아버지는 민감하고 감성적인 성격인 데 반해 형제들이 많았던 어머니는 "잘난 사람이 있는 자리는 거들떠보지 않을 정도"로 자존심이 세고 이지적이며 강인한 기질을 타고난 분이었다. 이성복은 이러한 부모의 상극적인 두 성향을 고스란히 물려받았다. 어린시절 시골 마을에서 이사를 가는데 두어살 된 그가 한사코 소를 몰고 가겠다고 고집을 피워 주위에서 모두 혀를 찼다고 한다. 이렇듯 모질고 딱 부러진 어머니의 성격과 민감하고 연약한 아버지의 성격이 충돌하면서 시인 이성복의 복잡한 내면을 형성해냈다. 이 점은 그의 식구들도 마찬가지여서 현실적인 면은 어머니를 닮아 자존심이 세고 강인했으나 내면은 아버지의 감성적인 성향을 물려받아 민감하고 종교적이었다. 그의 식구들이 하나같이 현실적이면서 열렬한 개신교 신자라는 것은 부모의 두 성향이 교차되는 지점을 말해준다. 이성복이 초월적인 것은 믿지 않되 삶의 방법으로 종교를 선택하게 된 것도 이러한 가계에서 비롯한 것이다. 그러나 유년시절부터 고등학교 때까지 그는 강인한 어머니의 기질이 셌던 모양으로 야심만만하고 출세지향적인 성격의 소유자였다. 반에서 1등이자 글짓기선수였던 그는 상주 남부초등학교 5학년 때 '성신여중고 주최 전국예술제'에서 「내 목소리」란 산문으로 특상작을 받게 된다.

얼음장같이 차디찬 여관방에 누우니

어머니의 따뜻한 품안이 한없이 그리워진다.

(…)

먹물을 뒤집은 듯 깜깜한 밤에 역 앞까지 나오셔서

"성복아 잘 갔다 오너라 몸조심해 그리고 당선되어서 와."

차는 떠나가고 어머니의 말씀은 바람처럼 사라진다.

나는 한참 동안 어머니 생각에 잠겨 잠자코 있었다.

'아버지는 왜 돌아가셨을까? 가엾으신 어머니.'

"엄마. 엄마."

나 혼자 가만히 어머니를 불러본다.

'엄마는 나를 서울에 보내기 위하여 주름살을 늘리셨다. 그렇다. 꼭 당선되어서 돌아가야지.'

백일장에 참가하기 위해 여관방에서 하룻밤을 보내는 소년의 내면이 잘 드러나 있는 이 부분은 현실의 변두리를 섬뜩하게 그려내어 그로테스크하기까지 한 첫시집의 유곽이미지를 떠올리게 만든다. 하지만 삯바느질을 하는 어머니를 매개로 하여 멀쩡히 살아 있는 아버지를 부재하게끔 하면서도 끝내 백일장에서 '당선'이 되고 싶었던 소년의 야심은 서러운 바가 있다. 소년이 백일장에서 본 서울 아이들의 칼라가 달린 산뜻한 교복은 서울에서 출세하고 싶은 야심을 부추겼을 것이다. 그가 고등학교 3학년인 1970년 3월 22일에 쓴 시 「비굴한 마음」에서 "하루 저녁 금(金)송아지 한 마리씩 잡아먹는/가물은 집 여자애가 부러운

가? 나는./아무럼 가난으로/말라붙은 이빨을 쑤신대도 한번/네 애인이고 싶어라"라고 쓴 것은 부잣집 딸애가 아무리 가물어도 "판잣집보다 대견"스럽기 때문이었을 것이다.

이때 그가 서울로 전학온 배경에는 부산에서 전학온 아이에게 시골에서 1등을 해도 서울에 올라가면 30등밖에 되지 않을 것이라는 모멸을 받은 것이 한몫했다. 라이벌 아이가 자기보다 더 좋은 점수를 받으면 그 아이의 시험지 답을 놓고 틀렸다고 우기다가 선생에게 뺨을 맞아 코피를 흘릴 정도였으니, 부산 아이의 그 말은 그의 자존심에 일대 도전장을 내민 거나 다름없었다. 이성복은 1963년 5학년 2학기에 "밥도 안 먹고 울고 떼쓰고 하는" 등의 끈질긴 고집으로 셋방살이를 하느라 도저히 받아줄 처지가 못되었던 고모집에 얹혀 숙명여대 바로 옆 효창초등학교로 전학을 한다. 첫시집에서조차 유년체험을 한줄도 적지 않을 정도로 어려서부터 잡초 비슷하게 될 것 같은 시골이 싫었던 그는 이때 서울에 가서 어떻게든 "가문을 레벨업"시켜야겠다는 자신의 각오를 실현할 기회를 잡은 것이었다. 하지만 서울에서 받은 첫 성적표는 정말 30등이었다.

사람들은 시를 쓰지 않고 어떻게 사는가

1976년 이성복이 제대하기 직전 일가는 신림동으로 이사를 한다. 학교 역시 관악산으로 이전했는데, 제대한 이성복은 학교까지 30분 정도 되는 길을 걸어서 다녔다. 휴가 나올 때 알았던 황지우, 김정환, 김석희, 최윤 등과 다시 만난다. 이 무렵 황지우(黃芝雨)도 신림동으로 이사를 와서 그가 휴가 나올 때는 황지우 집 앞에 있던 작부집에서 같이 논다. 그는 제대 말년인 이때 그가 해군 쎄일러복 차림새로 작부집에 가면 작부들이 귀엽다고 밀고 당기며 모자도 뺏으려고 한 기분좋은 추억을 간직하고 있다.

　이성복의 일가는 이 무렵부터 안정기에 들어간다. 여동생은 대학을 다녔고 아버지는 취직하고 형은 결혼하기 직전이었다. 하지만 제대병 이성복의 머릿속은 여전히 "머리 전체가 인생에 대한 숙제"로 가득 차 있었다. 더이상 정치지망생은 아니었으나 그렇다고 위대한 것, 성스러운 것에 대한 집착을 포기한 것은 아니었다. 여자와 연애를 해도 시나 예술을 뺀 일상적인 대화를 할 수 없었다. 어느 독일소설의 한대목처럼 그는 "하도 생각을 많이 해서 머리로 걸어다녔다". 그는 당구를 몰아치기하는 것처럼, 자신의 머릿속에 어떤 주제가 생기면 거기에 모든 걸 집중하지 않고는 못 배기는 성미였다. 어렸을 때 정치가가 되어 가문을 레벨업시키기 위해 학교를 바꿀 정도였던 그는 이제는 문학 없이는 살 수 없었다. 어느새 그는 문학이란 장벽이 아무리 높아도, 장애물을 돌아서서 가지 않고 정면으로 뛰어넘으려는 장애물달리기 선수나 과녁을 향해 곧장 날아가는 화살이 되어 있었다.

그리고 이 수줍고 집요한 문학청년은 손바닥만한 수첩에 시를 빼곡히 써나가기 시작했다. 애인도 없었고 시대는 황량했으니 시적으로 매우 예민하고 충만해져서 종이만 있으면 쓸 수가 있었다. 그 자신 속의 갈등과 시를 잘 쓰겠다는 노력이 겹치면서 그 앞에 글쓰기의 낙원이 펼쳐진 것이다.

슈베르트가 아침에 안경을 쓰는 사이 악상이 달아날까봐 밤마다 안경을 쓰고 자듯이, 그 역시 자기 전에 노트를 옆에 두고 잘 정도였다. 그러는 동안 카프카의 프라하는 이성복에게 한국식 보통명사가 되어 있었다. 이대 앞 음악다방에 하루종일 죽치고 앉아 바라본 창밖에 펼쳐진 전나무들은 프라하의 고성(古城)을 연상시켰고, 그는 그런 풍경을 노트에 '프라하 시편'으로 적어나간다.

이렇듯 70년대 말기 황폐한 시대상황에서 카프카와 보들레르는 그의 등대지기였다. 그는 그들을 통해 첫시집의 주요 이미지인 '정든 유곽'과 '하숙집'으로 수렴되는 세계인식을 마련할 수 있었다. 보들레르에게 세상이 '병원'이라면 그에게는 '유곽'이었던 것이다. 그가 세상을 '유곽'으로 파악한 데는 오규원의 시 「정든 땅 언덕 위」의 영향도 있었다. '정든'과 '유곽'을 하나로 묶어 세계란 삶을 치욕스럽게 만들지만 그곳 아닌 다른 곳에서 삶을 찾을 수도 없다는 인식, 우리가 살아 있는 한 유곽에서 벗어나 살 수 없다는 메타포가 시적으로 성숙되어갔다.

이와 같이 이성복에게 1976년, 1977년은 첫시집 『뒹구는 돌은 언제 잠깨는가』(문학과지성사 1980)의 전사(前史)에 해당된다. 문학회 활동도 활발해서 황지우와 함께 교내 시화전을 하거나 서로 시를 주고받는다. (이성복은 지금도 황지우의 습작시를 보관하고 있다. 이때 쓴 황지우 시 한구절, "책은 몸을 감싸는 풀잎". 이성복은 한국시단에서 서정주와 황지우를 재능이 가장 뛰어난 시인으로 꼽는다. 그에 비하면 자신은 노력파라는데……)

> 그대 내게 돌아와 긴 잠을 펼치고
> 기슭을 굴러내리다가 가문비나무처럼
> 솟아오르네 그대의 춤추던 팔과 흩어
> 지는 말들이 내게로 엉겨붙고 사방으로
> 내 눈이 빛나네 그대 내 後光에
> 사로잡힌 죽음 이제 두려움은 통통한
> 살에 가득 밀려오는 가려움이네 그대
> 내게 돌아와 끊어지면서 完成된 江
> 꿈틀거리는 江 무지개 그으며 분출하는
> 잠 이를 악물어도 깨지 않는 좋은 술이네
>
> ──「시월에 흩어진 노래·Ⅷ」

그는 이때 열린 시화전에 「시월에 흩어진 노래」 연작을 걸어두거나 학보에 발표한다. 산문집 『꽃핀 나무들의 괴로움』(살림 1990)에 실린 소설 「천씨행장」을 탈고하고, 황지우와 함께 교수인 황동규(黃東奎)가 아니라 시인 황동규에게 찾아가 인사한다. 문학평론가 김현과도 운명적으로 시쓰기를 통해 만난다. 1977년 여름, 이성복은 스스로도 의문투성이였던 시를 김현에게 내민다. (이때도 이미 이성복은 여러 권의 노트를 가지고 있었다. 이것은 그중 한권이다.) 노트에 정갈하게 정리된 이성복의 시를 읽은 김현은 1977년 『문학과지성』 겨울호에 「정든 유곽에서」와 「1959년」을 내보낸다. 이 두 편의 시가 사회성과 현실의식이 강했던 모양으로, 노트의 나머지 시들은 초현실주의적이고 쎅슈얼하고, 딜런 토머스(D. M. Thomas)의 영향에서 자유롭지 못했다.

파멸은 나의 열렬한 희망

1978년 시인이 된 이성복은 대학신문사 전임기자로 들어간다. 서울대학신문의 방송통신대학 판을 만드는 것이 그의 일이었는데, 여기서 사회의식이 진한 후배들을 만나게 된다. 술과 시작(詩作)이 조화를 이룬 시기로, 1978년의 노트에는 이렇게 메모되어 있다. "내가 대학신문사 들어오고 난 다음 생긴 악(惡)—맥주와 택시. 정말 무서운 것은 자기자신이다. 밀려가는 물처럼 자기자신의 옹벽을 갉아먹는 죄. 눈을 뜨라. 눈을 뜨라." 그 밑에는 "'이만하면 됐다'는 식의 고통은 고통이 아니다. (…) 시는 쓰고 싶을 때 씌어지는 것이 아니다. 시는 강처럼 사람 사는 곳을 지나갈 뿐. (사람은 강을 찾아 마을을 이룬다.) 어느 부분도 전체이다. 고통이라는 말 또한 허위의 껍데기일 것이다"라고 적혀 있다. 그의 말대로 쓰고 싶어서가 아니라 그의 몸을 지나온 말들을 받아적으면 그대로 시가 되던 1978~80년의 기간은 이성복에게 문학적으로 가장 행복한 시절을 안겨준다. 1978년의 노트에는『뒹구는 돌은 언제 잠깨는가』의 원형이 보인다. 일부를 인용하면 다음과 같다.

(1) 그 나무가 푸르게 서 있는 모습을 보지 못했듯이 나는 푸른 애인으로 누구에게도 다가가지 못할 것이다. 그리고 아버지, 내가 떨어뜨린 가랑잎.

(2) 경향문학──국경을 넘어버린 탈주병. 비판은 가능한가?

(3) 1978년 10월말. 내가 생각하기로는 이제 개인은 없다. 있다면 연약한 핏덩이가, 짓밟힌 땅이. 어느 시대에나 곤봉과 무기가 있었지만 지금처럼 아름답게 만들어진 적은 없다. 1978년 10월말 영등포 역전에서 시흥 쪽으로 못 쓰는 철길을 따라가본 사람은 알 것이다. 삶은 비닐포장한 신분증 한장만한 무게도 없음을. 제분공장과 니나노집이 이토록 가깝고 지나가는 남자들과 손짓하는 계집들이 이토록 호흡 안 맞음을.

(4) 작년부터 나는 시인이 되었고, 그건 내가 사람이라는 말과 마찬가지이다. 앞으로 나는 무얼 먹고살까? 가을과 함께 지나가는

사람들. 시는 빵틀도, 빵도 아니고 그림도 아니고 후두둑 떨어지는 빗방울. 혹은 열지어 날아가는 철새들, 구두점이 찍히고, 그런 것도 아니다. 앞으로 시는 무얼 먹고살까.

(5) 어느날 나는 명사만으로 시를 만들 것이다. 밥통, 아주까리, 쌍나발. 이런 것들이 나에게 땅위에서 헤엄치는 법을 알려줄 것이다. 안 보이는 것을 보기 위해선 귀를 막고 나도 안 보여주기. (…) 자갈길을 가면 자갈에 묻은 로르까(F. G. Lorca)의 피냄새. 어느날 나는 내가 잘못 살아왔음을 깨달을 것이다.

이외에도 "서정시인은 비정해야 한다" "禽獸江山" "언저리를 사랑한다" "상처는 지속하지만 기교는 소멸한다" "나의 숙제는 파멸―나는 좀더 삭막한 곳으로 내 삶을 몰아가는 운전사다" "내 앞날에 초칠하기, 파멸은 나의 열렬한 희망이다"라는 등의 구절이 인상 깊다. 이 노트에는 첫시집의 「꽃 피는 아버지」「그날」「그해 가을」「세월에 대하여」 등의 상당수의 시가 거의 손보지 않은 채로 남아 있다. 또한 이 시기에 이미 두번째 시집 『남해금산』(문학과지성사 1986)에 수록될 「서시」(1978)와 「자주 조상들은 울고 있었다」(1979)의 초고를 쓴다.

자주 조상들은 울고 있었다. 풀뿌리 아래서 울고 있다. 누이야 우리가 하늘이라고 생각했던 곳은 자갈밭이었다 누이야 집을 짓지 못하고 떠도는 종달새, 우리는 어느 곳에 알을 낳을까. 자주 조상

들은 울고 있었다. 선산 앞으로 도살장의 붉은 피가 흐르고 곳곳에
군인들이 참호를 파고 있었지 누이야 네 울음은 또 한 무덤을 이루
고 내가 무슨 말 할 때면 마른 나무 잎사귀가 공중에서 서걱이었지

    (…)

  자주 조상들은 울고 있었다. 이불 속에서 낯선 육체도 따라 울었
다. 어김없이, 울음이 가신 자리는 치욕이었다 누이야 우리는 발가
락 사이로도 울고 있었다

  이 시 외에도 '가장 어려웠던 날들의 수첩'에는 두번째 시집
의 주요 이미지가 되고 있는 '치욕'에 대한 스케치가 강렬하게 채
색돼 있다. 그러니 그는 첫시집을 준비하면서 먼훗날 씌어질 두
번째 시집의 테마를 벌써 새싹처럼 밀어올리고 있었던 것이다.
  이성복은 1979년에 지금의 부인 김혜란을 만난다. "1979년 12
월 16일──약혼(함지박) 엄마 아버지. 혜란이 아버지 엄마, 언
니. (…) 문구멍으로 유곽을 들여다볼줄 아는 여자. 착하고 착해
그 마음에 새로 떡잎 돋는다. 사랑한다 가엾은, 혜란아."

비극은 비극의 되새김에 의해 소멸한다

  이성복의 일가는 대학 4학년 때 북가좌동으로 이사한다. 그의

첫시집에 등장하는 모래내에서 버스로 두 정거장 거리. 그가 '모래내—1978년'란 제목으로 시를 쓴 것은 "따뜻하면서도 무너지기 직전의 섬 같은 이미지" 때문이었다고 한다. 또한 모래내와 더불어 등장하는 '금촌'(「금촌 가는 길」)은 그의 아버지가 가죽공장에 경리사원으로 근무한 곳이다. 하지만 실제로 이성복은 금촌에 간 기억이 없다고 한다. 가죽공장의 힘든 노동과 가죽이 주는 부드러운 질감, 혹은 '금촌'의 '금(金)'에 해당되는 부분과 시골의 '촌(村)'이 맞물려 일으키는 불협화음…… 시인이 끌린 것은 이러한 지명에서 풍겨나오는 바닥정서였다고 한다. 초등학교 5학년 때 전학오면서 가졌던 야심에서 벗어나고자 하는 안간힘을 이러한 지명과 이미지를 통해 드러낸 것이다. 그는 바다에 시체를 버리듯 야심의 밑바닥에 돌을 매달아 자신을 내던져버리고 싶었던 것이다. 그의 시에 나타난 모래내, 금촌의 바닥정서란 "야심의 밑바닥에 매달린 돌"과 같은 것이었다.

이와 같이 어렸을 때부터 "낡은것, 늙은것에 대한 불편함"을 가졌던 시인은 시란 잊어서는 안되는 것을 쓰는 것임을 알게 된다. 시골 촌뜨기가 옛애인을 죽여 시체에 돌을 매달아 바다에 버리고 부잣집 딸과 결혼하여 보트를 타고 가는데, 보트 뒤에서 찍하고 시체가 달려오듯이. 삶이란 뒤를 돌아보면 망하는 법인데도 시인은 불행에 자신을 밀어넣는 '비망록으로서의 문학'을 선택함으로써 자기존재를 증명한다. 첫시집 『뒹구는 돌은 언제 잠깨는가』는 80년대 한국시단에 혁명적 감수성을 몰고 온 그 결과

물이다. 출간 당시 한사코 그가 시집 제목을 '정든 유곽에서'로 고집한 이유도 비참하고 싶은 바닥정서에 있었다. 훗날 산문집에 수록하기도 했던 '정든 유곽'에 대한 애착은 1979년 12월 5일 날 쓴 수첩에 고스란히 기록돼 있다.

　　나의 첫시집은 『정든 유곽에서 · 1』
　　두번째 시집은 『정든 유곽에서 · 2』
　　．．．．．．．．．．．．．．．．．．．．．．．．．．．．．．．．．．
　　마지막 시집은 『정든 유곽에서 · n』

이렇게 하면 나는 첫 발자국에서 한 발자국도 전진하지 못한 것이 되며 그것은 바로 내가 바라는 완벽한 승리이다.

이처럼 그가 '정든 유곽'에서 빠져나오지 않으려고 했던 것은 그가 불안하고 고통스러운 세계에 얼마나 집요하게 매달렸는가를 잘 보여준다. 비극은 비극의 되새김을 통해 소멸한다. 비극으로 여겨지는 모든 것은 그곳에서 적당히 떨어져 있을 때뿐이며, 가난을 문학 속에서 얘기한 순간 가난은 더이상 가난이 아니다. 자신의 원적지를 망각한 구원이나 행복은 있을 수 없다.

이성복에게 있어 글쓰기의 윤리란 처녀애가 풀숲에서 오줌을 눈 자리처럼 더럽고 성적이고 축축한 세계이지만 다가가서 보는 것이다. 유도로 치면 당신을 생각하는 자리가 당신에게서 내침을

당하게 되는 자리가 될 것이나, 또한 동시에 그것은 그 스스로 고상한 것들을 땅바닥에 내리꽂지 않으면 안될 운명이 속박된 자리이다. 이렇듯 깨질 게 분명한데도 다가가보는 이미지가 첫 시집의 '모래내'나 '금촌' 등의 바닥정서를 낳았다고 볼 수 있다.

　그래서 이 시집에는 1970년대 후반의 삶의 풍경화가 그로테스크하면서도 세밀하게 그려져 있다. 예컨대 「그날」에서는 '잔디밭 잡초 뽑는 여인'이나 '집 허무는 사내들'처럼 오직 생계를 위해 자기 삶의 터전을 무너뜨리는 인간군상을 볼 수 있고, '새점(占) 치는 노인'을 통해 '점'이라는 초월적인 것과 '변통(便痛)'이라는 육체적 배설의 비초월적인 것의 대비가 보여주는 고통을 읽을 수 있다. 이것은 그 시대의 미래가 바로 '변통'과 함께 있다는 것을 이야기한다. 이처럼 결코 치유될 수 없는 당대 사회의 타락은 "모두 병들었는데 아무도 아프지 않았다"로 집약된다. '아픔'은 부정적인 것이 아니라 '아픔'이 있기에 치유도 가능한 것이다. 그러나 병들어 있으면서도 아픔을 느끼지 못해 치유될 수 없는 비극적이고 절망적인 상황이 첫시집의 풍경이다. 이렇듯 이성복의 시작은 자기주변을 돌아보기, 즉 가족주의로부터 출발하였다.

　나의 시에서 아버지는 현실의 내 아버지이면서, 동시에 모든 사람들의 아버지이며, 하느님 아버지이기도 하다. 처음 시를 시작할 당시, 내가 이러한 생각을 갖게 된 것은 프란츠 카프카의 작품을 대하면서이다. 그의 작품들 가운데 특히 「변신」이라는 소설을 읽으면서 나는 개체와 전체, 물질과 정신, 개인과 집단 등의 문제가 결코 둘이 아니며, 나 자신의 가족관계만을 철저히, 적나라하게 드러낼 수 있다면 인간과 신의 관계라는 종교적 문제까지도 해명할 수 있으리라는 생각을 하게 되었다. 왜냐하면 기독교를 비롯한 여러 종교에서 신과 인간의 관계는 대체로 가족관계로 환치되어 나타나기 때문이다. (…) 그런 점에서 나는 철저한 리얼리즘만이 완벽한 심벌리즘에 도달하는 지름길이라고 믿었다. 일체의 정신주의적 가능성을 엿보지 않고 현실의 있는 그대로에 충실하는 것만이 궁극적으로 물질을 정신으로, 현실을 상상으로, 가족의 문제를 종교의 문제로 전환시킬 수 있다고 나는 생각했다.

—「아버지 · 어머니 · 당신」 부분
(산문집 『나는 왜 비에 젖은 석류 꽃잎에 대해 아무 말도 못했는가』)

이 당시 이성복은 리얼리즘이 심벌리즘과 떨어져 있는 것이 아니라 어떤 것들을 극사실로 그리면 거의 무의미해 보이는 경지에 도달한다고 믿었고, 그런 점에서 사실주의와 상징주의는 하나라고 생각했다. 그의 이러한 시쓰기는 그의 고백대로 온몸을 쥐어짜며 막다른 골목으로 자기를 몰아가는 카프카적 글쓰기를 모델로 한 것이었다. 카프카적 글쓰기는 그의 문학사에 있어 심대한 영향을 끼친다. 유대민족을 오렌지에 비유하면서 과즙을 만들어내기 위해서는 쥐어짜야 한다고 했던 카프카처럼 그는 이

후 온몸을 쥐어짜는 자신의 문학사를 형성해나간다. 그는 이렇
게 카프카에서 정신과 글쓰기의 윤리학을 배웠다. (이성복이 인
터뷰에서 말한 글쓰기 윤리학은, 타고난 재능은 자기책임이 아
니지만 최선을 다하지 못한 것은 절대적으로 자기책임이라는 것
이다.) 하지만 이러한 자신의 강박관념에 대한 반동이었을까. 이
후 펼쳐진 그의 시사(詩史)는 대상을 지극히 리얼하게 좁혀들어
가려고 하는 시에서의 소설적인 부분과 모든 소설적인 것을 밀
어내고 극도로 서정적인 곳으로 날아가고 싶어하는 두 성향이
교차했다.

『남해 금산』에서 『호랑가시나무의 기억』까지

이성복은 두번째 시집 『남해 금산』의 이름을 예뻐한다고 한
다. 왜냐하면 의미적으로 살펴보면 '남해'는 바다이면서 물이기
때문이다. 그것은 부드럽고 낮은 느낌을 준다. 또한 '금산'은 산
이다. 그것은 딱딱하고 높은 느낌을 주는데, 이러한 상반된 이미
지가 한 제목에서 대비되고 있다. 음악적인 효과면에서 살펴봐
도 '남해'의 'ㄴ'은 의미상의 부드러운 느낌을 음가로 간직한다.
마찬가지로 '금산'의 'ㄱ'은 산의 딱딱한 느낌을 음가로 머금고
있다. 그리고 '금산'이라고 할 때의 'ㅁ'은 물, 무(無), 물질, 마
음, 어머니, 무덤이라고 할 때의 'ㅁ'이다. 이러한 이유로 해서 그

는 아직도 이 제목이 사랑스럽고 언제까지나 사랑할 수 있을 것 같다고 한다.

첫시집에서 두번째 시집으로 오면서 가장 큰 변화는 '정든 유곽'에서 '약속의 땅'으로 의미변화를 일으키고 있다는 점이다. '약속의 땅'은 원형적인 꿈과 기억이라는 성서적인 이미지를 갖고 있다. 그리고 시집에 등장하는 시어 '미루나무 잎새'는 삶 자체의 떨림, 바로 초월을 향한 삶의 깃발 같은 것을 의미한다. 고통들 속에 방치되어 있는 '아이'는 이성복 시에서 자주 등장하는 '여자'와 마찬가지로 상처받기 쉽고, 하지만 상처받아서는 안되는 존재이다. 그러나 한편으로는 상처받기 쉽기 때문에 그들은 위대한 존재가 된다. 이성복의 시에 '아이' '여자' 들이 자주 등장하는 것은 바로 그 때문이다.

　　드문드문 잎이 남은 가을 나무 사이에서
　　婚禮의 옷을 벗어 깔고 여자는 잠을 이루었다

　　엄청나게 살이 찐 검은 사슴이
　　바닥 없는 그녀의 잠을 살피고 있었다.

　　　　　　　　　　　　　　　　　　　　——「테스」 전문

이 시는 나스타샤 킨스키 주연의 영화 「테스」를 보고 연작시 20편 이상을 쓴 것 중에 시집 나올 때 마음에 들지 않아 모두 잘

라내고 남은 것이라고 한다. 물론 '테스'는 상처받고 더럽혀진 여인의 한 전형이다. 첫시집의 주요 이미지인 '더럽혀진 누이'의 이미지가 이 시에도 계속되고 있지만 「정든 유곽에서」의 누이와 「테스」의 '테스'는 상황과 분위기가 다르다. "혼례의 옷을 벗어 깔고 잠을 자는 여자"는 질고 낮은 땅에서 커다란 아픔을 간직하고 있는 우리들의 누이를 연상시키나, "엄청나게 살이 찐 검은 사슴"은 두려움과 부드러움을 동시에 지닌다. 저항할 수 없는 운명을 상징하는 '검은 사슴'은 그래서 미묘하고 여러 의미를 함축하고 있다. 표제작 「남해 금산」은 '테스'의 상황과도 같이 '돌 속에 묻혀 있는 여자'가 지상에서 천상으로 우주의 초월적인 공간으로 떠나버리고 나 혼자 남게 된 사랑의 비극성을 이야기하고 있다. 사랑은 바로 부재와 결핍으로만 존재할 수 있을 것이며, 만약 이루어지면 그것은 이미 사랑이 아닐 것이다.

세번째 시집 『그 여름의 끝』(문학과지성사 1990)은 제목부터가 이성복 인생의 한과정을 요약해서 보여준다. 1990년 그가 이 시집을 내게 되었을 때 그는 30대 막바지에 서 있었고, 이제 무덥고 폭풍우 치던 한시절이 막 끝나려 함을 위기감으로 느끼고 있을 때였다. 그는 이 시집이 출판된 뒤 서울에서 책을 받고 대구로 내려오기 위해 고속버스터미널에 들렀다가 우연히 서점에서 『그 여름의 끝』이라는 책을 발견한다. 그래서 가까이 가보았더니 그것은 한 스포츠신문사 발간의 추리소설책이었다. 기묘한 우연의 일치였지만, 이 에피쏘드는 어쩌면 이 시집 자체도 추리

소설과 같은 구조를 지니고 있으며, 통과제의적 수난과 시련의
의미를 담고 있음을 암시한다.

> 어느날 몹시 파랑치던 물결이 멎고
> 그 아래 돋아난
> 고요한 나무 그림자처럼
> 당신을 닮은 그리움이 생겨났습니다
> 다시 바람 불고 물결 몹시 파랑쳐도
> 여간해 지워지지 않았습니다.
>
> ──「비단길 1」 부분

　　연애시의 특징을 띠고 있는 이 시에서 세상에 때묻은 장면들
은 거의 나타나지 않는다. '그리움의 남음'은 인생의 피할 수 없
는 운명으로, 사람은 오고 가도 그 사람에 대한 그리움은 남는
다. 사랑은 바로 이 그리움으로서만 존재한다. 속눈썹 한번 깜빡
하는 순간처럼 삶은 왔다 가고 세상에는 아무 흔적도 남지 않는
다. 그러나 그 순간은 언젠가 분명코 있었던 순간이며, 시는 그
순간에 대한 기억이며 제사이다.
　　네번째 시집 『호랑가시나무의 기억』(문학과지성사 1993)에서 시
인이 '호랑가시나무'를 제목으로 한 것은 나무의 모습 때문이 아
니라 그 이름을 발음했을 때의 음이 주는 느낌 때문이었다고 한
다. 즉 우리가 '호랑' 하고 말했을 때 섬뜩하고 무서운 존재인 호

랑이가 연상되고, 또한 '가시'에도 찔린다는 느낌과 함께 무엇인가 '아픔'을 느끼게 한다. 그리고 '기억'이란 것도 대개는 마음에 상처를 주고 무엇인가 아프게 하는 것들을 동반하게 한다.

비가(悲歌), 혹은 정신의 위생학

네 권의 시집을 출간한 뒤 한동안 그는 시를 발표하지 않았다. 그동안 그는 테니스나 운전에 대한 산문을 발표하는 등 '몸'과 '시'에 대한 뛰어난 은유를 생산해낸다. 2001년에는 기존의 산문집에서 가려뽑고 새로 써서 『네 고통은 나뭇잎 하나 푸르게 하지 못한다』와 『나는 왜 비에 젖은 석류 꽃잎에 대해 아무 말도 못했는가』를 문학동네에서 출간한다. 자신을 '머리인간' '의식인간'이라고 스스로 규정한 것은 몸에 대한 관심으로 증폭되고 테니스 라켓 10개 정도를 허비할 만큼 십년간 테니스에 몰두한다. (그러나 공의 생리를 생각지 않고 자기식으로 치다보니 실력이 별로 늘지 않았다고 한다. 상대방의 흐름에 자기를 맞추기보다는 뭐든지 자기식으로 정리해내야 시원해지는 성미 때문이다. 그런데 그 안되는 힘이 오히려 몸에 대하여 새롭게 생각하게 했다. 그는 그것이 바로 문학의 공간이라고 했다.) 그런 과정에서 그동안 몸이 너무 무시당했다는 것과 언어도 몸의 소산이고 반영임을 알게 되었다. 한편으로는 액셀러레이터와 브레이크를 동시에

밟는 듯, 자신의 글쓰기에 대해 안되는 글쓰기와 왜 안되는가를 따지는 '문학과의 불화'가 심화되었다. 그러는 사이에도 정신분석학, 후기구조주의, 포스트모더니즘, 인지심리학, 가톨릭의 영성책, 불교서적 등을 지속적으로 탐구해간다. 특히 현대 서양철학은 내면적으로 불교와 흡사해 큰 도움을 준다.

11년 만에 출간된 다섯번째 시집『아, 입이 없는 것들』(문학과지성사 2003)은 이러한 각고의 노력이 스며 있는 시집이다. 이 시집에는 '마라'라는 제주비가(悲歌) 연작이 나온다. 1994년 한일작가회의 참석차 제주도에 들른 그는 그곳의 이색적인 풍경을 바라보며 자신이 그간 써온 연애시의 분위기에서 벗어나 자신도 모르는 말을 중얼거리고 싶다는 충동을 느낀다. '마라'는 그것의 산물로 그는 이 단어에서 다음과 같은 것을 연상해낸다.

첫째 한반도 최남단으로서의 어떤 존재, 둘째 프랑스혁명 말기의 마라(Marat), 당똥(Danton), 로베스삐에르(Robespierre)의 공포정치와 유혈낭자극, 셋째 윤회를 지배하는 수호신 마라(魔羅), 넷째 ㅁ과 ㄹ의 부드러운 음소. 이와 같이 그는 '마라'라는 단어가 가지고 있는 상호이질적인 유혹과 거부, 그리고 공포 등을 버무려 의미의 상관보다는 음악적인 요소로 영혼의 목소리를 내고 싶었던 것이다. 시집은 '물집' '느낌도, 흐느낌도 없이' '진흙 천국' 등 3부로 나뉘어 있지만 첫번째 시「여기가 어디냐고」에서 125번째 시「밤 오는 숲속으로」에 이르기까지 시인은 원래 하늘에서 살았지만 저주받아 영원히 하늘로 올라가지 못하는 뮤즈를 불러들이고 있다. 이에 걸맞게 수없이 등장하는 식물의 이미지, 돌과 산의 이미지, 욕정으로 몸을 뒤트는 붉은 꽃 등은 지상의 뮤즈가 '살아가는 징역'을 견뎌야 하는 징표로서 기능하고 있다.

그가 네 권의 시집에서 선보였던 '가족주의'를 마감하고 오랜 침묵 끝에 내놓은 이 시집은, 한편으론 네 권의 시집에서 드러난 세계관이 한데 버무려져 있는 것처럼 보인다. 3부의 시들은 첫 시집의 '모래내'와 '금촌'의 바닥정서를 연상케 하며, "나는 나를/비참하게 만들어 생에 복수하고 싶었다"(「내 생에 복수하는 유일한 방법처럼」)는 이미지를 낳는다. 1, 2부는 연애시의 특징을 물려받은 경음악 같은 것으로 너무나 끔찍한 세상에 눈감고 싶은 3부를 위한 전희로 보인다. 말랑말랑하고 맑고 착하고 여린 것에 대한 떨림과 또다른 한쪽에서 벌어지는 잊지 말아야 할 두 세계의 길항관계는, 어쩌면 그가 이 세상에서 어쩔 수 없이 떠안아야 하는 연민의 고리를 놓치지 않겠다는 의미일 수 있다. 1부에 나오는 시어 '물집'은 몽골텐트와도 비슷해서 그 안이 부풀어 있다. 우리의 인생은 생(生), 사(死), 성(性), 식(食)이라는 네 개의 기둥이 받치고 있으며, 우리말로 이 네 글자는 텐트처럼 'ㅅ자 형'으로 되어 있다. 그리고 이러한 사유는 「정든 유곽에서」의 이미지에서 훨씬 비관적인 데로 나아가 '백치임신' '가상임신'이라는 이미지를 낳는다.

하지만 그의 비관주의는 "모든 것이 환상이라는 사실을 깨닫는 것보다 더 나은 생은 없다"는 프루스뜨(M. Proust)의 말이 한 대답이 될 수 있다. 환상을 차단하자는 것이 아닌, 환상이 일어나는 마음을 바라보는 새로운 마음을 만들어낼 때 오히려 고통이 최소화된다는 시론인 것이다. 고통을 받지 말자는 것이 아닌 고통의 최소화를 위해서, 자신의 가장 밑바닥까지 파헤쳐 까발리는 이러한 정신의 위생학은 이번 시집이 "뱀의 입 안에서 가까스로 목이 남은 개구리처럼, 그렇게 허공에 대고 하는 고백"[1]임을 적나라하게 드러낸다. 그리고 이것은 그가 젊은날부터 천착해온 신비를 찾는 과정에서 역설적으로 도달한 또 하나의 길이다.

그에게는 이제 더이상 존재론도, 구원도, 형이상학도, 신비주의도 남아 있지 않다. 그러함에도 그의 비관주의에 남은 것은 연민이다. 그의 비관주의는 연민까지도 소용없다는 것이 아니라 그럴수록 더욱 철저하게 연민에게 속아주겠다는 의미에서 나온다. 마치 테니스를 대여섯 게임 하고 파김치가 되어 집으로 돌아오는 길에도, 신나게 하고 딱 그만두는 게 아니라 여전히 바닥에 남아 있는 어떤 부분 혹은 느낌들처럼 말이다. 어쩌면 그는 그렇게 테니스나 치면서 11년간을 놀다가 문득 나와보니 자기가 논 곳이 생, 사, 성, 식이란 네 기둥으로 받쳐진 텐트 속이었다는 것을 깨달았는지 모른다.

그리고 이제 그는 자신의 말대로 이미 존재하고 있는 '돌 속에

---

1) 이성복 「장봉현 선생에게」, 『작가세계』 2003년 겨울호, 34면.

있는 조각'을 빼내려는 상징주의적이고 신화적이며 기억으로 가득 찬 시의 길에서 조용히 벗어나, 마치 돌 속에서, 돌의 무늬에서 보는 각도에 따라 시시각각 변하는 인생의 거대한 보고서를 작성해나가려고 한다. 그가 지난겨울 내게 가르쳐주려 한 '인생을 편하게 사는 방법'도 이와 같은 이치에서였음을 이제는 어렴풋이 알겠다.

그러나 나는 여전히 그의 시가 연민의 산물임을 믿고 있다. 그래서 그가 '가장 어려웠던 날들의 수첩'에 기록한 마지막 구절을 인용하기 위해 나는 여기까지 왔는지 모른다. 야학선생 시절 청년학생들이 준 만년필로 1980년초에 쓴, 수첩의 맨 마지막 페이지는 이렇게 끝난다.

"빵이 필요할 때 당장 없어서는 안될 때 누가, 빵에 대한 글을 씀으로써 빵에 대한 욕구를 대치시킬 수 있을까. 한 인간을 죽여야 할 때, 죽이지 않으면 안될 때 누가 그 인간에 대한 자기의 증오로 그 인간의 죽음을 대치시킬 수 있겠는가. 그런 점에서 문학은 허위이다. 문학은 그것이 무엇을 할 수 있을까 하는 질문의 포기로서만이 문학일 수 있다. 이 또한 '왜 사는가'라는 질문이 가지는 현실부정(지금 살아 있다는 점에서)의 허구성과 그럼에도 불구하고 살아야 한다는 윤리(이 맹목성!)를 동시에 갖고 있다. 나는 실패했고 실패하지 않을 수 없었다. 실패에 대한 나의 끝없는 사랑……"

이 실패에 대한 사랑이 삶의 연민이고 그가 그토록 평생의 화두로 삼았던 '나는 누구인가'를 위한 활활 타오르는 불꽃이 아니고 무엇이겠는가. 부디 시인이여, 당신이 카프카나 보들레르에게서 받았던 것처럼 내 식어가는 가슴에 불꽃을 부어주시라!

꽃 보러 가는 길, 산경(山經) 가는 길

송찬호

송찬호(宋燦鎬)는 자신의 집에 대해서, "지붕을 바라보면 행복하지만 그 아래로는 남루다"라고 말했다. '넓적한 슬레이트집'에 가깝다는 그 옛날집은 오래된 감나무 네 그루가 지붕을 가득 덮은 채 감꽃을 소낙비처럼 쏟아내고 있다. 밤에는 지붕으로 소쩍새가 날아와 밤새 애절하게 운다. 그 지붕은 옛날 기와로 되어 있다. 하지만 나는 그것을 표현해낼 재간이 없다. 내가 그럴 수밖에 없는 것은 기억력이 나쁜 탓도 있지만 그 집에 대해서 하나의 이미지만이 남아 있기 때문이다.

사실, 나는 그 집에 간 적이 있다. 4년 전(1994) 시인 이윤학과

* 이 글은 『현대시』 1998년 6월호에 실린 인터뷰를 개고한 것이다.

함께였다. 내 머릿속을 떠나지 않는 하나의 이미지, 그것은 바로 툇마루이다. 사실 툇마루라고 부를 수 없을 정도로 작은 것이었지만 우리 셋이서 마당을 바라보며 '연애'에 대해 나지막하게 이야기를 나누고 있었다. 학교 선생님인 사려 깊고 다정한 그의 아내가 방 안에서 우리들의 웃음소리를 듣고 "무슨 이야기를 그렇게 재미있게 하세요" 할 때, 우리는 입을 다물고 뜰의 채송화를 보곤 했다. 마당에서는 그의 아들 네살배기 영윤이 흙을 뭉개며 놀고 있었다. 나는 지금도 가끔씩 '송찬호의 툇마루'를 생각한다. 그에게 늘 조심스럽게 다가가는 것은 '지붕 아래의 남루'로 윤이 나고 있을 그 툇마루가 떠오르기 때문이다. 지금도 나는 그때를 생각하면서 매혹적인 한 은둔자의 냄새가 풍겨나고 있을 '툇마루'를 회상한다.

토요일 오후, 4년 만에 다시 강남고속버스터미널에서 하루에 네 번 있다는 보은행 고속버스를 탔다. 전날 과음한 탓에 서울을 빠져나가자마자 차의 속도에 맞춰 잠에 빠져들었다. 차는 버스전용차선 때문인지 전혀 밀리지가 않았다. 설핏 잠에서 깨어보니 버스가 옥천에 접어들면서 S자 곡선을 그으며 산비탈을 올라가고 있었다. 산과 산 사이로 기다란 저수지가 보였고, 이름 모를 새 한 마리가 물위를 날아가고 있었다.

보은(報恩)이라는 팻말이 보였다. 지명이 특이하다는 생각이 들었다. 이 고장에선 누구에게 은혜를 갚아야 한다는 걸까. 2시간 40분쯤 걸려 5시에 도착, 매표원에게 물어보니 서울로 가는 고속버스 막차는 7시. 거기서 멀지 않은 시외버스터미널까지 택시를 타고 가 대전행 버스를 알아보니 8시 40분 것까지 있었다. 저걸 타고 가야 할 것 같군. 누군가 등을 툭 쳐 바라보니 그가 와 있었다. 식당에 들어가 물냉면을 먹고 맥주 몇병을 안주 삼아 이야기를 나누었다.

　——형에게, 시에 대해 물어보기는 처음이네요. 형은 여기서 쭉 살았지요. 그런데 형의 시는 '농촌정서'보다는 '도시정서'에 더 가깝지 않나요?

　전원에 대한 것들보다는 소소한 것들을 썼어. 최근에 전원 범주에 들 만한 시를 하나 쓰기는 했지. 「봄밤」이라고…… 어물전하는 친구가 밤에 왔는데 같이 소쩍새 울음소리를 듣는 내용이야.

　——사실 난 형 시 팬이야. 혼자만 읽고 싶지. 그래서 형의 시가 어떻다는 말은 하고 싶지 않아요. 다만 독자들을 위해서 앞의 질문을 조금 물고 늘어지자면 왜 시골에 살면서 어째서 시골정서가 눈에 띄지 않느냐는 거예요.

　여기서 사는 사람들도 의식은 도시야. 도시 주변부의 삶을 살아간다는 거지. 그 예로 여기도 쓰레기봉지를 사용하지. 그뿐 아니라 여러 매체를 통해 도시의 삶을 닮아가고 있어. 그렇지만 도시처럼 씨스템이 안되어 있기 때문에 쓰레기가 생겨도 제대로 치우지 않아. 도시의 나쁜 습성이 그대로 드러나고 있는 거지. 그러니 환경과 공해 문제는 여기가 더 절실한 건지도 모르지. 사실 농촌사람들이 도시로 떠나는 것도 떼돈을 벌어서가 아니야. 도시의 유민이 될 뿐이지. 사람이 없으니 여기는 더 공동화되는 거고. 그런 것을 왜 시로 드러내지 못하는지 말하라면, 내 취향이 아니기 때문이라고밖에는 대답할 수 없어. 그런 면에서 고재종의 시를 읽어. 그의 최근 시집은 소외된 농촌공동체의 원형을 연륜에 걸맞게 완숙하게 표현해내고 있는 느낌이야.

——형의 시는 농촌소외라는 현실적인 문제에 대해서도, 도시 주변부에 대해서도 직접적으로 언급하지 않아요. 우리의 굳어진 관념 너머에 형만의 독특한 매혹의 언어로 '인공낙원'을 만들지요. 그러면서도 늘 비극적입니다. 그것은 현실을 완전히 거부하지 않고 끌어안는 자의 비애 때문일 겁니다. 아마도 형이 자신의 취향을 언급한 데는 이러한 문학적 태도가 숨어 있는 것으로 보이는데요.

사람은 자기가 태어난 데서 떠나게 되어 있어. 문학 역시 자기가 태어난 삶의 공간으로부터 떠나서 뭔가를 새롭게 구축하는 게 아닐까. 낙원의 상실이라고 할, 유년기의 상실을 또다른 곳으

로 나아가 대체하는 것이 아닐까. 이건 내가 어떤 책에서 읽은
건데 잘 전달됐는지 모르겠네.

　여기까지 이야기하다가 우리는 잠시 말을 끊었다. 고속버스
막차 역시 끊겼지만 오늘은 그의 집에 가지 못할 것 같았다. 그
냥 얼굴을 보려고 왔으면 그의 집에 가는 일이 기꺼웠으리라. 한
좋은 시인의 '내부의 사원'을 들여다보려면, 둘이 말없이 거니는
시집 속에서 한곳에 앉아 같이 어딘가를 바라보면 될 것이다. 그
래서 나는 그의 시세계를 어쭙잖게 묻는 것을 포기하고 최근에
어떤 시를 쓰는지 들어보기로 했다.

　　누가 검은머리 동백을 아시는지요
　　머리 우에 앉은뱅이 박새를 얹고 다니는 동백 말이지요
　　동백은 한번도 나무에 오르지 않았다지요 거친 땅을 돌아다니며,
　　떨어져 뒹구는 노래가 되지 못한 새들을
　　그 자리에 올려놓는 거지요
　　이따금 파도가 밀려와 붉게 붉게 그를 때리고 가곤 하지요
　　자신의 가슴이 얼마나 빨갛게 멍들었는지
　　거울도 안 보고 살아가는 검은머리 동백
　　　　　　　　　　　　　　　　　　——「검은머리 동백」 전문

　그는 「검은머리 동백」——이 시는 후에 『붉은 눈, 동백』(문학과

지성사 2000)에 묶였다――말고도 '동백'을 주제로 한 시를 여럿 쓰는 것 같았다. 남해안 바닷가 근처에서 1월에서부터 피기 시작해 내륙으로 올라와 5월까지 핀다는 동백. 그는 보화도, 보길도, 해남, 오동도 등의 동백에서 고창 선운사의 동백까지 두루두루 살피고 다닌 모양이었다. 그리고 그 시들은 중국의 역사와 지리, 그리고 민속까지 아우르는 『산해경』의 「산경(山經)」의 이미지와 맞물려 일관된 서사구조로 확장되고 있었다.

그는 최근에 이 연작을 30편 넘게 써내려가고 있다. 붉디붉은 '동백'을 '검은머리'로 표현한 데에는 그만의 치밀한 구조가 숨어 있을 것이었다.

――「산경」과 '동백'이라…… 금세 머리에 안 와닿는데요.

결국 동백은 붉디붉지. 꽃으로 보면 극단적으로 살고. 다른 꽃들하곤 같이 피지를 않을 뿐만 아니라 질 때도 처연하고 결연하게 모가지째 뚝뚝 떨어지지. 꽃이 나오게 되는 것은 자연의 섭리상 당연하지만, 1월의 추위에 간난을 무릅쓰고 남이 피지 않을 때 피는 것은 어떤 소명의식이 있기 때문일 거야.

――동백이 1월에도 피나요?

남해안에선 1월에, 내륙에 올라와서는 5월까지 피지. 선운사에도 가봤는데 서정주의 '동백'(「선운사 동구」) 이상을 쓸 여지가 없더군.

——'붉음'이 '검음'으로 전이되는 것은요.

붉은 동백을 '검은머리'로 표현한 것은 붉은 것을 잡아먹는 이미지가 내게는 검은색의 이미지로 느껴지기 때문이야. '붉음'을 통제하는 것이 '검음'이라는 거지. 발화된 꽃을 건드리거나 대상에서 의미를 잡아당기는 행위를 '검다'로 나타내는 거야.

——거기에 「산경」은 왜 나오지요?

원래 이 시에 부제를 '어머니'로 할까 했어. 마지막 구절은 "노래가 새의 머리를 부수고 날아가다"인데 빼버렸지. 첫시집에서 '말'에 집착했듯이, 세번째 시집은 「산경」이 시집을 이끌어가는 동력이 될 거야. 이 시 외에도 제목만 열거하자면 「山經에 가서 놀다」 「향일암 애기 동백」 「동백열차」 등이 그것이지. 산경은 단순히 경전이 아닌 지명일 수도 있지. 한 시에서 이것을 "꽃 보러 가는 길 산경으로 가는 길"이라고 표현한 것도 이 때문이야. 산경에 나오는 이야기 하나하나를 뭉뚱그려서, 또 산경을 단순히 지명으로 생각해서, 다가가야 할 대상으로 파악한 거야. 그래서 산경이라는 삶의 본질을 동백에 기대서 구경하는 거지.

——검은 정신의 수풀이 우거진, 정신의 열대를 꿈꾼다고 할까. 그런 느낌이 드네요.

　「산경」의 이미지에 기댄 '동백경'이 될지 모르지. 여기서 경의 의미는 경전의 의미가 아니야. 동백의 이미지에 두루두루 다가갈 수 있는 지리적 또는 내적 경험의 통칭이지. 원래는 『심청전』을 모티프로 서사구조를 가진 장시를 쓰고 싶었어. 그게 잘 안돼서, 소품으로 연결되고 말았지. 심봉사는 장님이야. 시를 쓴다는 행위는 장님처럼 언어라는 매개를 통해 사물을 더듬더듬 더듬어나가 이미지를 만드는 게 아닐까. 동백을 검음으로 파악하는 것 역시 글자라는 검은색으로 붉음을 만질 수밖에 없다는 것이지.

　——세번째 시집은 전체가 붉은색으로 물들겠군요. 그 붉음을 빨아먹는 검음의 장관을 하루빨리 보고 싶군요. 참 영윤이는 지금 몇살이에요.

　여덟살. 그때 못 봤지만 딸이 하나 더 있는데 영현이, 세살이야. 시집을 낸 지 벌써 4년 지나서 책을 내놔야 게으르지 않는 사람이 될 텐데, 일관성있게 '동백'을 추스를 수 있을지……

　보은 시외버스터미널에서 대전행 막차를 탔다. 올 때 보았던

144

저수지는 어둠에 가려 보이지 않았다. 얼핏 새를 다시 본 것 같았다. '동백'의 붉은 울음을 우는 새가 노래를 부수고 시집 밖으로 날아가는 환영. 대전에서 다시 막차를 타고 서울에 오니 12시였다. 터미널을 빠져나와 벤치에 잠깐 앉아서 담배 한대를 피웠다. 벤치 옆의, 잎이 말라버린 나무 한 그루를 올려다보다가 눈길을 내렸을 때 노인 한분이 시야에 들어왔다. 지팡이를 손에 쥔 채 벤치 아래 쪼그리고 앉아 있는 노인은 어둠이 깊게 스민 주름살 때문에 눈이 더욱 크고 슬퍼보였다. 문득 삶의 본질은 안 좋은 거, 기쁨보다는 슬픔 속에 있다는 그의 말이 머리를 스치고 지나갔다.

행간에 성성함의 징검돌을 놓는 시인

고형렬

"바다를 보면 모든 것을 잃어버린 느낌이다"라고 고형렬(高炯烈) 시인은 말했다. 아무것도 안 일어나는 현상을 보여주는 게 '바다'라는 것이다. 중학교 2학년인 아들 중철이가 고향 속초바다를 보고 "아무것도 없잖아"라고 했을 때 큰 감동을 받았다고 그는 덧붙였다.

그는 여행을 자주 다닌다. 주로 강원도 탄광촌이나 남대천 등지로 간다. 청량리역에서 태백선을 타고 차창으로 스치는 자미원, 증산, 사북, 도계를 바라보다보면 크고 작은 40개 남짓의 터널을 지나게 된다. 터널은 그에게 '거대한 침묵의 덩어리'이다. 고향 속초가 가까워오면 터널은 어느새 사라지고 시야는 툭 터진다. 그때의 환함과 마주칠 때도 무언가를 놓치고 잃어버렸다는 느낌을 준다.

그가 좋아하는 물고기는 연어이다. 남대천에서 3월 중순에 떠나 베링해나 오호쯔끄해까지 갔다가 10월말경 회귀한다는 연어. 백마리 중 두 마리꼴로 돌아오는 연어는 그에 따르면 "법을 지키는 고기"이다. 삶과 죽음을 회귀의식을 통해 정직하게 보여주기 때문에 "불성(佛性)을 지닌 고기"라는 것이다. 그는 남대천에서 연어를 기르는 낯선 사람들과 이야기를 나눌 때 행복을 느낀다.

그의 네번째 시집 『성에꽃 눈부처』(창작과비평사 1998)에는 이런 그의 모습이 잘 나타나 있다. 이 시집은 죽음이 삶을, 찰나의 운명이 영원을 잉태하고 있음을 보여준다. 성에꽃이 순간의 찬란함, 아침이미지, 동해바다와 연결된다면 눈부처는 '사람의 눈에 비친 나의 모습'을 의미한다.

> 너에게 모두 보여준 만다라를 다 보았니
> 해가 마당에 찾아오고, 성에는 흐르는 아침
> 동햇가 그 엄동설한을 잊지 말고 살아라
> 이불을 어깨에 둘러감고 바라보던 창얼음
> 물이 되어 흐르는 은빛 부처, 찬란한 햇살
> 그땐 내겐, 성에꽃을 부를 이름이 없었다
>
> ──「성에꽃 눈부처」 부분

햇빛에 녹아 없어질 성에꽃. 그러나 그 햇빛이 은빛 부처의 모습을 만들어낸다. 다른 사람의 눈에서 자기의 모습을 들여다보고 있을 때의, 허무하면서도 아름다운 '만다라'가 성에꽃 속에 가득 피어난다. 그 순간에 붙일 이름이 없는 것은 시인에게 너무나 자연스러운 일이다. 거기에는 역설적으로 "아무것도 없기" 때문이다.

시인이 출생한 곳은 해남이다. 한국전쟁 통에 집안이 속초로 이주했다. 그에게 실질적인 고향인 현내는 반농반어촌으로 사진리에서 양양군으로, 그리고 고성군을 거쳐 속초로 편입됐다. 어쩔 수 없이 그의 핏속에 '떠돎'이 유산으로 흐를 수밖에 없었던 모양이다. 초등학교 시절에는 잠깐 해남 산사에서도 지냈다. 그때 책을 좋아하던 아버지 고남석(高南錫) 옹이 보시던 임꺽정, 남생이, 이용악 시집, 백석 시집 등을 보았다. 해남 산사는 고정희 시인, 박성룡 시인의 고향이기도 한데, 시인은 이때 백석에게서 북방정서에 대한 아련한 그리움을 느꼈다고 한다.

고교를 졸업하고 구례 화엄사 등 절을 3년 정도 떠돌아다녔다. 할아버지가 대처승이어서 그랬을까. 시인도 어려서부터 '중'이 되고 싶었다고 한다. 절밥을 얻어먹기 위해 주로 불 때는 일을 했다. 커다란 장작을 아궁이에 밀어넣고 불을 때다보면, 그 불을 무엇인가가 안에서 세차게 빨아들이고 있는 것처럼 느껴졌다. 마치 굴뚝이 그 불을 끌어당기고 있는 것 같은. 그 불을 보고 있는 시인의 눈에 비친 것 역시 '아무것도 없었다'.

스리랑카 서남쪽 옛 바다에 한 고기들이 살았다 그들은 사람의
말을 하고 무량광명의 이름을 부를 수 있었다 어느해 그 지역은 재
난을 당해 사람들이 먹을 것이 없게 되었다 (…) 선한 얼굴의 고기
들은 배고픈 사람들의 음식으로 자신들의 몸을 바치려고 바닷가에
차례로 나와서 죽었다. (…) 그런데 그 고기들 속에는 그들과 함께
죽지 않고 그들을 오랜 세월 동안 기르고 떠난 그 '무엇'이 있다고
한다
                                                   ──「아미타魚」 부분

아마도 그 불속에서 시인은 자기를 모두 태우고 굴뚝으로 빠
져나가는 그 '무엇'인가를 보았던 모양이다. 절을 떠돌다 구례에
도착했을 때 시인은 처음으로 시를 썼다.

1974년부터 그는 속초에서 면서기 생활을 시작했다. 아버지
가 돌아가시자 자신이 집안의 기둥이 되어야 했기 때문이다. 시
인은 첫출근하는 날 "군대 같아서 내일모레면 그만둘 것 같았는
데 근 10년이 흘렀다"고 추억했다. 그리고 80년대 초반 공무원
생활을 청산하고 서울로 올라왔다. 몇몇 잡지사와 출판사를 돌
다가 1985년 창작과비평사에 입사해 오랫동안 남의 시집을 만들
어주는 일을 했다. (나는 편집부와는 떨어져 미술제작부 한편에
책상을 마련하고 시집 교정지에 얼굴을 묻고 있는 그를 몇번 본
적이 있다. 숨어서 밥을 먹으려는 그 모습이 쓸쓸하면서도 아름
답게 느껴졌다.) 당시 그는 반공일인 토요일에는 북한산을 넘어
일산 집으로 퇴근하는 모양이었다.

하늘에 두 사람이 날아가고 있다

이야기를 하며, 귀로 들으며, 고개를 끄덕이며,
서로 쳐다보며

—「두루미」전문

이 시의 시작메모에 다음과 같은 구절이 보인다. "북한산 대남
문을 넘어 퇴근하던 나는 삼천사 골짜기에서 장흥 쪽으로 날아
가는 두루미를 보았다. 얼마 후 산비가 내리기 시작했고 나는 그
비를 쫄딱 맞았다. 일산 호프집에서 한지희라는 아이에게 이 시
를 써주고 호프를 한 조끼 하였다."

그 일산에는 아내와 아이가 있다. "이불 밖으로 나온 두 다리
허벅살은 수백억년이나 된 것 같"고 "희고 은밀하고 빛나는 역사
는 수백억 광년이나 될 성싶"은 여우 같은 아내. 그리고 그 곁에
서 "1, 2광년쯤 된 아이들"(「여우」)이 자고 있다. 그런 어느날 시
인은 아내가 아들을 주방 옆 화장실에서 목욕시키는 소리를 가
만히 듣는다. "물소리가 쏴아 하다 그치고/아내가 이런다 얘, 너
엄마 젖 만져봐/만져도 돼? 그러엄. 그리고 조용하다" 아들이 아
내의 젖을 만지자 "아파 이놈아!/그렇게 아프게 만지면 어떡
해!" 하는 아내의 소리가 들려오고 시인은 나도 거기 끼여들어
가 "셋이 놀고 싶다"는 생각을 한다. 그래서 마지막 "우리가 떠난

150

면 훗날에도/아이는 사랑을 기억하겠지"(「처자」)라는 구절은 '성에꽃 눈부처'만큼이나 순간이 영원으로 각인되는 모습을 보여준다. 또한 이 시와 같은 계열이라 할 수 있는 「목욕탕에서」 「아들이 슬프다」 등에 나타나는 '목욕'이미지는 '정화'와 맞물려 있다고 할 수 있다. 또 "나무에 연꽃이 핀다"는 시작메모가 달린 「목련」을 비롯해 이 시집에 빈번하게 출현하는 '물'이미지는 시인이 새롭게 개척한 불교적 상상력을 정치하게 분석할 것을 요구하기도 한다.

"지금도 '중'이 되고 싶은 생각이 자주 들어요. 30대 후반부터 석가모니의 최후의 설법이라는 『열반경』을 매일 읽었지요. '공한 이치를 깨닫는 것이 최후의 진리'라는 것에서 세상을 보는 눈을 교정했지요. 서울을 떠나봐야 서울이 보이는 것처럼, 나를 떠나 나를 다시 보는 것. 그것은 끊임없는 '떠남'에서만 가능하다는 생각을 했어요. 꽃도 낙화와 개화가 매년 다르듯, 『금강경』의 설법을 빌리면 '최고로 도달하는 것은 떠나면 그 자리로 돌아오지 않는다'는 세계관을 배웠어요. 고승들의 게송(偈頌)을 읽다보면 그래서 쓸쓸한 생각이 드는 건지 모르겠어요."

시를 쓰는 일이 토벽 안에서 귀로 '이른 봄비 보는 것'과 같다는 시인. 그는 그 감동을 백지에 옮기는 순간 감동은 죽어버리지만 할 말을 채 하지 못하는 어눌함과 더듬거림이 시라는 공간에 남는 것이 아니겠느냐고 말했다.

사물에 절하고 어루만지는 이 시(詩)중이 오래 떠돌기를 성에

꽃이 아닌 술잔에 비친 '눈부처'에게 빌고 돌아오는 밤길은, 벌써 새벽의 여명으로 접어들고 있었다.

고형렬 시인은 다섯번째 시집 『김포 운호가든집에서』(창작과비평사 2001)를 펴낸 뒤 만 5년 만에 새 시집 『밤 미시령』(창비 2006)을 출간하였다. 그는 집을 일산에서 서울로 옮겼고, 다섯번째 시집을 내고 3년쯤 뒤에 정든 회사(창비)를 그만두었다. 그동안 꽤나 많은 시간이 흘렀고, 그의 일상 또한 많은 변화가 있었으므로, 나는 그의 시적 여정이 어떤 변화를 겪었을지 궁금했다. 정독을 해보니 『밤 미시령』에 나타난 시인의 큰 변화는 현실적으로 서울살이를 수락하면서 내면적으로는 고향인 속초를 향해 가고 있다는 점이다. 여기서 '간다'는 것은 '회고한다'는 뜻이 아니다. 「다시 서울」에는 1980년대초 설악을 떠나 서울로 왔으나 정작 자신은 서울에 다다르지 못했다는 심경이 드러나 있다. 서울에서 적응하면서 살고 싶지만 여전히 서울에 도착하지 못했다는 심리에는 어떤 상실감이나 미도착 현상이 자리잡고 있다. 즉 시인에게 고향 속초는 시인의 말을 빌리면 "긁으면 가려워지는 것과도 같고, 불편해도 없어서는 안될 근원에 닿게 하는 줄기" 같은 것으로 작용하고 있다. 그의 시는 바로 거기서 나온다. 표제작 「밤 미시령」 전문을 보자. 이 시는 고향 선배이기도 한 이성선(李聖善) 시인의 부음을 듣고 속초로 가는 여정에서 느낀 시적 경험을 털어놓고 있다.

저만큼 11시 불빛이 저만큼

보이는 용대리 굽은 길가에 차를 세워

도어를 열고 나와 서서 달을 보다가

물소리 듣는다

다시 차를 타고 이 밤 딸그락,

100원짜리 동전을 넣고 전화를 걸듯

시동을 걸고

천천히 미시령으로 향하는

밤 11시 내 몸의 불빛 두 줄기, 휘어지며

모든 차들 앞서 가게 하고

미시령에 올라서서

음, 기척을 내보지만

두려워하는 천불동 달처럼 복받친 마음

우리 무슨 특별한 약속은 없었지만

잠드는 속초 불빛을 보니

그는 가고 없구나

시의 행간은 얼마나 성성하게 가야 하는지

생수 한통 다 마시고

허전하단 말도 저 허공에 주지 않을뿐더러

──그 사람 다시 생각지 않으리

──그 사람 미워 다시 오지 않으리

선배 시인의 깨끗했던 삶이 얼마나 그리웠으면 다시 생각하지 않겠다고, 미워 다시 돌아오지 않겠다고 했을까. 이 시에는 이러한 역설로 그와 같은 삶의 자세로서 시의 행간에 성성(惺惺)함의 징검돌을 놓아 더 누추해졌을 때 고향인 속초로 돌아가겠다는 다짐이 서려 있다. '시의 행간에 성성함의 징검돌을 놓는다'는 것. 그것은 세계와 직접 대면하고 어떤 의미를 부여하며 실천적인 삶을 꿈꾸기보다는 헐겁고 싱거운 운문적 삶이 '근원에 닿게 하는 줄기 같은 것'이라는 인식을 보여준다.

이런 점은 최근 우리 시단의 중요한 흐름 중 하나인 산문화(散文化) 경향과 대비해 살펴볼 만하다. 한 젊은 시인의 고백은 흥미롭다. "시가 스스로를 갱신하는 한 방편(사실은 가장 크고 효과적인 방편)으로 저는 산문을 꼽고 싶습니다. 시가 시에만 매달릴 때 딱딱한 석고상 이상의 자세를 못 보여주는 한계를 시 바깥에서 꽝꽝 깨고 들어오는 것이 산문인 것 같습니다."(김언 「아직 도착하지 않은 상자」, 『시와반시』 2006년 봄호)

최근 들어 소설도 그렇지만 우리 젊은 시문학에서는 '상징의 해체'가 대세를 이룬다. 이들은 상징이 근원 혹은 기원과의 합일을 꿈꾸며 내적인 것과 외적인 것이 일치한다는 '향수'에 기반해 있다고 여긴다. 반면 자신들의 시는 차이의 수사학이라고 명명한다. 유추와 동질이라는 상징과 달리, 이것을 말했는데 시간이 흘러 저것을 뜻하기에, 언어가 실체를 지칭하지 못하는 어긋남의 수사학이 되는 것이다.

　우리 시는 바야흐로 '산문의 시대'이다. 역사에 의해 호명되는 "명령을 요구하는 밤"(김수영)으로서의 산문은 잊혀진 지 오래이고, 지금은 시가 산문 그 자체를 사는[生] 시대이다. 따라서 이들 젊은 시인들에게는 '기원의 해체'가 또다른 명령이며, 여기에는 권위적인 '하나의 화자—상징'을 해체하고 '복수의 화자—알레고리'를 내세우는 전혀 다른 세계관이 수립된다. 그러나 낡은 시라고 여겨지는 그 기원들에 과연 낡은 것들만이 있는 것일까. 이들의 관점에서 보면(즉 '시가 시에만 매달리는') 운문 형식으로 된 다음의 시는 '딱딱한 석고상의 자세'를 취하고 있는 것이다. 하지만 과연 그런가.

　　아버지 어머니는
　　고향 산소에 있고

　　외톨배기 나는
　　서울에 있고

　　형과 누이들은
　　부산에 있는데,

　　여비가 없으니

가지 못한다.

저승 가는 데도
여비가 든다면

나는 영영
가지도 못하나?

생각느니, 아,
인생은 얼마나 깊은 것인가.

—천상병 「소릉조(小陵調)」 전문

'70년 추석에'라는 부제가 붙은 이 시는 30년대에 (음악성을 살리는 방편으로) 유행했던 2행 띄기 등이 계승된 전형적인 작품이다. 1연에서 5연까지는 하나의 화자가 나타난다. 견해에 따라서 6연까지도 포함될 수 있다. 그런데 마지막 연의 돈호법은 이 시를 아주 다른 각도에서 읽게 만든다. 과연 6연까지의 시적 화자가 7연에 나타난 화자인가? 시 전체를 유기적으로 통어한다는 신비평적 관점에서 본다면 이 돈호법은 앞의 것을 묘사하는 진부한 장식적 수사에 해당할 것이다. 하지만 수사학적 질문으로만 읽는다면 앞의 '나'와, 생략되어 있지만 뒤의 '나' 사이에는 정확히 구별할 수 없는 불가능성이 내포된다. 마지막 연에는 좀더

위대한 주제와 진술의 복잡성을 이끌어내는 화자가 등장하는 것
으로 볼 수 있다. 한 화자가 전체를 통어하는 것이 아니라, 그 통
어되는 시적 화자를 바라보는 또다른 주체가 있는 것이다.

『밤 미시령』의 대표작 중 하나라고 할 수 있는 「달려라, 호랑
아」도 역시 다른 맥락에서 읽을 수 있다. '자화상'이라는 부제가
붙은 이 시는 블레이크(W. Blake)의 「호랑이」에 견줄 만한 시적
드라마가 풍부하게 내장되어 있다.

    달려가는 호랑의 껍질은 아무것도 아니다
    두 앞발 사이 깊숙한 가슴 근육
    덜컹거리는 심장, 출렁이는 간, 긴장하는 목뼈
    헉헉대는, 터질 듯한 강한 폐 근육
    얼룩거리는 붉은 어깨와 엉치등뼈, 거기 붙은 살점들
    얼마나 우스꽝스러운가, 커다란 구슬 같다
    마구 흔들리는 골은 산산조각 깨어질 듯
    무거운 육신을 잔혹하게 흔들며 전속력으로 달려가는
    모자이크된 육체가 뛰어가는 정신
    주먹같이 생긴 허연 뼈들, 링 같은 꽃의 구근
    기둥 같은, 널빤지 같은 뼈들이 가득한 육체
    먹이를 뒤쫓아 맹추격하는 호랑의 구조
    그놈들 가끔 보며 세상을 가르친다 지오그래픽의
    제작자를 탓하지 않지만 생식기를

혹주머니처럼 흔들며 뛰어가지 않으려는 그의

부끄러운 표정의 질주를 비웃는다 이것이 '세계'를 보는

나의 유일한 창구, 한없이 저놈은 비위사납다

이해하면서 더러운 자식! 더러운 자식! 하며

달려라 조금만 더, 뛰어라 호랑아

너를 끌고 달리게 하는 아 호랑아, 달려라

(진술부 강조는 인용자)

묘사부만 읽으면 쉼표로(즉 호흡으로, 음악적 요소로) 맹수의
동물성, 특히 움직임을 급박하게 밀어올리고 있는 호랑이가 포
착된다. 반면 진술부는 사유로, 그래서 느린, 생각하는 화자가
등장한다. 여기서 텔레비전 화면을 보며 묘사하는 화자, 그리고
진술부의 어떤 발언을 하는 화자는 일인가? 또 맨 마지막 연
"너를 끌고 달리게 하는 아 호랑아, 달려라"의 '너'는 이제까지
묘사하는 시적 화자, 진술하는 시적 화자와 동일인가? 아니면
호랑이인가? 이 시는 이렇듯 하나의 화자로 규정되지 않는, 그
래서 권위적이지 않으면서 다성적인 울림을 던져준다. 고형렬의
이번 시집이 뛰어난 점은 이런 육화된 모호성, 망각되는 주체들
에 대한 새로운 비유에서 찾아도 될 것 같다.
　　이런 점에서 나는 "기원을 흐려버리는", 그래서 '미래'로 탈주
하는 최근시보다는 기원으로 다시 돌아가 기원에서 뭔가를 찾
는, 거기서 재해석하고 거기서 재설정하는, 그러나 망각될 수밖

에 없는 기원의 흔적을 현재(현대)의 자신에게 투사하는 시편들에 매력을 느낀다. 하나의 화자이든 둘 이상의 화자이든, 산문을 지향하든 음악을 지향하든 시는 시일 뿐이다.

어느 중견시인이 통렬하게 젊은 시인들의 시를 비판했듯이, 나 역시 '시가 아닌데, 기표로 포장된 시라고 하는 산문의 지리한 또다른 교술'적 시들에 대해서는 회의적이다. 그것이 재래적 시이든 새로운 세대의 시이든 말이다. 물론 '미래파'로 규정되는 현재의 젊은 시들을 다 부정하는 것은 아니다. 그들의 시가 아직 형성되지 않은 싯점에서 필요 이상으로 확대되는 담론에 고개가 갸웃해진다는 말이다. (시인은 원래 자기 시를 말하지 않는 법인데, 왜들 그렇게 자기 시를 미리부터 말하고 싶어하는 걸까. '도달'을 설정하면, 그것도 자기 시의 비밀로 평생 간직해야 할 '노름돈'을 내가 "얼마 있소" 하고 말해버리는 꼴이 아닐까.)

시란 끝내 도달할 수 없는 것에 대한 열망을 지닌 것이다. 그래서 "너를 끌고 달리게 하는 아 호랑아"를 지향한다. 기원을 회복하기 위해 절규하는 이 모호하고 다성적인 목소리야말로 언제나 시였던 것으로 알고 있고, 알고 싶다는 것이 내가 시를 대하는 자세이다.

현실적 상징주의자

박주택

시인 박주택(朴柱澤)은 "두 손을 무릎에 얹고/바다를 바라보는 것은 행복하다"(「해변의 묘지」)고 했다. 충남 서산의 반농반어촌인 그의 고향마을 앞에는 바다가 출렁거렸다. 파도의 혀가 핥고 가는 해변에 '잎의 날개를 달고 꿈을 꾸는 아이'와 같이 "불사의 춤을 추"(「爬行」)는 새들이 끼루룩대며 날아갔다. 소년 주택은 새들이 질척거리는 해변을 걷다가 산을 넘어 팔봉초등학교로 등교했다.

소년 주택은 쉬는 시간이면 밭 중턱에 깎은 듯이 자리잡고 있는 학교 뒷산에 앉아 "두 손을 무릎에 얹고" 바다를 바라보았다.

* 이 글은 『현대시』 1998년 4월호에 실린 인터뷰를 개고한 것이다.

바다에서 뿜어져나오는 빛은 자신의 뒤로 찍힌 발자국들이 파도에 휩쓸려 멀리 떠내려가면서 생긴 무늬 같았다. 그는 낙백(落魄)한 집안의 자손이었다. 일제시대 때만 해도 그의 집안은 서산에서 명문가였다. 유림인 할아버지 박상호씨는 한시나 동학사상에 일가견이 있는 분으로 어린 그는 할아버지의 등에 업혀 시조창을 들으며 자랐다. 박주택은 그러나 "할아버지의 방에는 할아버지가 읽거나 쓴 80여권의 한문책이 있었는데, 큰어머니가 교회 다니면서 모두 태웠다"는 부분에 이르러 매우 아쉬워했다.

아버지 박성준씨는 국전에 7, 8회 입선할 정도의 실력을 갖춘 서예가였다. 대학까지 나온 분이었으나 현실에는 무능한 이상주의자였다. 어린 그는 그런 아버지 대신 어머니에게 등을 기댔다. 현실적으로 강할 수밖에 없었던 어머니는 현실의 고통을 어린 그에게 강요하지 않았으며 정결한 생활태도를 가르쳤다. "내게는 어머니와 떠나지 못하는 요소가 있어요. 아마도 내 시는 어머니의 혈통을 계승한 것일 겁니다. 고향이 염결성과 순수성을 일으켜세우며 현실적 고통을 치유해주는 곳으로 내 무의식에 자리잡은 이유도 거기에 있지 않나 싶군요."

내가 박주택에게서 유년시절 이야기를 끌어낸 것은 그의 시에는 가계에 대한 어떤 진술도 나와 있지 않기 때문이기도 하지만, 데뷔작 「꿈의 이동건축」을 읽었을 때 받은 깊은 인상 때문이다. 그것은 내 머릿속에서 떠나지 않는 유소년기 시절의 기억 탓이기도 하다. 인천 수문통시장의 풍경 말이다. 바닷물 위에 나무판

자 바닥으로 삐걱대던 좁다란 시장골목. 시장이 끝나는 곳에서 펼쳐지던 갯골. 닻이 부러진 폐선이 흉하게 처박혀 있는 갯골에서는 시장에서 쏟아져나온 오물이 썩는 냄새가 났고 물빛은 늘 검었다. 1986년 서울예술대에 다니던 나는 살얼음이 깔린 천변을 걸으며 1월 1일자 경향신문 신춘문예란을 읽었다.

> 손수 나의 흉금을 털어놓자
> 화살모양의 안개는 지평선 밖으로
> 과녁을 찾아 떠나가고.
> 나는 집 구조와 가구들을 이동시킨다.
> 강물 때문에 어느새 현기증이
> 높낮이의 생애를 닮아가도
> 나는 다시는 태양을 찾지 않는다.
> 처음으로 약속받은 땅의 일이며
> 어떠한 경우에도 이것은 바뀌지지 않는 것이므로.
>
> ──「꿈의 이동건축」 부분

집 구조와 가구들을 이동시킬 수는 있어도 현기증을 일으키는 강물 때문에 땅의 위치는 바꿀 수 없다는 구절이 묘하게 가슴에 남았다. 현란한 수사에 가득 찬 것 같으면서도 나른한 슬픔을 촉발시키는 듯한 이 낯선 상징주의자의 시에 나오는 맑은 물빛과, 그리고 내 곁을 흐르는 수문통의 검은 물빛을 대조하면서 나는 현기증을 느꼈다. 그래서인가. 나는 후에 그의 시를 보면서, 빈번하게 출현하는 바다를 가르는 빛의 이미지를 포함한 강렬한 물의 이미지들이 그의 유년시절과 깊은 연관을 맺고 있는 것이 아닌가 하는 생각을 갖게 되었다.

내가 그를 다시 만난 것은 1991년이었다. 나는 그해 신춘문예로 데뷔했고, 그는 첫시집을 냈다. 그리고 우리는 "잔물결 이는 가슴의 갈대처럼/부스럭거리며 눕혀지지 않는 잠들"(「浦口」)의 풍경을 찾아가는 어느 여행에 동행했다. 양수리 쪽이었는지 기억은 흐릿하지만 몇몇 젊은 시인들과 그의 차를 타고 안개가 깔린 새벽의 고속도로를 질주했다. 도로 옆 어깨 높이로 출렁이던 강물과 안개 속에서 붉게 지던 달빛이 환각처럼 새벽의 "눕혀지지 않는 잠들을" 이끌고 부유하고 있었다. 이것이 내가 그의 첫시집 『꿈의 이동건축』(문학세계사 1991)에 가진 추억이다.

몇년 뒤 나는 "상징의 빛을/받으며 피는 아이들"(「爬行」)의 순례길에서 보이던 새떼들의 운무와 파도의 춤, 한마리의 물고기처럼 신선한 식물들로 둘러싸인 성(聖)의 세계가 낡고 추한 것들로 둘러싸인 채 환멸의 그림자로 바뀐 것을 알게 된다. 두번째 시집 『방랑은 얼마나 아픈 휴식인가』(문학동네 1996)는 첫시집과 대척점을 이룬다. 어느새 순례는 방랑으로, 1인칭은 3인칭의 세계로 변화돼 있다. 순결한 아이들은 노파가 되어 공원의 벤치에 앉아서 이렇게 중얼거리고 있었다. "노파의 신발처럼/삶도 시름에 닳아 해어지는 것일 뿐."(「섞어 있는 모래들」)

——첫시집과 두번째 시집 사이에는 상극적 요소가 있는 것 같아요. 첫번째 시집의 장시 「파행」이나 데뷔작 「꿈의 이동건축」을 보면 상징주의적 비상이 강렬하게 펼쳐지는데요. 두번째 시집에서는 일상적이고 소외된 곳에 촛점이 맞춰져 있단 말예요.

80년대에서 내 시는 별다른 주목을 받지 못했어요. 기형도가 말한 것처럼 민중 이외의 상징성은 설 자리가 없었지요. 그런 것들이 상처가 됐지요. 나는 차에 몸이 끌려가듯 시를 썼고 시에 내 삶을 희생했는데도 소외되고 말았습니다. 지금도 나는 시인의 모습에는 그윽한 눈매가 드러나 있는 성직자의 모습이 투영돼 있어야 한다고 믿습니다. 첫번째 시집과 두번째 시집의 차이라면 '나'라는 개인에서 '인간의 문제'로 관심을 확대했다는 것을 들 수가 있을 겁니다. 특히 소외받는 것으로 시적 관심이 이동했다고 할 수 있겠지요. 그러나 말라비틀어지고 추악하다고 해서 세상이 고통스럽다는 것보다는 그 어두움을 부각시킴으로 해서 희망을 이끌어내보자는 것이 제 생각입니다.

——80년대 '시운동 동인' 이야기를 안할 수가 없겠군요. 시인의 경우도 그렇지만 하재봉, 남진우, 이륭(이산하), 안재찬(류시화) 등 시운동 동인들은 시대를 거슬러가는 상상력으로 젊은 문학도들에게 신선한 바람을 불러일으켰는데요.

민중시의 논리가 횡행하는 가운데 그것과 경향성을 달리하는 사람들이 무크지를 만들어 새로운 움직임을 선보인 것이지요. '시운동'이나 '시힘'이 거기에 속한다고 봅니다. 특히 바슐라르의 시론이 우리들의 관심을 촉발했지요. 나중에 문학사가 정리될 때 이 두 동인지를 민중시의 대척점에서 거론하지 않을 수 없다고 봅니다. 그러나 시인으로서 나는 '시운동' 동인이라고 하더라도 동인들의 시와 차별성을 갖지 못했다는 점에서 의도적으로 세계관을 변화시킨 면도 있어요.

——어떤 점에서 그렇습니까.

내가 추구하는 것은 많은 부분 하재봉씨의 초기작이 추구하는 것이기도 했지요. 언어의 상징성을 추구하는 동안에는 그 언어를 완전히 떠나서 존재한다는 것이 불가능하기 때문에 세계관의 변화를 통해 변별력 있는 언어를 찾겠다는 것이었죠. 지금은 어느정도 자신감이 생깁니다.

——세번째 시집은 어떻게 잘되고 있습니까.

현재 80여편가량 가지고 있어요. 첫번째 시집과 두번째 시집의 중간 접합지점이라고 할 수 있는데, 1인칭과 3인칭의 조우라고 할 수 있겠군요. 개인적으로는 고향 주변인 음암, 간월도, 팔봉리, 운산 등 유년체험과 어머니를 다뤘고, 사회적으로는 대머리나 불능의 사내, 변태 등 삶으로부터도 병으로부터도 소외돼 있는 인간들을 다루고 있습니다. 미래에 대한 불투명성과 후기 산업사회에 심화되는 환경문제 등을 악마적 요소를 통해 드러낼 작정을 하고 있습니다.

——이제 상징주의적 태도를 버리고 개인이든 사회든 구체적 현실로서 그리겠다는 뜻입니까.

그렇지 않습니다. 현실의 구체적 모습보다는 현실을 상징화시켜서 현실을 뛰어넘는 의미를 구축해보겠다는 것이죠. 고향시편은 그 일그러진 현실의 상처를 위무해주는 역할을 해내리라 봅니다.

——1990년대에 활발하게 활동하는 시인으로서 90년대 시단에 대해서 어떻게 생각하고 있는지요.

우리나라에서 일부 유행하고 있는 포스트모더니즘 시들은 현실에 대한 부박함과 나른한 허무성을 드러내고 있는 것 같아요. 파시스트적 요소가 강하다고 할까요. 우리 정신의 강인성을 보여주는 김시습(金時習) 같은 시적 전통에 대해서도 부정하고 있어요. 페미니즘 계열의 시들도 남성의 억압적 사고를 깨뜨리는 것에는 찬성하지만 그것을 지나치게 의도적으로 깨뜨리고 있지 않나 싶어요. 문학이 결집된 목소리로 무엇을 깨뜨리기 위해서 있는 것은 아닌데요. 인문학적 소양 대신 과학과 경제가 인간의 사고를 지배하는 상황에 문학도 덩달아 춤을 추어서는 안된다고 봅니다. 경향성을 갖고 있는 것과 문학의 본질적 요소는 별개인데, 그것을 일부 시인들이 진보된 문화로 착각하고 있는 것이 아닌가 생각합니다.

그와 이야기를 나누는 내내 비가 내리고 있었다. 그는 최근에 「석불을 찾아서」——이 시는 후에 세번째 시집 『사막의 별 아래에서』(세계사 1999)에 묶였다——라는 시를 썼다고 한다. "묘지 위 별은 빛나고 사과나무가 달의 노래를 들을 때/나는, 사과나무 아래에서 이토록 질긴 귀소를 생각한다." 인터뷰를 끝내고 까페를 나와 빗속을 그와 함께 걸으며 내내 이 구절을 데뷔작의 한구절인 "처음인 곳으로 가는 나중의 하늘"과 연결시켜 생각했다. 그는 이제 상징주의적 비상에서 현실적 상징주의로 지상에 착륙하여 '빗방울'이 자신의 내면에서 '빛방울'로 바뀌는 귀소의 꿈을 꾸고 있는지 모른다.

침묵과 파동, 그 영원한 빈집에서

최하림

1

최하림(崔夏林) 시인을 가끔 뵐 때마다 나는 뽈 발레리(Paul Valéry)의 『젊은 빠르크』(*La Jeune Parque*)의 한구절이 생각난다. "슬프구나! 누가 내 벗은 발자국을 볼 것인가." 그에 겹쳐 또 하나의 영상이 스친다. 스무살 푸른 정오의 강의실에서 그가 한 말이다. "나는 시골의 이장이었으면 좋겠다. 그 정도는 내가 감당할 수 있을 텐데……" 이것은 내 마음속에 '죄'와 '화해'라는 묘한 여운으로 남아 있다.

---

* 이 글은 『내일을 여는 작가』 2000년 봄호 '이 계절의 시인' 신작시 해설을 개고한 것이다.

내가 발레리의 시 구절을 알게 된 것은 그가 1991년 『현대시학』에 연재한 「말들의 아포리아」를 통해서였다. 그런데 내 기억엔 그것이 "누가 내 누이의 벗은 발을 볼 것인가"로 강하게 남아 있었던 것이다. 당시는 서로를 용납하지 못한다는 두 성채, 이른바 참여와 순수 양진영의 경계가 허물어지던 때였다. 나는 그때 그가 1960년대 고서점에서 발견한 발레리의 시집에서 이 구절을 발견하곤 감동해서 밤늦도록 길거리를 쏘다니며 외쳤다는 것을 이해할 수 있을 듯했다. 왜냐하면 '누이'로 표상되는 평등하고 진실된 세계, 꼭 지켜줘야 하고 돌아가야 할 그 세계가 우리 눈앞에서 사라지고 있었기 때문이었다. 특히 '누이의 벗은 발'이라는 이미지, 그 하나만으로도 눈물이 고일 듯했다. 누이의 벗은 발을 본다는 그 행위 속에 치욕을 받아들이는 수동성과 치욕을 넘어설 수 있는 적극성이 함께 담겨 있는 것으로 생각됐다. 그리고 그 구절은 발레리의 시를 관통하는 무슨 '코드'처럼 내 마음속에 심어졌다. 한동안, 아니 그후로 10년이 지날 때까지도 나는 "누가 내 누이의 벗은 발을 볼 것인가"를 조용히 되씹곤 했다.

그러다가 우연히 『실천문학』 1999년 겨울호를 보고 나는 당혹감을 느꼈다. 내 머릿속에 굳어진 그 구절은,

슬프구나! 그 누가 내 벗은 발을 볼 것인가

자기자신만을 오랫동안 생각하지 않게 될 수 있을 것인가

가 정확한 것이기 때문이었다. 그는 '나를 움직인 한편의 시(詩)'라는 난에서 '발레리, 누가 내 벗은 발자국을 볼 것인가'라는 제목으로 이 시 구절을 인용하면서 다음과 같이 그 시절을 회상하고 있다.

'슬프구나'라는 탄식은 내게는 자기의 내면밖에 들여다보지 못하는 저주받은 시인의 회의와 연민과 물어뜯음으로 이해되었다. 그리고 당돌하게도 자기자신의 내면을 들여다보며 회의하고 연민하는 인간은 바로 나라고 여겼다. 나는 술집들도 거의 문을 닫은 자정의 거리를 걸어가며 "슬프구나! 누가 내 벗은 발자국을 볼 것인가'라고 부르짖었다. (…) 탄식은 나를 따라다니지 않으면 안되는 일종의 비운처럼 인식되어갔고 그것은 내 시의 기조가 되었다. 슬픈 탄식이 그늘을 드리우지 않으면 나는 만족할 수 없었고, 그것이 없으면 내 시 같지가 않았다.

아, 이 오독의 난감함, 이 절묘함이라니…… 그는 이제 탄식의 소리를 더이상 내지 않는다. 그가 말한 대로 그의 시에서 "탄식은 자취를 감추었다." 그러함에도 나는 나의 오독에 기대어 그의 탄식은 여백 속으로 녹아들어갔을 뿐, 여전히 파동치고 있음을 본다. 고요와 침묵 속에서, 화해와 평온함 속에서 숨죽이며 그 탄식은(그 시간들은) 이번 신작시──이 시들은 후에 『풍경 뒤에 풍경』(문학과지성사 2001)에 묶였다──에서도 "형체도 없이/

비천하게 발꿈치를 들고,/가랑이를 벌리고,/유적지처럼/어두워가고/있"(「겨울 내몽고1」)음을 본다.

2

최하림 시인의 초기시는 사회현실에 대한 절망, 특히 한(恨)에 어린 인간의 삶과 그것을 풀지 못하게 하는 현실의 옥죔이라는 주제에서부터 뻗어나왔다. 그 이후 10여 년간 언어탐구를 통해 그 시선을 민중으로 돌리기도 하고 광주라는 대상을 통해 심화시키기도 하면서 서서히 자신을 비우고 사물의 말에 귀를 기울여가는 과정을 보여왔다. 그의 다섯번째 시집『굴참나무 숲에서 아이들이 온다』(문학과지성사 1998)는 이러한 그의 태도가 정제된 형태로 드러난 시집이다.

익히 알려져 있다시피 그는 참여와 순수라는 양진영의 경계를 넘나들며 독특한 역량을 구축해온 시인이다. 대부분의 1960년대 시인들이 대체적으로 한가지 색깔을 집요하게 파고들어 자신의 시세계를 구축한 데 비하면, 이 점은 매우 특기할 만하다. 하지만 이러한 일반적인 평가와는 달리 그의 시는 개인과 사회라는 주제를 인간의 마을에서 바라보며, 그 속에 순간적으로만 존재하는 사물의 말들로 귀의하는 과정을 거쳐왔다고 할 수 있다. 즉 사회현실에 대한 관념적인 부정의 정신에서 출발한 그가 그것에 대한 혹독한 '연민'과 '허무'를 거쳐 순간에만 존재하는 구체적인 사물의 진정성을 발견해나간 것이라 볼 수 있다.

꽃은 긍정의 이미지인데 내 시에서 그것은 허무의 꽃이기도 하니까요. 그 꽃은 연민과 죄의식의 산물이기도 합니다. 그렇지만 나는 나 자신을 바꾸기 위해서 무엇을 인위적으로 만들고 싶지 않습니다. 나는 한동안 여기 머물러 있으면서 이것저것을 확실하게 보고 이것저것을 따져보고 싶습니다. 사실 허무를 바탕으로 하지 않는 긍정이란 거짓 긍정이에요. 20세기의 사상들은 19세기의 파산이라는 허무 위에 자리잡고 있어요. 끊임없이 허무와 싸우고 허무가 뒷받침해주어야만이 다음에 쓰러지지 않는, 긴장감 있는 긍정 세계로 나아갈 수 있는 터널을 만들 수 있지 않나 생각해요. 그런 측면에서 시간과 나는 끊임없이 싸우고 있다고 볼 수 있죠. (…) 그러면 시간이란 무엇인가——무엇이 시간을 극복할 수 있을 것인가——순간뿐이에요. 순간순간에서 영혼을 발견하고 그 안에서 숨쉬고 꿈꿀 수 있을 뿐이에요. 이 순간의 꽃이 한면에서는 허무이지만 한면에서는 영원이라는 생각이 들어요. 작지만 우리와 구체적으로 만나진다는 면에서 결국 예술이 출발하는 지점은 여기에요.

——「시, 어둠의 심연에서 올라오는 꽃」 부분
(최하림 대담 『문학정신』 1991년 5월호)

"나 자신을 바꾸기 위해서 무엇을 인위적으로 만들고 싶진 않"다고 말하던 당시, 그는 광주에 있었다. '연민과 죄의식'의 근원지인 광주에서 그가 만난 것은 '시간'이었으며, 동시에 그 시간의 뒷면인 '순간'과 조우했다. 이러한 "순간의 꽃이 한면에서는 허무이지만 한면에서는 영원이라는 생각"은 그가 1998년 봄부터 충북 영동의 호탄천가에서 살면서 더욱 구체화되고 있다. 그러면 이번 신작시 특집에서 '시간'에 대한 시행을 살펴보자.

> 가을날에는 요란하게 반응하며 소리하지 않는 것이 없다.
> 예컨대 조심스럽게 옮기는 걸음걸이에도
> 메뚜기들은 떼지어 날아오르고 벌레들이 울고
> 마른 풀들이 놀래어 소리한다 소리들은 연쇄반응을
> 일으키며 시간 속으로 흘러간다
>
> ──「가을날에는」 부분

이 시간이 거주하는 곳이 바로 '빈집'이다. 그는 자신을 완전히 비우고 침묵이 깃들어 있는 장소로 '빈집'을 택하고 있다. 빈집은 모두가 떠난 '고요'의 다른 이름이지만, 그의 빈집은 아무도 "주목하지 못"하는 침묵의 가장 깊숙한 곳에서 소리내며 파동치는 곳이다. 그 '파동'은 겨울 눈보라와 어둠속에서, "빈 하늘을 회오리처럼 울린다". 하지만 역설적으로 그 모습을 드러내는 일이 없다. 아무도 주목하지 않았기 때문에.

아직도 눈은 멈추지 않고 내리고 있다

천태산 아래로 검은 새들이 기어들고

하반신을 어둠에 가린 사람이 샛길로 접어들고

시간의 그림자 같은 것이 언덕과 들길을 지나

파동을 일으키며 간다 이제 함석집은 보이지 않는다

눈 위로 함석집의 파동이 일어나지만 우리는 주목하지 못한다

파동은 모습을 드러내는 일 없이 아침에서 저녁까지

빈 하늘을 회오리처럼 울린다
——「겨울 빈집」 부분(『현대문학』 2000년 1월호)

그 빈집에서 시간이 울리는 파동의 구체적인 모습은 이렇게 드러난다.

초저녁, 눈발 뿌리는 소리가 들려
유리창으로 갔더니 비봉산 소나무들이

어둡게 손을 흔들고 강물소리도 숨을 죽인다

나도 숨을 죽이고 본다 검은 새들이

강심에서 올라와 북쪽으로 날아가고

한두 마리는 처져 두리번거리다가

빈집을 찾아들어간다 마을에는

빈집들이 늘어서 있다 올해도 벌써

몇번째 사람들이 집을 버리고 떠났다

집들은 지붕이 기울고 담장이 무너져내렸다

검은 새들은 지붕으로 곳간으로 담 밑으로

기어들어갔다 검은 새들은 빈집에서

꿈을 꾸었다 검은 새들은 어떤

시간을 보았다 새들은 시간 속으로

시간의 새가 되어 날개를 들고

들어갔다 새들은 은빛 가지 위에 앉고

가지 위로 날아 하늘을 무한공간으로

만들며 해빙기 같은 변화의 소리로 울었다

아아 해빙기 같은 소리 들으며

나는 유리창에 얼굴을 대고 있다

검은 새들이 은빛 가지 위에서 날고

눈이 내리고 달도 별도 멀어져간다

밤이 숨쉬는 소리만이 눈발처럼 크게

울린다   ──「빈집」전문(『동서문학』1999년 가을호)

그의 몸은 강마을의 작은 빌라에 있으면서, 그의 눈은 유리창 밖을 내다보고 있다. 사실, 그 새들은 시인 자신을 은유한다. 시간에 불탄 검은 새는 이쪽의 유리창에 얼굴을 묻고 침묵을 견디는 시인의 초상인 것이다. 겉으로 보기에 평화로 가득 찬 그 빈집이야말로 시간에 불탄 새가 고통스럽게 자신의 상처를 치유하는 침묵의 유형지인 것이다. 그 은거지에서 시간이 준 상처를 시간을 통해서 스스로 아물게 하는 그 검은 새가 "시간의 새가 되어 날개를 들고" 다시 무한천공으로 날아가는 순간적인 환영은 자신의 내부에서 끊임없이 터져나오는 '파도'의 실체를 보여준다. 그 새가 하늘로 날아오르며 "해빙기 같은 변화의 소리"로 우는 모습을 보며 그 역시 "유리창에 얼굴을 대고" 울었으리라는 것은 어렵지 않게 유추할 수 있다.

이것은 광주민주화운동 뒤에 씌어졌을 거라고 추측되는 "모든 길을 휘몰아친 눈보라가 새빨갛게/동백꽃을 피운다"(「설야」, 『겨울꽃』, 풀빛 1985) 등에서 보이는 눈과 어둠의 대비, 혹은 어둠을 껴안으면서 내리는 눈의 이미지가 찬란하게 틔워올리는 동백꽃을 연상시킨다. 빈집과도 같은 자신의 내부에서 터져나오는 '파동'이 곧 '해빙기'의 실체이며 감격인 것이다.

광주에서도 그는 직장에서 퇴근하면 집으로 곧장 돌아와 아무런 말상대도 없이 홀로 오랫동안 있었다. 역시 예의 대담을 인용해보면, 광주에 있을 때나, 아침마다 물안개가 피어오르는 지금의 호탄천가의 고요한 생활이나 별반 차이가 없음을 알게 된다.

(그러다보면) 말이 그리워지고, 그 말이 역으로 나를 구속해요. 그리고 그 말이 적어도 내게는 그 구체적인 국면에서 존재 장소라는 문제로도 와요. 나의 존재 장소가 돼주고 있는 셈이죠. 이 논리는 나와 말이 동일체이든가 유사체라는 결론에 이르게 해요. 그러나 나와 말은 동일체는 아니죠. 내게는 몸이 있어요. 그 몸이 방에 있죠. 이것이 구체적인 사실이고 인식이에요. 재미있는 것은, 아무도 없는 방에 혼자 있다가 TV를 켤 때가 있는데, 그때 TV는 세상과의 통로를 열고 있는 유일한 창이 되죠. 그 창의 안쪽에서 흘러나오는 메씨지나 목소리는, 그것이 아무리 천박한 것이라 할지라도 가슴을 떨리게 하는 부분이 있어요. 중요한 것은 그 안에 말이 존재한다는 것이고, 그 말을 통해 나와 언어 행위가 이루어진다는 것이죠. 즉 관계를 맺는다는 것이죠.

3

나는 이번 신작시에서 침묵의 깊숙한 곳으로 들어가버린 그의 아득한 탄식이 아프게 배어나오는 시를 읽고 가슴이 저렸다.

뇌선(雷線)을 그으며 밤하늘로 눈부시게

떨어져 가는 그대는 옛날 창부 같다

먼,

머언,

별아!

—「별아!」 전문

별은 한때는 한곳만을 향해서 가도 밝고 희망찼던 사람들의 표식이었다. 그런데 그 별은 지금 하늘에 번개와도 같은 선으로 밤하늘을 그으며 멀어지는 유성에 불과하다. 이제 눈부심이 사라지면 사람들의 뇌리에 그 별은 한때 찬란했던 옛 기억의 "먼,/ 머언,/별"로 남을 것이다. 그런데 그 찰나의 순간을 그는 '옛날 창부'로 아프게 서정화함으로써, 그 탄식을 지울 수 없는 파동으로서 우리의 가슴에 남게 한다.

이는 그의 최근 시편에서 두드러지는 겨울이미지에 나오는 그의 '견딤'의 빙점과도 무관치 않다. 특히 다음 시들에서 엿볼 수 있는 그의 내면풍경 속에서의 외로움의 '빙점'이기도 한 것이다.

내몽고는 너무나도 멀리

얼음과 침묵으로

요새를 이루고 있다

겨울이면, 간혹 불덩어리 같은 해가 지평선으로

떠올라 언 대지를 비추며 눈부신 반사를 일으키지만

나무들은 꿈쩍 않고 말들도 입을 다물고
마구간의 시간들을 마구 찬다

──「겨울 내몽고 1」 부분

이처럼 쓸쓸하면서도 쓸쓸한 모습을 내보이지 않으면서, 외로움을 외로움이라고 말하지 않으면서, 순간과 순간의 관계를 통해 시간과 싸우는 모습에서, 나는 말의 신전(神殿)에 무릎을 꿇고 헌신하는 겸허한 시인의 모습을 본다.

그는 1980년대 중반 예술대학에 갓 입학한 학생이 그의 두번째 시집 『작은 마을에서』(문학과지성사 1982)를 두고 질문했을 때, 햇빛으로 가득한 강의실에서 "내 시가 시골 이장이 하는 일 같았으면 좋겠다"고 답변했다. 그 말에는 작은 것을 사랑하고 아름다워하는 순결한 시인의 마음이 들어 있다. 죄와 연민을 거쳐 우선 작은 것에서부터 화해를 이루고자 하는 그를 위해 내가 신작시 '해설'을 쓰게 된 것을 부끄러워하면서 조심스러운 기쁨을 느끼는 것은 그 때문이다.

이 글을 쓴 뒤 얼마 지나지 않아 나는 그가 사는 영동 호탄리를 다녀왔다. 그때 무슨 일로 일행들은 떠나고 나 혼자 댁에서 잠을 자게 되었다. 다음날 아침 6시가 되었는데 부엌에서 쌀을 씻는 소리가 들렸다. 그가 쌀을 씻고 있다, 그것만으로도 잠 많은 게으른 제자는 가슴이 많이 울렁거렸다. 사모님은 자식들을 보러 서울로 올라가고 안 계시던 때였다. 나는 그가 쌀을 씻고 밥을 다 했을 때야 거실로 나갔다. 솔직히 사랑받고 있다는 것을, 그가 아끼는 다른 제자들이 없을 때 조금이라도 더 느끼고 싶은 욕심 때문이었을 것이다. 거실의 냉장고 옆에 마련된 작은 식탁에는 그가 읽고 있던 시집과 자신이 쓴 시 육필원고가 놓여 있었다. 잠시 후 그가 시집과 자신의 시를 치우고 작은 식탁에 손수 밥과 국을 올려놓았다. 예기치 않은 호사에 감격해하고 있는데 내게 한마디를 던졌다. 뭔가가 찌르륵 아프게 심장을 관통해갔다.

"빈집에는 새들이 많아!"

고요하고 격렬한 잠의 균형

김기택

김기택 형께

미국에 시체농장이 있다고 합니다. 이 농장은 불의의 사고로 유기된 인간들의 정확한 사망시간을 알아내기 위해 시체를 키운답니다. 숲속 그늘에 널어놓거나 햇빛에 방치하거나 옷을 입히거나 벗기거나 시체들은 제각각 자라지요. 의사들이 하는 일이라곤 하루에 몇번씩 시체가 부패해가는 과정을 꼼꼼히 기록하는 일뿐이에요. 그러한 시체들은 대부분 당사자들이 육체를 사용할

---

* 김기택(金基澤) 시인은 1989년 한국일보 신춘문예로 등단해 네 권의 시집을 펴냈다. 『태아의 잠』, 문학과지성사 1991; 『바늘구멍 속의 폭풍』, 문학과지성사 1994; 『사무원』, 창작과비평사 1999; 『소』, 문학과지성사 2005.

수 있을 때 농장에 기부한 것들이지요. 그들이 육체를 사용하며 느꼈던 기쁨과 슬픔들이 바람에 풍화되거나 구더기에 가득 갉아 먹히는 모습은 비정하기 짝이 없으나, 의사들은 감정을 배제한 채 농장에 자라는 시체들을 냉정하게 관찰하고 그것을 일지에 기록해둡니다. 시체냄새가 밴 흰 가운을 걸친 여의사의 말이 아직도 뇌리에 생생합니다. "일이라고 생각하지 않았으면 벌써 미치고 말았을 거예요."

통풍이 되지 않아 사람의 체온에 육박하는 여름 골방에서 며칠간 형의 시를 벗삼아 피서를 했습니다. 그러다가 문득 오래전에 케이블 채널에서 방영한 시체농장의 장면들이 떠올랐습니다. 다소 끔찍한 이야기로 서두를 시작했지만, 형의 시는 이 여의사를 닮아 있지 않나 생각됩니다. 형은 숨이 막힐 정도로 치밀한 묘사시의 진경을 개척했지요. 한국의 현대 서정시가 묘사를 통해 대상에게서 자신의 자기애적인 측면을 발견하는 데 치중한다면, 형은 그런 일체의 감정을 배제하고 오직 관찰대상의 내부에 깃든 숨은 힘들을 놀랍도록 생생하게 캐냅니다. 작고 작은 원을 그리며 도는 창살에 갇힌 식물원의 표범을 보고, 릴케(R. M. Rilke)가 "유려하고 힘찬 내디딤의 사뿐한 발걸음은/커다란 의지가 그 속에 마비되어 깃들은,/어느 중심을 돌고 도는 힘의 춤과도 같다"(「표범」)고 썼다고 하지요. 저는 형의 시에서 불안에 휩싸인 단독자의 내부에 흘러다니는 이러한 '힘의 춤'이 경이롭기만 합니다.

꼿꼿하게 걷는 수많은 사람들 사이에서

그는 춤추는 사람처럼 보였다.

한걸음 옮길 때마다

그는 앉았다 일어서듯 다리를 구부렸고

그때마다 윗몸은 반쯤 쓰러졌다 일어났다.

그 요란하고 기이한 걸음을

지하철 역사가 적막해지도록 조용하게 걸었다.

어깨에 매달린 가방도

함께 소리 죽여 힘차게 흔들렸다.

못 걷는 다리 하나를 위하여

온몸이 다리가 되어 흔들어주고 있었다.

사람들은 모두 기둥이 되어 우람하게 서 있는데

그 빽빽한 기둥 사이를

그만 홀로 팔랑팔랑 지나가고 있었다.

─「다리 저는 사람」 전문(『사무원』)

　어떤 대상을 극사실적으로 표현하면 환상적으로 느껴지는데, 이 시는 그 보기로 조금도 모자람이 없네요. 화자는 자신의 감정을 드러내지 않은 채 제 몸 하나 주체하지 못하는 타인의 고통을 낯설게 바라보고 있으나, 저에게 이 시는 몇번을 되풀이 읽어도 오히려 다리 저는 사람의 절망이 온몸으로 느껴집니다. 지하철 역사를 바삐 오가는 인파가 그에게는 빽빽한 기둥이지만, 극도의 고통에 처한 영혼이 그 사이를 '팔랑팔랑' 지나가는 모습에서 저는 환희마저 발견하는 듯합니다.

이렇게 형의 시에는 홀로 떨어져 있는 단독자의 풍경이 많이 있습니다. 사무원이나 장애인이나 짐승이나 아이들, 그리고 심지어 태아까지 홀로 어둠속에 웅크린 채 자신의 내부에 흘러가는 '힘'들을 응시하고 있어요. 그런데 그 모습은 고요한 격렬함으로 가득 차 있지요. 그런 점에서 형의 등단작인 「꼽추」는 의미심장합니다. 지하도에서 알을 품고 잠든 꼽추 노인의 등에서 껍질을 깨고 무언가가 터져나올 것 같은 정오의 격렬한 고요가 종일 내리는 '빛'으로 묘사돼 있으니까요.

저는 형의 시를 읽다보면, 우선 화자의 왜소한 모습에 주목하게 돼요. 형의 시에는 요즘 시단에 풍미하는 자연에 대한 풍경묘사가 거의 존재하지 않습니다. 시의 소재를 나무나 풀을 삼고 있을 때도 그 나무와 풀의 배경을 이루고 있는 햇빛이나 하늘조차 단지 외부의 표면에 비칠 뿐입니다. 형은 자신을 축소할 대로 축소해서 대상의 내부로 침투하여 외부에서 들어오는 온갖 이물질과 맞서는 눈물겨운 '힘'에 촛점을 맞춥니다. 마치 형의 상상력은 인체탐험을 소재로 한 기록영화를 떠올리게 합니다. 축소된 세계에서 펼쳐지는 우주적이기까지 한 거대한(?) 드라마가 자주 펼쳐지지요.

심장까지 뿌리를 뻗어

피를 빨아들이는 눈

눈알을 파고들어가는 붉은 뿌리로

눈을 움켜쥐는 피

붉은 눈에 반사되는 하얀 얼굴

끓어 증발되는 차가운 눈물

초점 주위에서 이글거리며 녹는 인파

—「눈」 전문(『태아의 잠』)

이 짧은 시에서 저는 형의 시의 한 특징을 봅니다. 눈으로 사물을 빨아들이는 집요한 탐구욕이 고스란히 드러나 있습니다. 그런데 흥미로운 것은 인체 내부의 심장까지 뿌리를 뻗어 피를 '빨아들이는' 눈과 다시 외부에서 붉은 뿌리로 눈알을 '파고들어가는' 피의 절묘한 대비입니다. 이와 같이 형의 시에는 내부의 마이크로칩 같은 미세하고 선명한 생명의 끈질긴 움직임과 외부의 또다른 간섭이 서로 맞서는 형국이 자주 펼쳐지곤 하지요. 그러나 이러한 '눈'의 내/외의 맞섬은 생명의 표면과 안에서 벌어지는 사투인 데 반해, 그 충혈된 눈에 들어오는 풍경과 감정 들은 뚜렷한 형상을 갖지 않은 채 반사되거나 증발됩니다. 「밥 먹는 일」(『태아의 잠』)과 「조성환의 죽음」 「껌뻑이 兄」 「迷兒」(『사무원』) 등이 있긴 하지만, 이러한 점은 형의 시에서 기억이나 추억을 다루는 시편들을 발견하기 어려운 것과 관련이 있는 듯합니다.

형의 시에는 원초적 생명의 움직임이라 할 수 있는 태아, 먼지, 소리, 소음 등을 소재로 한 시들과 장애인들이 자주 출현하는데, 이들은 한결같이 사회에 섞이지 못하고 자신의 내부에 깃들은 '힘'에 온 신경을 집중합니다. 어쩌면 내부에 깃든 이러한 힘들은 생명이 파괴되지 않은 원래 자신의 존재증명을 하기 위한 안간힘으로 느껴지기도 하지요. 저는 이러한 생명의 존재증명이 시에서 '잠'의 이미지로 표출되는 것은 아닐까 짐작해봅니다. 잠은 형이 펴낸 세 권의 시집에 시의 소재로 모두 나옵니다. 특히 첫시집 『태아의 잠』은 제목에서 시사하는 바와 같이 '잠'의 출현 빈도가 압도적으로 높습니다.

위장을 둘러싼 잠은 무거울수록 기분좋게 출렁거린다
정글은 잠의 수면 아래 굴절되어 푸른 꿈이 되어 있다
———「호랑이」 부분

보이지 않는 빙하기, 그 두껍고 차가운 강철의 살결 속에 씨를 감추어둔 채 때가 이르기를 기다리고 있을지 몰라.
———「바퀴벌레는 진화중」 부분

불꽃이 끓는 고압은 날개와 날개 사이
균형을 이룬 중심에서 고요하고 맑은 잠이 된다
———「겨울새」 부분

등에 커다란 알을 하나 품고

그 알 속으로 들어가

태아처럼 웅크리고 자고 있었다

──「꼽추」 부분

이 모든 소리들이 녹아 코가 되고 얼굴이 되려면 심장이 되고 가슴이 되려면 잠은 얼마나 깊어야 하는 것일까 잠의 힘찬 부력에 못 이겨 아기는 더이상 숨지 못하고 탯줄이 끊어지도록 떠올라 물결 따라 마냥 흔들리고 있다

──「태아의 잠 1」 부분

첫시집 앞부분에서 보이는 대로 잠의 이미지를 찾은 것입니다. 형의 시에서 나타나는 잠은 한순간도 흘리지 않고 "있는 힘을 다하여"(「아기는 있는 힘을 다하여 잔다」, 『사무원』) 자는 잠이지만, 전봇대에 앉은 겨울새가 "불꽃이 끓는 고압"으로 "날개와 날개 사이 균형을 이룬 중심"에서 자는 것처럼 외부에서 들어오는 소음과 소리, 그리고 허기와 추위에 민감하게 반응하는 잠입니다.

이러한 점은 잠의 변형된 이미지인 '뿌리'와 '화석' 등으로 변주되어 나타나기도 하지요. 비좁은 화분에 살고 있는 열대화초를 보면서 "화분의 벽을 힘 닿는 데까지 밀어보다가/끝내 구부러져 벽을 타고 빙빙 도는 뿌리들"(「너무 잘 크는 화초 하나」, 『바늘구멍 속의 폭풍』)을 생각한다거나, "굳어지기 전까지 저 딱딱한 것들

은 물결"이었다고 멸치를 묘사하면서 "지금도 멸치의 몸통을 뒤틀고 있는 이 작은 무늬"(「멸치」, 같은 책)에서 질긴 생명의 힘을 파악하는 것은 모두 잠의 또다른 변형이라 할 수 있을 것입니다. 그러나 그것이 외부의 어떤 힘에도 반응을 보이지 않고 동굴 속의 '종유석'같이 "생각 속에 박힌 편견들처럼 튼튼해지고"(「종유석」, 『태아의 잠』) 말았을 때, 형은 "이미 타락한 것이다"(「김과장」, 『바늘구멍 속의 폭풍』)라고 외치기도 하지요.

　　잠 속은 아늑하다 그러나 너무 오래 자면 답답해지기 마련이다 깨어 밖으로 나가고 싶어지는 것이다 깨고 싶어 나는 마구 뒤척였다 움직임 때문에 메스꺼워진 것일까 나를 에워싸고 있던 잠이 갑자기 딱딱해지더니 무너질 듯 흔들렸다

　　　　　　　　　　　　　　　　—「태아의 잠 2」(『태아의 잠』)

　잠의 이미지가 한발짝 더 나아가면, '잠'은 내부에 있는 것이 아니라 외부에 존재하기도 하지요. 자궁 안에서 자고 있는 태아는 사실 산모라는 또다른 잠 속에 감싸여 있습니다. 외부의 잠 속으로 나가기 위해 자궁 안에서 '마구 뒤척이는 태아의 잠'은 아늑함을 거부하고 자신의 생명을 만들기 위해 끊임없이 투쟁합니다. 물론 시의 후반부에서는 태아의 비극적인 종말로 결론이 나지만, 이와 같이 내부의 잠은 외부의 또다른 잠들과 관련을 맺습니다. 아늑함과 포만감 탓에 생기는 '타락'을 방지하고, 자신

의 생명을 증명하기 위해 끈질기게 외부의 허기와 추위를 응시
하는 시들은 오히려 내부를 각성케 하는 견인주의적인 상상력을
보여줍니다.

아이는 모래 위에 뒹구는 그릇을 내려다보고 있다.
가는 막대기팔과 다리로 위태롭게 떠받친 머리통처럼
크고 둥근,
굶주릴수록 악착같이 질겨지는 위장처럼
텅 빈,
그릇 하나.
　　　──「사진 속의 한 아프리카 아이 1」 부분(『바늘구멍 속의 폭풍』)

동그랗게 허기를 말아 앞발에 턱을 괴고
개는 졸린 눈으로 누워 있다 그르렁거리던 허기도
편한 자세에 취해 한껏 늘어져 있다
　　　　　　　　──「개밥그릇 하나」 부분(같은 책)

생명이 뼈만 남기고 온몸을 다 파먹은 대가로
아이는 여전히 커다란 눈을 깜빡거리고 있다.
파리떼가 배 위에서 규칙적으로 부풀었다 가라앉도록
큰 숨을 몰아쉬고 있다.
　　　　　──「아이는 아직도 눈을 깜빡거리고 있다」 부분(『사무원』)

'허기'를 다룬 시편들을 골라본 것입니다. 이것들은 눈에 보이지 않는다는 점에서 외부의 '잠'들입니다. 내부의 잠이 외부의 잠과 균형을 이루지 못할 때, 생명은 "황홀하고 불안한"(「쥐」, 『태아의 잠』) 상태에 빠져들지요. 따라서 아프리카 난민을 다룬 형의 시들은 생명 파괴로 이어지는 문명에 대한 신랄한 고발에 촛점이 가 있는 것이 아니라, 끊임없이 단독자를 구성하고 있는 내/외가 서로 맞서며 파생하는 황홀하고 불안하기 짝이 없는 생명의 사투가 녹아 있는 질긴 운명의 드라마를 보여주지요. 규정되지 않고 딱딱하지 않은 이런 내/외의 잠은 형태를 만들기 위해 서로 온갖 힘을 쥐어짜내며 서로 경쟁을 하고 있는 것이지요. 이 외부의 '허기'와 '추위'는 내부의 잠과 맞서며 서로를 각성시키고 맑은 빙점을 만들어줍니다.

넌자마자 얼어버린 빨래 하나
아직도 용을 쓰며 빨랫줄을 잡아당기고 있다

허공에 양팔을 묶인 가는 뼈
그 끊어질 듯 휘어진 선을
악착같이 붙들고 있는 야윈 살가죽
　　　　　　　　　　—「바람 견디기」 전문(『태아의 잠』)

배고프면 더 신나게 흔드는 추위

숨쉴 때마다 텅 빈 위장에 밥 대신 들어앉아

배고픈 배 흔들며 뛰어노는 추위

뱃가죽과 등뼈가 서로 얼어붙으면

저절로 허리가 공손하게 굽어지는 추위

정신통일하여 밥생각을 하면

가만히 졸다가 따뜻해지는 추위

　　　　　　　　　　──「겨울을 기다림」부분(『사무원』)

　얼마나 추위가 매서운지 빨래는 널자마자 얼어버립니다. 빨래
는 무생물인데, 형은 빨래를 기아로 삐쩍 마른 아프리카 아이처
럼 살이 다 발려나간 형태로 묘사하고 있습니다. 저는 이 시를
통해 빨랫줄이 "끊어질 듯 휘어진" 탯줄이라도 되는 양 악착같이
붙들고 있는 빨래의 모습에서 모진 생명의 끈질긴 자기증명을
발견하게 됩니다. 또 하나는 배고플수록 더 신나고 따뜻해지는
졸음을 동반한 추위가 '공손하게' 밥을 기다리는 장면을 그리고
있는데, 이것은 '텅 빈 무게'를 갈구하는 잠의 모습으로 비칩니
다. 그래서 형의 시에서 허기와 추위를 느끼지 못하는 육체가 포
만감에 차 있을 때 자신의 '무게' 때문에 고꾸라지고 마는 장면
들이 곧잘 등장합니다. '무게'를 갖기 위해 '잠'은 끊임없이 내/
외가 서로 싸우고 삼투하지만, 역으로 그 싸움의 궁극은 '텅 빈
무게'인 것이지요.

이렇게 형의 시는 습관의 힘을 거부하고 '두려운 낯섦'을 동반한 생명의 본래 모습을 섬세하게 복원해내고 있습니다. 특히 '아이'와 '사무원'을 소재로 한 시편들이 세 권의 시집에 꾸준히 등장하는데, 이들은 이를테면 잠의 공간인 '자궁'이나 '사무실' 같은 좁은 곳에 갇혀 있으면서도 단 일초도 습관의 포로가 되지 않기 위해 '비린내'를 풍기고 '숫자'와 싸우면서 고요한 동시에 격렬한 균형을 유지하고 있지요. 이러한 것이 작은 충격에도 쉬이 깨지는 '유리'가 오랜 세월이 흐른 뒤 다시 튼튼한 바위나 돌이 된다는 마음 편한 생각보다는, 언제고 깨질 것 같아 "약하다는 것이 강하다는 것보다 더 두렵다"(「유리에게」, 『태아의 잠』)는 사유를 낳았겠지요.

　　여기까지 말하고 보니 저는 겨우 형의 시에 대해 서두만 꺼내고 본론으로는 한걸음도 나아가지 못한 듯한 자괴감이 듭니다. 사실 형의 시는 겹겹으로 흘러가는 묘사의 층에 빼곡히 새겨진 무늬들로 가득합니다. 그것들은 화석의 무늬를 닮았으나, 형은 거기서 본디 약하고 부드럽고 생명에 대한 환희로 가득 찬 힘의 절제된 균형을 새로운 시각으로 복원해냅니다. 마치 고양이가 도약하기 위해 몸을 잔뜩 웅크리고 있는 것처럼, 그 응축된 시선과 있는 힘껏 힘을 안으로 모으는 모습은 앞으로 우리 문학사에 숭고한 자산으로 기록될 것입니다. 또한 형의 시에서 나타나는 많은 단독자들은 더도 덜도 아니게 자신에게 부과된 생명의 힘을 남김없이 소진하려는 듯 어떤 행동에도 최선을 다합니다. 왜

그런지요? 어째서 형은 그런 고행을 택하는 시편들을 꾸준히 써
내고 있는지요?

요 며칠 자신의 온몸을 쥐어짜면서 쓰는 형의 작업을 들여다
보며 새삼 제가 형의 시를 얼마나 아끼고 있는지 깨닫는 중입니
다. 기억과 추억을 드러내지 않으면서, 출퇴근길에 전동차와 버
스를 타고 있으면서, 형은 끊임없이 모든 사물의 속으로 소우주
와 같은 여행을 합니다. 형은 좀체 자신이 걸어온 길을 돌아보지
않으면서, 묵묵히 자신에게 부과된 현재를 온힘을 다해 살아내
며 태초의 '투명한 잠'으로 거슬러올라갑니다.

그리고 그 여정의 어디쯤에서 저는 낯설지만 우리와 닮은 우
주인을 만나게 됩니다. 「우주인」에서 단독자의 '잠'에서 깨어나
'타인'과 소통하려는 아름답고도 슬픈 음성을 듣게 됩니다. 이제
껏 오로지 '독방'과도 같은 자신의 육체를 통해 자신의 최초 원
적지를 찾아가는 시적 고행이 도달한 '텅 빈 잠'은 이제 '기댈 무
게'를 찾고 있는 듯 보입니다. 형은 이 시에서 자신이 우주인처
럼 세상에 속하지 못하고 허공을 허우적대며 걷거나 넘어지고
쓰러지고 제자리만 맴돌았다고, 그래서 끊임없이 인력에 끌려
어느 주위를 공전하고 있었다고 살아온 내력에 빗대어 들려주고
있습니다.

허공속에 발이 푹푹 빠진다
허공에서 허우적 발을 빼며 걷지만

얼마나 힘드는 일인가

기댈 무게가 없다는 것은

걸어온 만큼의 거리가 없다는 것은

그동안 나는 여러번 넘어졌는지 모른다

지금은 쓰러져 있는지도 모른다

끊임없이 제자리만 맴돌고 있거나

引力에 끌려 어느 주위를 공전하고 있는지도 모른다

발자국 발자국이 보고 싶다

뒤꿈치에서 퉁겨오르는

발걸음의 힘찬 울림을 듣고 싶다

내가 걸어온

길고 삐뚤삐뚤한 길이 보고 싶다

———「우주인」 전문(『사무원』)

　형은 이제 서서히 잠에서 빠져나와 "삐뚤삐뚤하지만" "뒤꿈치
에서 퉁겨오르는 발걸음의 힘찬 울림"으로 가득한 길을 찾아나
선 듯합니다. 고요가 '가득 차' 터져나올 듯한 울음을 감춘 음악
소리를 찾아서 말입니다. 레베카 쏠닛(R. Solnit)의 『걷기의 역
사』(*Wanderlust: A History of Walking*)에 이런 문장이 나옵니
다. "당신이 우리 백과사전을 찾아보려면 억수 같은 빗속에서 마

을길을 걸어와야 했습니다. 그러나 당신의 자녀는 클릭과 드래
그로 모든 것을 해결할 수 있습니다." 이것은 미국 신문에 나온
씨디롬 백과사전 전면광고의 카피이지요. 하지만 저자가 말한
대로 진정한 교육은 아이들이 빗속에서 걸어보는 것이라고 할
수 있습니다. 감각능력과 상상력을 기르는 교육에 있어서 말입
니다. 씨디롬 백과사전을 뒤지는 아이는 컴퓨터 앞에 앉아서 모
니터를 쳐다보기만 하는 현대인의 정적인 사유방식의 한 단면을
보여주지요. 그러나 이 책의 저자가 말한 대로 "한 사람의 인생
을 이루는 것은 공식적 사건들 사이에서 일어나는 예측할 수 없
는 우연한 것들이며, 한 사람의 인생을 가치있게 만드는 것은 계
산할 수 없는 것들"이겠지요. 워즈워스(W. Wordswoth)에게 어
느날 하녀가 다음과 같이 충고했다고 합니다. "주인님의 서재는
야외입니다."

비 온 뒤
빗방울 무늬가 무수히 찍혀 있는 산길을
느릿느릿 올라갔다
물빗자루가 한나절 깨끗이 쓸어놓은 길
발자국으로
비질한 자리가 흐트러질세라
조심조심 디뎌 걸었다
그래도 발바닥 밑에서는

빗방울 무늬들 부서지는 소리가

나직하게 새어나왔다

빗물을 양껏 저장한 나무들이

기둥마다 찰랑거리는 소리를 내고 있었다

비 그친 뒤

더 푸르러지고 무성해진 잎사귀들 속에서

젖은 새 울음소리가

새로 돋아나고 있었다

아직 아무도 밟지 않은 빗방울 길

돌아보니

눈길처럼 발자국이 따라오고 있었다

　　　　　　　　　　──「빗방울길 산책」 전문(『소』)

　도시를 걷는 자는 언제나 고독하지요. 그것은 도시가 낯선 곳에서 모여든 이방인들의 불규칙한 집합처라는 데 원인이 있지요. 발터 벤야민은 '만보객(漫步客)'을 학문의 주제로 삼았는데, 그는 '19세기의 수도'라고 불렀던 빠리라는 도시를 "풍경이었다가, 방이었다가"라고 표현하고 있습니다. 그만큼 빠리 사람들은 대부분 공원과 거리에서 살아갔지요. 그 정의와 실존이 확실하지 않은 만보객은 서로를 모르는 낯선 사람들을 뜻한다고 합니다. 즉 군중에서 새로운 유형의 인물, 소외 속에서 편안함을 느끼는 인물을 의미하지요. 만보객은 여성과 상품을 시각적으로 소비하되 사회의 빠른 속도가 요구하는 바를 거부하는 이중적 성향으로 그려집니다. 벤야민이 연구한 19세기 산업화시대의 빠리의 만보객처럼 21세기 정보화사회에서 살면서 시인은 자연환경의 소멸에 대해 비판하면서도 현대사회가 제공하는 안락과 편의 속에서 벗어날 수 없는 이중적 면모를 지니고 있다고 할 수 있습니다.

그러나 쏠닛의 말대로 새로운 장소는 새로운 사유, 새로운 가능성을 가져다줍니다. 세상을 탐험하는 것은 마음을 탐험하는 가장 좋은 방법이지요. 그리고 걷기는 세상을 여행하는 방법이자 마음을 여행하는 방법입니다. 쏠닛의 책을 읽으면서 가장 강력하게 마음을 빼앗긴 문장이 있습니다. "걷기의 리듬은 사유의 리듬을 낳는다"는 것. '걷는다'는 행위는 도착을 목적으로 하는 행위이지만, 결코 그것만을 위한 행위는 아닌 거지요. 걷기 속에는 사유와 경험과 도착이 함께 어우러져 있습니다. 완전한 걷기란 이 세 가지가 한데 어우러져야 합니다.

형은 『소』에서 느리지만 진중한 걸음으로 마음의 풍경을 걷는 행위를 통해 몸으로 풀어내고 있습니다. 머릿속으로만 생각하는 사람이라면 그는 "물빗자루가 한나절 깨끗이 쓸어놓은" 산길을 발견할 수 없을 것입니다. 아니 그 정도는 떠올려볼 수 있을지도 모릅니다. 하지만 빗물을 잔뜩 품은 나무들 사이에서 젖은 새 울음소리가 새로 돋아나고 나뭇잎사귀가 더 푸르러지고 무성해진 것을 경험할 수는 없을 것입니다. 저는 지금 형이 어린아이처럼 자신의 발자국 밑에서 부서져내리는 빗방울 무늬가 안타까워 조심조심 발걸음을 옮기고 있는 모습을 상상하면서 마음 한편이 저절로 즐거워지는 것을 느낍니다.

제3부

느끼는 것이 전부이다

시인의 원적지

미당의 시

나보고 명절날 신으라고 아버지가 사다주신 내 신발을 나는 먼
바다로 흘러내리는 개울물에서 장난하고 놀다가 그만 떠내려 보내
버리고 말았읍니다. 아마 내 이 신발은 벌써 邊山 콧등 밑의 개 안
을 벗어나서 이 세상의 온갖 바닷가를 내 대신 굽이치며 놀아다니
고 있을 것입니다.

아버지는 이어서 그것 대신의 신발을 또 한 켤레 사다가 신겨주
시긴 했읍니다만, 그러나 이것은 어디까지나 대용품일 뿐, 그 대용
품을 신고 명절을 맞이해야 했었읍니다.

그래, 내가 스스로 내 신발을 사 신게 된 뒤에도 예순이 다 된 지
금까지 나는 아직 대용품으로 신발을 사 신는 습관을 고치지 못한
그대로 있읍니다.

　　　　　　　　　　　　　　　　—서정주 「신발」 전문(『질마재 신화』, 일지사 1975)

미당(未堂)이 돌아가시기 3개월 전쯤부터 서가에 꽂혀 있던 그의 시들을 다시 읽기 시작했다. 그가 하늘로 돌아가던 날 나는 후배와 만나 차를 마시고 있었다. 그때 나는 이번 크리스마스이브에는 눈이 내리지 않았으면 했지만, 찻집 창밖으로 쏟아지는 눈발 속에 이미 연인들은 셔터를 누르고 있었다. 그날을 되돌이켜보면 시인은 죽는 날도 골라서 간다는 생각이 든다. 아니, 그의 죽음에는 그만한 눈발이 필요했을지 모른다. 사실 미당의 시에 대해서 무언가를 덧붙인다는 것은 사족을 그리는 것에 지나지 않을 것이다.

다만 나는 그의 시를 시집별로 묶어 되풀이 읽어나가다가 시에 있어서 '리듬'이야말로 언어가 지닌 유한성을 뛰어넘어 '너머의 세계'를 보여줄 수 있다는 것을 깨달았다. 그의 시는 온몸이 리듬이었고, 그 리듬은 '너머'를 꿰뚫고 있었다. 보들레르를 처음 읽을 때의 감동만큼이나 전율을 느끼면서 시를 읽고 또 읽었다. 시를 쓴다는 것이 얼마나 작은 것이며 부질없는 것인가 교만한 마음을 품은 때도 있지만, 미당의 시는 그런 내가 우물 안 개구리였음을 아프게 일러주고 있었다. 요즘 미당의 시를 통해 리듬은 형식(틀)에서 나오는 것이 아니라 온몸으로 나온다는 것을 절실히 깨닫고 있다. 그의 시는 언어의 마술이라기보다 온몸에서 파열하는 리듬에서 나온다.

「신발」은 예순 무렵의 그가 자신의 원적지를 더듬고 있는 시이다. 우리의 신체 중에서 발은 남에게 보여주고 싶지 않은 부분에 속한다. 그래서인지 발은 쓰임새에 따라서 여러 모양새를 보여준다. 축구할 때는 축구화를, 농구할 때는 농구화를, 군대에 가서는 군화를, 교실에서는 실내화를, 발은 이렇게 수많은 신발을 요구한다. 발은 인간이 자신만의 공간에 있게 될 때, 혹은 자유스러울 때만 맨발이 된다. 때와 장소에 따른 발의 변화는 넓게는 우리들의 명예나 체면 같은 걸 의미하는지도 모른다. 신발을 벗고 편하게 있기란 얼마나 힘든가. 「신발」은 그러한 발의 순결성에 대해 노래하고 있다. 이 시를 읽다 보면 『徐廷柱詩選』(정음사 1956)에 수록된 「나의 詩」가 떠오른다.

> 부인은 그 호화로운 꽃들을 피운 하늘의 部分이 어딘가를
> 아시기나 하는 듯이 앉어 계시고, 나는 풀밭 위에 흥근한 落花가
> 안씨러워 줏어모아서는 부인의 펼쳐든 치마폭에 갖다놓았습니다.
> 쉬임없이 그짓을 되풀이하였습니다.
>
> ──「나의 詩」부분

시인은 유년시절 어느 봄날 성안 동백꽃 그늘 아래서 놀다가 낙화를 친척 부인의 치마폭에 갖다놓은 것을 회상하고, 그 꽃을 가져다주는 일이 자신의 시쓰기임을 밝히면서 이렇게 마무리한다.

그러나 인제 웬일인지 나는 이것을 받어줄 이가 땅위엔 아무도
없음을 봅니다.
내가 줏어모은 꽃들은 제절로 내 손에서 땅우에 떨어져 구을르
고 또 그런 마음으로밖에는 나는 내 詩를 쓸 수가 없습니다.

꽃을 받아줄 이가 없다는 이러한 의식은 「신발」에서는 '대용
품'으로 바뀐다. 아버지가 명절날 처음 사준 신발을 잃어버린 화
자는 그 뒤 수많은 신발을 신게 된다. 하지만 아버지가 처음 사
준 신발에 대한 상실감을 예순이 다 되도록 잊지 못하고 있다.
"먼 바다로 흘러내리는 개울물에서 장난하고 놀다가" 잃어버린
그 신발은 "벌써 변산 콧등 밑의 개 안을 벗어나서 이 세상의 온
갖 바닷가를 내 대신 굽이치며 놀아다니고 있을 것"이라고 화자
는 회상한다. 이것은 풀밭에 떨어진 동백꽃을 부인의 치마폭에
'쉬임없이' 가져다놓는 행위를 연상시킨다. 지금은 그 꽃을 받아
줄 이가 없는 것처럼, 그 신발이 먼 바다로 나가 '나' 대신 '놀아
다니는' 것 또한 상상으로 지켜볼 수밖에 없다.
이러한 의식은 시에서의 원체험, 그 순결성이 시인의 뇌리에
얼마나 강하게 뿌리를 내리고 있는가를 일깨운다. 이제는 "내가
줏어모은 꽃들이 제절로 땅우에 떨어져 구을르고 또 그런 마음
으로밖에는 나는 내 시를 쓸 수"밖에 없다는 고백은 미당이 노년
에 접어든 싯점에서는 '대용품'으로 바뀌어 있는 것이다. 우리는
미당이 처음 신은 신발을 잃어버린 뒤 취한 그의 수많은 '대용

품' 중에는 친일이 있고 독재자에 대한 찬양이 있었음을 알고 있다. 그것은 물론 역사적으로는 단죄의 대상이 된다. 하지만 내가 미당의 뛰어난 많고 많은 시들 중에서도 이 시를 주목하는 까닭은 시에 대한 신앙에 가까운 그만의 자의식이 투영되어 있기 때문이다. 순결한 맨발에 처음 신겨진 명절날의 그 신발이야말로 그가 꿈꾸던 시의 모습이 아니었을까.

처음 신은 신발이 먼 바다로 나가 나 대신 놀아다니는 것을 작고하기 전까지 천여 편의 시로 표현한 미당. 뛰어난 선배 시인들의 시를 읽는 기쁨은 거기에 있다. 백석, 이용악, 정지용 등 30년대 시인들의 시를 최근 들어 자주 읽는 것도 이 때문이다. 좋은 선배 시인들의 시는 후배 시인으로 하여금 겸손함의 미덕과 자신이 가야 할 길이 어딘가를 일깨워준다.

나는 미당의 시에 대해 사족을 그리는 것보다 그의 시세계 속에 잃어버린 신발이 바다에서 '놀아다니고' 있는 것을 온몸으로 느끼고 싶다. '내'가 있었던 곳을 잃어버리지 않으려는 마음은 그 뒤 성년이 되고 노년이 되어 일가를 이뤘을 때 함부로 안주할 수 없게 만들 것이다. 미당은 미련한 소처럼 고지식하게 시를 썼다고 고백한 바 있다. 「신발」은 이러한 미당의 원적지가 어디에 있는가를 일러준다.

독일의 위대한 시인 릴케가 젊은 시절 프랑스의 위대한 조각가 로댕에 관해 쓴 두 편의 글을 모은 『릴케의 로댕』. 릴케가 이 위대한 노대가에게 감동한 것은 예술가로서 취해야 할 기본적인 삶의 자세 때문이었다. 그것은 로댕의 이런 대답으로 형상화된다. 나는 다만 오래 들여다보았을 뿐이며, 거기 그 나무 속에 들어 있는 형상을 손으로 이끌어낸 것이라고. 거기 그 돌 속에 서 있는 사람을 세상으로 걸어나오도록 길을 열어놓은 것에 지나지 않는다고. 릴케는 로댕의 조각에서 원초적이고 자연스러운 생명력을 발산하는 삶의 형상을 보았다.

그런데 가만히 생각해보면 이런 사고가 위대한 예술가들에게만 있는 것은 아니다. 시골에 가면 문명적인 것도 아주 '시골스럽게' 변해버린다. 그것도 도시사람들이라면 도저히 생각해낼 수 없는 기발한 것들이다. 얼마전에 시 쓰는 친구가 십년째 내려가 사는 시골에 갔다가 못 쓰게 된 냉장고를 신발장으로 개조해 쓰고 있는 농가를 우연히 보게 되었다. 도저히 어울리지 않는 두 개의 것이 결합해 효과를 내는 일종의 '낯설게하기' 기법을 이미 시골사람들은 머릿속에서가 아니라 생활에서 터득하고 있었던 셈이다. 이러니, 시골사람들에겐 무엇 하나 버릴 것 없다는 말이 딱 들어맞는 셈이다. 생태니 환경이니 따지고 들기 전에 이들은 그야말로 자연친화적 작업을 하고 있었던 것이다.

이러한 시골사람들의 지혜는 곧잘 미신으로 취급당하기 일쑤이다. 가령 민간요법 같은 것이 그렇다. 유년시절의 기억 속에는 감나무에 묶여 있는 강아지가 있다. 언젠가 어머니가 외갓집에서 얻어온 잡종 강아지. 나는 보드라운 등허리의 북실북실한 흰 털과 맑은 코를 번갈아 문질러댔다. 밤이 깊었는데도 강아지에게서 느껴지는 촉감의 유혹을 버릴 수가 없었다. 이가 들끓었지만, 나는 강아지를 끌어안고 잠이 들었다. 이가 옮아 안된다고 꾸짖는 어머니의 잔소리를 한사코 뿌리치고서. 결국 어머니는 내가 잠든 사이 강아지의 몸에 약을 뿌렸다. 그날밤 나는 강아지를 끌어안고 자다 온갖 귀신꿈을 꾸며 미친 듯이 헛소리를 하고 말았다. 그 모습을 본 어머니는 부엌으로 가 솥 밑에서 숯검댕을 긁어서 물에 타 내게 먹이더니, 배를 문지르며 이제 금세 나을 것이라고 노래를 불러주었다.

어느 순간 그 노랫소리에 다시 스르르 잠이 들었는데, 아침에 깨어나보니 정말 배가 씻은 듯이 나았다. 생각해보면 아픈 배가 나은 것이 민간요법의 효과 덕분인지 아닌지는 알 수 없지만, 단 한가지만은 확신할 수 있다. 바로 어머니에 대한 믿음이다. 내 배를 문지른 것이 기계의 손이 아니라 어머니의 사랑으로 가득한 따뜻한 손길이어서 나을 수 있었던 것이다. 늙은 공동체는 샤머니즘을 통해 삶을 살아가는 지혜를 발산하고 있는 것이다.

자연친화적 삶은 거대자본에 기반한 현대 기계문명과는 달리 인간을 노예로 만들지 않으며, 기계가 아니라 인간적인 척도에서 이루어지므로 기쁨과 자유를 준다. 아니 웃음을 준다. 내가 아닌 다른 이 역시 그 시골농가에서 신발장으로 쓰이는 냉장고를 보았다면 빙그레 웃음을 머금었을 것이다. 냉장고 속에는 아기의 꽃신과 노인의 다 떨어진 털신이 나란히 놓여 있었다. 텔레비전 광고에서 냉장고는 문화적이고 위생적인 도회지 삶의 아이

콘으로 사용되고 있지만, 아직 시골에서는 옛세대와 새로운 세대가 정겹게 한자리에 놓일 수 있음을 가슴 따뜻하게 전해주고 있었다.

과학에 의해서 분석되고 검증된 것만이 능사가 아니다. 민간요법에 아픈 병을 고칠 수 있는 효능이 있다면 그것은 거기에 자연친화적 삶이 내재된 생활의 지혜가 있기 때문이고, 기계의 차가운 손이 아니라 인간의 피가 도는 살이 있기 때문이다. 미당의 다음 시는 이러한 자연친화적 삶이 어떤 모습인지 아름답게 전해준다. 「신발」이 아버지와의 관계를 통해 시인의 뿌리의식을 보여준다면, 산문시집 『질마재 신화』의 「上歌手의 소리」는 그것이 미적 의식으로 확장되는 예에 속한다.

그렇지만, 그 소리를 안하는 어느 아침에 보니까 上歌手는 뒤깐 똥오줌 항아리에서 똥오줌 거름을 옮겨내고 있었는데요, 왜, 거, 있지 않아, 하늘의 별과 달도 언제나 잘 비치는 우리네 똥오줌 항아리, 비가 오나 눈이 오나 지붕도 앗세 작파해버린 우리네 그 참 재미있는 똥오줌 항아리, 거길 明鏡으로 해 망건 밑에 염발질을 열심히 하고 서 있었습니다.

———「上歌手의 소리」 부분

질마재는 한국의 빈한한 농촌으로 이 공간에 살고 있는 사람들의 삶의 전제는 '가난'이다. 하지만 그는 이 산문시집 안에 결코 비친할 수 없는 한국인들의 심상을 이야기투로 재미나게 새겨넣었다. 이 시만 해도 그렇다. 상가수는 '이승과 저승의 꽃의 소리를 듣는 사람'이다. 현실적으로 보면 똥장군을 지는 시골의 허름한 촌부이지만, 마을에 상여가 나갈 때는 생사를 넘어서서 이 세상 너머 저승에까지 소리를 하는 가수이다. 평상시에는 거름을 지고 다니는 무식하고 가난한 사람이지만 한번 소리를 하면, 이승과 저세상을 넘나들며 온우주를 감흥시키는 가수가 된다. 이러한 극과 극을 서정주는 해학을 발휘해 하나로 묶어놓았는데 바로 그 모습이 똥장군 거름을 나르다가 잠시 쉬면서 그 똥오줌 항아리를 거울 삼아 머리를 다듬고 있는 장면이다.

군이 신세대가 아니더라도 도시에 생활의 기반을 둔 사람들이라면 현대사회가 속도와 디자인을 숭배한다는 것을 체험으로 알고 있다. 일상에서 빼놓을 수 없는 것 중 하나인 핸드폰이 한 예가 될 것이다. 빠르고 좋은 통화음질뿐만 아니라 외관의 디자인이 얼마나 세련되었느냐에 따라 명품이냐 아니냐가 결정된다. 최근에 한국 중산층사회를 강타하고 있는 웰빙바람만 해도 그렇다. 넓은 의미에서 웰빙이란 현대사회에서의 디자인 개념에 해당된다. 여기엔 돈을 잘 벌면서 여유롭게 살자는 이중적 의미가 숨어 있다. 생각해보라. 물려받은 재산이 없는데 돈을 잘 벌려면 남보다 눈치 빠르게 주식이나 부동산투자 같은 것도 게을리해서는 안된다. 이러한 속도만능주의를 교묘하게 감싸고 있는 것이 웰빙바람이며 디자인 개념인 것이다. 이제 남들에게서 멋쟁이로 불리고 싶다면 돈 버는 재주뿐 아니라, 그것을 잘 꾸미고 디자인해놓은 자신만의 이미지가 있어야 한다.

그런데 가만히 생각해보면 상가수도 그 시대의 멋쟁이다. 현실에서는 똥장군을 지고 살아야 하는 처지이지만 자신의 비천한 운명을 상징하는 그 '똥오줌 항아리'가 명경(明鏡), 즉 맑은 거울이기도 하다는 것을 깨닫고 있기 때문이다. 우리들이 속도와 그 속도의 난폭성을 교묘히 포장하고 디자인에 현혹되는 사이, 잊어버린 것 중 하나는 바로 이런 것이다. 자본주의사회에서 우리들이 본질보다는 허상에 빠져 산다는 것, 즉 실재보다는 이미지로 우리의 소중한 삶을 대체하고 있다는 것이다. 이와 달리 질마재 상가수는 결코 자신의 비참한 처지를 비장하게 내세우지 않으며 오히려 그것을 사람과 우주까지 감흥시키는 리듬을 통해 내면의 거울로 만들고 있다.

미당 시의 리듬은 바로 온몸으로 가닿으려는 근원에 대한 자의식이 파열되면서 나온다. 그걸 여기에 다 옮겨적기에는 나의 미련하고 서투른 필력으로는 가당찮은 짓일 것이다. 그가 이제는 하늘에서 '줏어모아 땅우'에 떨어뜨리는 환한 동백꽃을, 그리고 은하수에 그의 신발이 '놀아다니며' 던지는 빛들을 지상의 가난한 시인은 온몸으로 받아들이고 싶을 뿐이다.

그렇다면 나는 또 얼마나 축복받은 것일까.

그리다 만 미소 자국

이시영 「나를 그리다」

응시란, 눈길을 한곳으로 모아 가만히 바라본다는 뜻이다. 그리고 응시는 대개 사색이란 말을 뒤에 붙이고 다닌다. 가령 "창밖을 응시한 채 상념에 잠겨 있다" 같은 경우를 들 수 있다. 이에 비해 포착은 '한순간'에 이루어진다. 포착은 '빅뱅'과도 같다. 시로 비유하자면 포착은 착상일 것이고, 그때 그 순간을 단 한번에 가로채지 않으면 안되리라.

> 일러두건대 나는 유리창의 시인(詩人), 유리창의 수인(囚人)인
> 것이다
> 유리창이 부서져내리는 날 그 잘디잔 파편들과 함께
> 내 영혼도 산산이 바닥에 떨어져내릴 것이다
> ──이선영 「유리창」 부분(『문학사상』 2004년 1월호)

가만히 들여다보면 이선영(李宣姈)의 「유리창」은 깊은 내면의 기록이란 생각이 든다. 대상에 대한 끈질긴 관찰에 따른 사색의 열매가 이 시에서 느껴진다. 한순간에 폭발하지 않고, 대상을 오래 응시하여 담담히 얻어낸 성찰은 무기교의 아름다움을 보여준다. 그리하여 유리창의 안과 밖을 넘나드는 사색으로 얻어낸 "나는 유리창의 시인, 유리창의 수인"이라는 성찰은 아프다. 어머니들의 삶이 그러하듯 모든 것에 순응하면서, 그 순응 속에서 발아하는 힘이 그 구절 속에 웅크리고 있기 때문이다.

호들러(F. Hodler)의 그림 중에 '발렌틴' 연작이 있다. 발렌틴은 호들러의 아내로, 그녀는 오랜 시간 병상에 누워 있다가 다가오는 죽음에 서서히 해체돼간다. 가난한 집에서 태어난 화가 호들러는 유년기에 부모를 잃었고 여섯 명의 형제들도 모두 그보다 앞서 세상을 떠났다. 그의 말대로 그의 가정에는 늘 '보편적인 죽음'이 공존했다. 그런 그가 노년에 이르러 고상한 귀족적인 품위를 갖춘 젊은 여인을 만나 결혼을 한다. 하지만 행복은 그리 오래 가지 않았고, 아내는 그와 함께 산 지 3년이 되어 암에 걸리고 만다. 그는 그런 아내를 죽는 순간까지 화폭에 담았다. 병든 아내를 바라봐야 하는 고통을 감내하면서 끈질기게 그린 그림 속에서 그의 아내는 서서히 허물어져간다. 처음에 병상에 수직으로 서 있던 머리는 그녀가 죽는 순간 완전히 수평이 되었다. 그는 아내가 죽던 날 병실을 통해 바라본 제네바 호수의 일몰 장면을 담았다. 똑같은 날 똑같은 장소에서 그린 두 장의 그림 속에서 완전한 수평을 이룬 아내의 몸은, 병실 창밖 제네바 호수의 수평선으로 수렴된다. 사랑하는 사람이 자연운행의 일부가 될 때까지, 죽어가는 과정을 빠짐없이 기록함으로써 그는 사랑하는 여인의 고통과 죽음에 대항하여 함께 싸웠다. 그러나 그 동참은 대상을 관찰하는 과학자처럼 냉정한 것이었다고 한다.

응시한다는 것은 무엇인가. 이와 같이 대상의 비참에 동참하면서 냉정한 시선을 유지하는 것, 눈 돌리지 않고 가만히 끈질기게 내면을 기록하는 것이 아닌가. 세상에 순응하면서 세상과 싸우는 행위, 그 끈질긴 성찰은 포착처럼 기교나 수를 동반하지 않은 축적된 에너지에 의해 서서히 퇴적되는 구조물이다.

욕망이 그리다 만, 결코 실현된 적 없는 긴 미소 자국. 그 아래 굳게 다문 입. 입가에 알 듯 모를 듯 깊게 파인 주름. 언제나 인색했지만 화낼 때에는 더욱 좁혀져 볼품없었던 양미간. 의심은 많았으나 때론 가득한 열정으로 불타올랐던 두 눈. 그때나 이때나 축구장처럼 넓고 시원한 이마. 그리고 바람에 갈기 날리던 머리. 한번도 주먹에 으스러져본 적 없는 강한 턱. 그러나 오늘은 죽음이 두려운, 미래의 불안한 검은 눈동자. 늘 커서가 깜박거리는 신중한 이마. 지나치게 겸손하고 가지런한 손. 너무 많은 의무와 부양으로 꽉 처진 어깨. 둥근 공처럼 굽은 등. 개미처럼 잘록한 허리. 바닷가를 어깃거리는 가느다랗고 불쌍한 긴 다리. 아니 어느 욕망이 낳은 욕망. 그리다 만, 결코 실현되어본 적 없는 긴 미소.

　　　　　　　　　　　　　　　　　──이시영「나를 그리다」 전문

　이시영(李時英) 시인의 『은빛 호각』(창비 2003) 은 기억에 대한
새로운 응시가 바탕이 되고 있는 시집이다. 그의 초기작품에서
보이는 이야기시들이 당대현실과 긴밀히 삼투하며 민중의 정서
에 혼융되는「정님이」(『만월』)류의 시를 낳았다면, 이 시집의 이
야기시들은 과거와 현재가 만나 '스파크'를 일으키며 시인의 내
면으로 수렴된다. 그가 사랑한 역사와 개인의 삶 속에서 끌어낸
이야기들은 여느 후일담류와는 다르게 뜨거웠던 역사에 대한 그
리움이나 감상을 동반하지 않으며, 개인 삶의 귀착으로서 원형
에 대한 회귀도 노래하지 않는다. 가령「꿈」이라는 시에서 돌아
가시기 전 "바다 건너 서양나라에 가 부잣집 딸로 다시 태어나고
싶다"던 어머니는 "가슴에 걸려 넘어가지" 않는 존재이며, "30년
대 이 땅의 가난한 방직여공"이라고 담담히 서술된다. 그는 자신
과 함께했던 역사와 개인의 내력들을 응시하여 기록할 뿐이다.
시집 어디에서도 직유나 은유를 발견하기 쉽지 않은, 이 이야기
들이 빚어내는 풍경은 때로는 태연하기까지 하여 고통이 느껴지
지 않을 정도이다.
　그런 점에서「나를 그리다」는 이 시집에 나타난 응시의 기원
을 적절히 표현해내고 있는 작품이다. 한순간의 기록이 아닌 오
랜 세월 축적된 결과물로서의 '긴 미소 자국'은, 외연적으로는

그가 바라본 역사와 사람들에 대한 이야기로 궤적을 그으며 퍼져나가나 내포적으로는 역사와 사회에 가려진 한 개인으로서의 자신의 상처난 삶을 응축한다. 오랜 시간 공을 들인 이번 시집에서 그는 사람과 역사가 남긴 흔적 속에서 긴 미소 자국을 채집해 하나의 이야기로 만들었고, 그 풍경들의 이면에 깃든 자신의 내면을 투명한 한장의 자화상으로 남겼다. 즉 밖으로 퍼져나간 이야기들은 내면에 축적되어 자신의 얼굴에 각인된 표정으로 수렴된다. '굳게 다문 입' '주름' '좁혀진 양미간' '열정으로 불타올랐던 두 눈' '시원한 이마' '강한 턱' '미래에 대한 불안' 등 시인의 얼굴에 깃든 흔적들이 그것이다. 그때 그 모든 외연과 내연의 "어느 욕망이 낳은 욕망. 그리다 만, 결코 실현되어본 적 없는 미소"는 얼마나 아픈가.

자신마저도 투명한 눈으로 응시하고 있는 이 자화상 앞에서 내가 한동안 아무 일도 못하고 머물러 있을 수밖에 없음은, 자신의 비참에 동참하는 것이 사실은 세상의 비참에 동참하는 일이며, 그것은 결단코 대상을 장악하거나 대상에 의탁하려는 태도와 결별하려는 의지에서 비롯됨을 엿보았기 때문이다.

공명통 안으로 추락하기

박철의 시

창문으로 밖을 내다보고 사는 사람들에게 동류의식을 느낀다. 그 창이 반쯤 열려 있다면, 그는 아마 세상의 빛과 냄새가 방 안에 몰래 스며들기를 바라는 사람일 것이다. 그와 달리 거울처럼 닫힌 창으로 세상을 내다보는 사람도 있다. 창에 비친 자신의 얼굴을 들여다보면서 그 너머의 세상을 보는 사람. 나는 이 두 부류에 관심이 있다. 솔직히 말하자면 창을 다 열어놓고 밖을 내다보는 사람은 창 너머의 세계를 보는 사람이 아니다. 지금 그의 몸은 안에 있지만 그의 생활은 창밖에 있다. 그가 바라보는 풍경이란 바로 자신이다. 반쯤 열린 창 너머로 세상을 내다보는 사람들이란 생활이 없는 사람들이다. 창밖의 세상은 이미 그의 것이 아니다. 그런 부류가 취할 수 있는 행동은 창을 완전히 닫거나 반쯤 열어두는 것밖에 없다.

나와 세상의 경계가 창이라는 점에서만 보면 이 두 부류는 다를 게 없다. 닫혀 있는 창으로 세상을 내다보면 그것은 어딘지 비현실적으로 보인다. 그런 사람은 밖에 나가도 거울을 통해 세상을 바라본다. 가령 골목에 앉아 있는 노인은 그에겐 골목에 앉아 있는 노인이 아니다. 노인은 현실적으로 골목에 앉아 있지만, 그는 거울을 통해 세상을 바라보는 습관에 길들여진 탓에 그의 내면에 비친 수많은 기억의 형상물이 그 노인에게 투사된다.

이와 달리 반쯤 열린 창으로 세상을 바라보는 사람은 세상과 연애하는 사람이다. 슬프든 허무하든 기쁘든 그는 자신만을 생각하며 사는 사람이 아니다. 창을 통해 세상을 보고 자기를 만진다. 반쯤 열린 창으로 들어오는 것들, 이를테면 달빛이나 나뭇가지를 휘돌아오는 바람을 그는 느낀다. 어딘지 은밀한 느낌을 주는 것은 창이 반쯤 열린 탓도 있지만, 그 마음과 몸이 반쯤 열려 있기 때문일 것이다.

박철(朴哲)의 다섯번째 시집 『영진설비 돈 갖다주기』(문학동네 2001)는 반쯤 열린 창으로 세상을 내다보는 사람의 정서가 담겨 있다. 다음과 같은 시는 세상을 바라보는 그의 시선을 함축해 보여준다.

끈이 있으니 연이다

묶여 있으므로 훨훨 날 수 있으며

줄도 손길도 없으면
한낱 종잇장에 불과하리

눈물이 있으니 사랑이다
사랑하니까 아픈 것이며
내가 있으니 네가 있는 것이다
날아라 훨훨
외로운 들길, 너는 이 길로 나는 저 길로
멀리 날아 그리움에 지쳐
다시 한번
쓰러질 때까지

—「연」 전문

체념한 듯 지친 듯 슬픈 듯 그리운 듯 다가오는 그의 이번 시집이 그런 정서에만 함몰되지 않고 가슴을 저미며 열기를 불어넣어주는 것은 '연'에서 먼저 끈을 보고 하늘을 나는 힘을 발견하는 그의 자세에 있다. 그는 창 안에 있으면서 동시에 창밖에 서성이는 사람이다.

그런 그가 느끼는 아픔을 나는 사랑한다. "막힌 하수도 뚫은 노임 4만원"을 영진설비에 갖다주라는 "아내의 심부름으로" 길을 나서는 내용을 담은 표제시는 '끈'의 또다른 힘을 보여주는 작품이다. 그의 생활은 막힌 하수도이다. 그것을 뚫어준 영진설비의 노임 4만원도 그의 주머니에서 나온 것이 아니다. 그는 그것을 '아내의 심부름'이라는 말로 슬쩍 은유한다. 자전거를 타고 나갔다가 한번은 비 때문에 럭키슈퍼 앞에 서서 비를 피하다가 맥주를 마시고, 또 한번은 "화원 앞을 지나다가 문밖 동그마니 홀로 섰는/자스민 한 그루"를 사느라고 그 돈을 써버린다. 이 시는 두 번이나 영진설비에 노임 4만원을 주려고 나섰다가 돈을 전해주지 못한 사연과 마침내 돈을 받지 못한 영진설비 아저씨가 집에 찾아와 따질 때, 화자는 기막혀하는 아내에게 미안한 마음이 들어 짐짓 "아내의 손을 잡고 섰는/아이의 고운 눈썹"을 바라본다는 내용이 담겨 있다. '생활'과 '자신의 시업(詩業)' 그 "어느 한쪽,/아직 뚫지 못한 그 무엇"을 성찰하고 있는 이 시는 명료한 아픔으로 다가온다. 요컨대 그는 어떻게 해도 잘 풀리지 않는 자신의 생활과 시업이라는 '끈'을 통해 "마음에 심은 향기 나는 나무 한 그루"의 힘을 발견한다.

대체로 어두운 정조로 이뤄진 이번 시집이 음울한 느낌을 주지 않는 것도, 그의 어두운 시에서 '향기'가 새어나오기 때문이다. 그것은 활짝 열린 창에서 새어들어오는 것도 아니고 꽉 닫힌 창틈에서 애써 '향기'를 찾아야 하는 수고로움을 동반하지도 않는다. 반쯤 열린 창을 통해 방 안의 무력한 생활인의 냄새와 세상의 냄새가 오고 가고 있기 때문에 시의 어조는 가라앉아 있으면서도 생기가 느껴진다. 시의 아름다움은 이런 자연스러움에서 오는 것이다. 다음 시의 사연은 특히 그러하다.

할아버지 돌아가시고 염할 때

사람들 헤치고 내 손 끌어다가

할아버지 찬 손에 어린 손 쥐여주던 고모

애 병 좀 가져가요

그 덕인지 파랑파랑하면서도

삼십년을 더 살았다

그 고모 돌아가시기 사흘 전

다시 내 손 잡고

내가 가다 네 병 저 행주강에 띄우고 가마

나는 이제 삼십년 또 벌었다

——「고모」 전문

어려서부터 아팠기 때문에 화자의 생을 '덤'이라고만 생각하며 이 시를 읽을 사람이 있을까? 돌아가신 할아버지를 염할 때 그 할아버지의 찬 손에 그의 어린 손을 쥐여주며 "애병 좀 가져가요"라고 말하던 고모. 그 고모가 돌아가시기 사흘 전에 이번엔 자신의 손을 잡고 "내가 가다 네 병 저 행주강에 띄우고 가마"라고 말하는 고모. 그 고모 덕분에 열살 무렵의 어린 그는 삼십년을 더 살았고, 이제 또 삼십년을 더 살게 됐다. 그의 삶은 자신의 것이 아니다. 그의 삶은 할아버지나 고모의 것이기도 하다. 나의 삶이 남의 삶일 수도 있다는 것을 근친의 사연을 통해 노래하는 이 시는 한 개인의 '파랑파랑'한 삶이, 또한 우리의 삶임을 차분한 어조로 일러주고 있다.

또 하나 '행주강'은 삼십년을 더 산 그가 마지막으로 건너야 할 강일 것이다. 저승강은 그의 인생에서 언제나 마음속에 흐르고 있는 강이다. 그가 아프기 때문이기도 하겠지만, 그가 세상을 내다보는 태도가 그런 것이기 때문일 것이다. 저승을 몸 안에 두고 이승을 사는 사람, 그가 박철이다. 우리는 이 땅을 살아간 할아버지와 고모 같은 사람들이 곧 한 시인이 마음에 심은 나무의 향기임을 알아야 한다. 변두리정서를 바탕으로 '나'가 곧 '너'라는 것을, 그런 나무들에서 나는 향기로 일러준다.

그래서 그가 우리 시대 마지막 낭만주의 시인이라는 생각이 든다. 그와 언젠가 인사동에서 술을 마신 적이 있다. 2층에 있는 술집은 어두웠다. 그 술집엔 기타가 한 대 있었는데 사람들은 그 기타로 반주를 해가며 노래를 부르고 있었다. 어느 순간, 그 기타는 그의 손에 들려 있었고 나는 슬프고 아름다운 변두리의 새 울음소리를 듣고 있었다. 화려한 화원(花園)에서 노래를 부르고 있는 '새'가 아니라 '끈'에 묶여서 홀로 벌판의 하늘을 나는 연처럼 비애가 섞인 그 노랫소리.

낭만이란 뒤떨어진 곳에서 생긴다. 남들이 버리고 간 길을 홀로 뒤처져서 느리게 걷고 있는 사람의 내면을 바라보면 나는 갑자기 환해진다. 어두운 밤 강물을 한참 바라보다보면 어느 순간 마음의 수면 위로 수많은 빛들이 떠올라오는 이치와 같다. 그것이 이 시집이 보내주는 아프고 저미며 빛이 나는 '향기'이다.

> 마음 섭섭하여
> 오늘도 기타줄 위를 걷다
> 아메리카 풍아(風雅)를 부르며
> 바다 위를 항해하는 어느 여인에게
> 손 내밀다
> 손 내밀어, 나
> 공명통 안으로 추락하다
> 아, 찬란한 어둠!

—「까페 섬에서」전문
(시힘 동인 『시인에게 보내는 편지』, 시공사 2003)

그를 만날 때마다 나는 그의 시집 제목이기도 한 '김포행 막차'가 떠오른다. 불켠 환한 버스에 홀로 앉아 낮게 노래를 부르는 수척한 청년. 어둠속 들판에 나부끼고 있을 황금빛 벼의 흔들림을 닮은 그 노랫소리를 빈 버스의 손잡이들이나 장단을 맞춰줬을까. 그때는 누구나 치열한 고독을 앓았다. 그 시절은 우리 뇌리에서 너무나 멀리 흘러간 섬 같다. 그런데 그를 만나면 나는 김포 들녘을 달리는 밤 버스 안에서 노래를 부르는 그가 생각나는 것이다. 반쯤은 술에 취해 흥얼거리는 노랫소리에 언젠가 한번은 앳된 버스 안내양이 함께 목청을 섞어주었다던가.

「까페 섬에서」는 이런 그의 모습을 새삼 떠올리게 만든다. 십 몇년의 세월을 건너뛰어 불컨 밤 버스의 안내양은 도심 한복판의 난장 속에서 외따로 흘러가는 '까페 섬' 안의 '어느 여인'으로 바뀌어 있다. 청년이었던 그의 노래에 장단을 맞춰주었던 앳된 소녀는 이제 중년의 시인이 튕겨내는 기타자락에 맞추어 '아메리카 풍아(風雅)'를 부른다.

'풍아'는 무엇인가. 『시경』 육의(六義) 가운데 '풍'과 '아'가 합쳐진 이 단어를 한 사전은 이렇게 설명한다. "'풍'은 풍교(風敎)의 시로 민요류, '아'는 엄정하고 품위가 높은 음악시를 말한다. 이 뜻이 전화하여 시가나 문장의 길을 뜻하고, 더 광범위하게 우아하고 아름다운 것, 속세를 떠난 풍류 전반을 의미하게 되었다." 그런데 이 시의 풍아는 어딘지 좀 쓸쓸하다. 중년의 시인이 걷는 '기타줄 위'는 위태롭게 보인다. 여인이 부르는 '아메리칸'의 노래 역시 추억과 환영에 불과할 뿐이다. 빛나는 고독과 꿈이 사라진 '풍'과 '아'의 세계는 어쩐지 삶과 예술이 자꾸 어긋날 수밖에 없는 우리 시대와 중년 시인의 내면을 환기시킨다.

좁은 까페 안에서의 이 풍류는 더이상 우아하지도 아름답지도 않다. 중년의 시인은 여전히 뜨거웠던 시절을 마음 한편에 '섭섭'한 '마음'으로 숨겨두고 있다. '오늘도'라는 구절이 이를 잘 말해주고 있지 않은가. 하지만 기타음(音)은 외부로 반향하지 못한다. 시인이 손을 뻗어 '바다 위를 항해하는' 여인에게 가닿으려 하지만 그 기타는 더이상 공명을 일으키지 못한다. 한때 여인들의 마음을 애타게 했을 기타줄을 뜯는 손가락은 더이상 감동과 놀라움을 불러일으키지 못하는 줄 위의 광대로 전락해버렸다.

그러는 와중에도 시인은 까페 안의 먼지처럼 켜켜이 떨어져내리는 여인의 노랫소리에서 아름다움을 환기하려는 노력을 멈추지 않는다. 1~4행과 7~8행의 가교역할을 하는 5~6행의 "손 내밀다/손 내밀어, 나"는 이러한 시인의 아쉬움과 아스라함이 잘 스며 있는 시행이다. 안간힘을 다해 여인과 화합하여 '풍아'를 완성하고 싶은 의지는 5~6행을 거치면서 개별자로 떨어지고 만다. 그제야 시인은 화합의 의지를 상징하는 '풍'의 세계가 떨어져나간 자리에서 '아'의 고독을 응시하게 된다. '공명통'은 이러한 시인 내부의 동굴이다.

그 속에는 젊은 날 시인이 김포행 막차에서 불렀던 낮은 노랫소리가 살아 있다. 풍아의 발자취를 찾아 들렀던 고독한 까페에서조차 추락해버린 시인이 발견해낸 이 '공명통'이야말로 포기할 수 없는 절대의지의 성소(聖所)이다. 거기서 시인이 응시하는 "아, 찬란한 어둠!"은, 얼핏 영탄의 영역에 있는 것 같지만 사실은 처절한 내면의 음악임을 암시한다.

이 지점에 박철의 낭만주의가 있다. 낭만이란 뒤떨어진 곳, 이 시에 따르면 '안'에 위치해 있다. 더이상 아름다움을 전염하지 못하고 웅크리고만 있는 이 '어둠'은 그러나 찬란하다. 아직은 영탄의 모습으로 허물어지고 있는 듯이 보이는 것은 이 시대가 풍/

아의 단절 속에 있기 때문이다. 그런 이유에서 시인 스스로 '공명통' 안으로 추락하는 것은, 그가 이 단절에 속절없이 무너지거나 수락했다는 뜻이 아니라, 그 어둠의 깊이 속에서 빛이 태어나기까지 견디겠다는 의지의 소산으로 보인다. 사실 우리 시대의 '풍아'를 완성하기란 얼마나 힘겨운가. 그것은 무모한 추락 속에서 거듭나는 '찬란한 어둠'의 자취가 아니고 무엇이겠는가.

부서진 날개 울음소리
나희덕의 시

발터 벤야민의 말을 빌리면 나희덕(羅喜德)의 시는 "우리의 방에 배어 있는 잊혀진 냄새"[1]와 같이 낯설게, 불쑥 다가온다. 잊혀진 것들이라고 해서 우리의 마음속 어느 서랍에 들어 있지 않은 것은 아니다. 그것은 「그 복숭아나무 곁으로」(『어두워진다는 것』, 창작과비평사 2001)에서처럼 복숭아의 흰꽃과 분홍꽃 사이에 있는 수천의 빛깔, 그 여러 겹의 마음을 읽는 순간과 같다. 그 마음을 읽는 데는 오랜 시간이 걸린다. 하지만 그 마음을 읽는 것은 한순간, 저녁이 오는 소리에 촉발돼 이룩될 수 있다.

---

* 이 글은 '제12회 김달진 문학상' 수상작 해설(『서정시학』 2001년 상반기)을 개고한 것이다.
1) 발터 벤야민 지음, 박설호 편역 『베를린의 유년시절』, 솔 1992.

누구나 한번쯤은 평상시에는 망각되어 있는 과거의 체험들이 어떤 계기로 무엇인가에 의해 환기되는 경험과 만났을 것이다. 벤야민에 따르면 우리가 잊고 있었던 것들이 깨어나는 순간은 "아무 예고도 없이 우리를 과거의 차가운 동굴로 불러들이는, 막강한 힘을 지니고 있는 한 단어, 스쳐지나가는 소리 그리고 두드리는 소리"(발터 벤야민, 같은 책 60면)에 의해서라고 한다. 그러니까 '방에 배어 있는 잊혀진 냄새'란 곧 "우리로 하여금 불가사의한 낯선 무엇을 깨닫게 하는 그러한 말이나 순간"으로서 우리의 의식 속에 "어떤 소리의 형상을 띤 채" 다가오는 "하나의 쇼크"(같은 곳)를 비유한 것이다.

나희덕의 시는 처음 읽으면 방의 냄새처럼 어딘지 익숙하다. 최근 그의 시에 등장하는 소재들만 해도 그렇다. "병원 엘리베이터"(「엘리베이터」) "철원 들판을 건너는 기러기떼"(「기러기떼」) "낮은 허공에 걸려 있던 거미줄"(「거미에 씌다」) 등등. 그런데 익숙한 냄새인 듯싶은 그 속으로 한 발자국만 걸어들어가도 그것은 우리의 과거 어딘가에서 잊혀진 냄새처럼 매우 '낯선 그 무엇'으로 다가온다.

소리로 듣는 어둠

나희덕의 최근작에는 일견 시각이 거세돼 있거나 매우 단순한 형태로 제시돼 있는 것 같다. '시각'이란 쉽게 이야기하면 '관찰력'이다. 대개 시에서의 시각이란 '이미지'이다. 시각이 뛰어난 시는 풍경묘사에 그치기 쉽다. 그렇다고 해서 그의 시에 뛰어난 '시각'적 접근이 없는 것은 아니다.

> 그는 종일 집 밖에 나와 있었다. 천천히, 그의 걸음걸이로는 보통으로, 벚나무에서 그 옆의 꽃사과나무까지 기어가는 데 반나절이 걸렸다. 그는 꽃사과나무 위로 오르려다가 문득 무언가를 발견했는지 몸을 돌린다. 한참 뒤에야, 그에게는 잠간이지만, 나는 그가 작고 노란 꽃을 향해 부지런히 가고 있다는 걸 눈치챘다. (…) 꽃은 두 시간 만에 다 비워졌다. (…) 그는 내가 따라다니는 걸 아는지 모르는지 태연스럽게 내 쪽으로 기어온다. 그러는 동안 다시 반나절이 지났다. (…) 날 선 풀잎 위를 희고 매끄러운 배로 밀고 가는 그는 풀을 꺾지도 몸을 베지도 않고 활처럼 잘 켰다. 연주를 끝내고 어디론가 숨어버린 그를 다시 찾아낼 생각은 없었다. 이미 날이 어두워졌으므로, 집을 잃은 건 그만이 아니므로. 나는 방금 그가 건너간 풀 한가닥 위에 발을 슬며시 올려놓았다.
>
> ──「어떤 하루」부분(『어두워진다는 것』)

나희덕의 시에서는 보기 드물게 시각적인 묘사로 이뤄진 작품이다. 이 시는 벌레가 벚나무에서 그 옆 꽃사과나무까지 기어가는 것, 그리고 꽃사과나무의 꽃을 먹고 땅으로 내려와 풀 한가닥에 몸을 싣기까지의 '어떤 하루'를 관찰하고 있다. 이 시는 지독한 응시의 소산이다. 그런데 시의 후반부에 이르면 '눈'(시각)의 응시가 '소리'(청각)의 응시로 역전되고 있다. 그가 하루를 꼬박 바쳐 '벌레의 길'을 따라간 이유는 시각적 이미지를 얻기 위해서가 아니라, 어떤 소리를 발견해내기 위해서이다. 시인은 날 선 풀잎 위를 기어가는 벌레에게서 "희고 매끄러운 배로" "풀을 꺾지도 몸을 베지도 않"는 연주(활 소리)를 듣는다. 그가 벌레에게서 '소리'를 듣는 데 꼬박 '하루'가 걸린 셈이다. 그 시간대가 저물녘이다. '저물녘'은 '집'을 잃어버리는 시간대이다. 그렇기 때문에 그 공간 속에서 '내'가 "방금 그가 건너간 풀 한가닥 위에 발을 슬며시 올려놓"는 행위는 '나' 역시 '집'을 잃어버렸다는 뜻을 내포한다.

집을 잃기 위해서 종일 벌레의 길을 관찰하는 사람을 생각한다는 건 어딘지 끔찍스럽다. 그는 시각의 맹점을 잘 알고 있는 시인이다. 눈으로 보는 행위는 '자신'을 버리지 않으려는 태도이다. '눈'은 자신이 보고 싶은 각도를 통해, 이기적으로 사물을 공간화시킨다. 그는 시각을 청각화하여(즉 자신을 버려) 소리 깊숙이 내재된 '접신(接神)'과도 같은 어떤 풍경을 보여준다.

羊이 큰 것을 美라 하지만
저는 새가 너무 많은 것을 슬픔이라 부르겠습니다

철원 들판을 건너는 기러기떼는

끝도 없이 밀려오는 잔물결 같고

그 물결 거슬러 떠가는 나룻배들 같습니다

——「기러기떼」 부분(같은 책)

우리는 눈에 비친 세상이 보기 좋으면 아름답다고 한다. 이 시
의 첫대목 '양이 큰 것이 미'라 함도 이와 같다. 한자 '美'는 '羊'과
'大'의 결합으로 되어 있다. 즉 미는 크고 살진 양이라는 두 개의
한자를 합치고 그 뜻도 합성되어 만들어진 회의문자이다. 여기
서 양은 신에게 바치는 희생의 짐승을 가리킨다. 양(羊)이 커서
〔大〕 이제 신의 제단에 희생물로 바칠 만큼 살이 쪘을 때 눈으로
보기에 좋으므로 아름다운 것이다. 그렇다면 시적 화자가 "저는
새가 너무 많은 것을 슬픔이라 부르겠습니다"고 한 까닭은 무엇
인가. 우리는 신의 제단에 바쳐지는 양의 겉모습만 볼 뿐, 그 내
면에서 터져나오는 존재의 참모습은 보지 못한다. 이 시는 바로
미의 예를 들어 시각의 맹점을 비판한다.

화자는 지금 철원 들판에 앉아 있다. 거기서 끝없이 밀려오는
새떼를 보고 있다. 아마, 처음엔 그 새떼를 보고 아름답다고 여
겼으리라. 마치 신에게 바쳐지는 살찐 양을 보는 것처럼. 그런데
어느 순간 들판의 새떼가 '소리의 형상으로 다가오는 하나의 쇼
크'가 되는 경험과 만난다. 화자가 새떼의 울음과 만나는 순간,
새떼는 시각적 차원에서 청각적 차원으로 전이되고 눈으로 볼

때는 군무(群舞)처럼 한덩어리였던 것이 해체되면서 그 밑에 숨겨진 존재의 참모습이 새롭게 드러난다. 몸은 죽지만 울음은 죽지 않는다. 들판에 끊임없이 밀려오는 새떼는 하나둘 저 멀리 사라지는 듯 보이지만, 사실은 자신의 슬픔을 들판의 제단에 바치는 중이며, 그래서 새들이 떠나고 남은 울음의 형상은 날이 저물어도 "하늘을 가득 채워버"린다.

이제부터는 이러한 과정을 시를 읽어나가면서 하나하나 살펴보자. 1연의 진술이 끝나면, 2연은 철원 들판을 건너는 기러기떼에 대한 시각적 묘사로 이어진다. 이러한 풍경은 우리도 철원 들판에 나가보면 쉽게 떠올릴 수 있다. 평단에서 그의 시를 단정하다라고 평가하게 된 이유 중 하나가 시의 겉모습, 담백한 시각적 이미지만을 본 까닭이 아닐까. 그러나 그에게서 시각적 묘사는 '귀'를 예민하게 가다듬기 위한 시적 장치이다. 좀더 들여다보면 자명해진다. 기러기떼가 '잔물결'이 되었다가 그 물결을 거슬러 떠가는 '나룻배'들로 치환됨을 보면, 이미 보는 것 속에 듣는 것이 내재돼 있다고 할 수 있다. 그렇게 읽다보면 이 시는 나희덕의 다른 시에서도 느껴지듯 자신만의 치밀한 시적 축조술이 구현돼 있다.

따라서 "羊이 큰 것을 美라 하지만"이 다분히 '크다'라는 어휘 때문에 시각적으로 다가옴에 비해 "새가 너무 많은 것을 슬픔"이라고 할 때에는 '많다'는 시각이 '슬프다'를 통해 청각 쪽으로 기울고 있음을 알게 된다.

바위 끝에 하염없이 앉아 있으면

삐걱삐걱, 낡은 노를 젓는 날개소리 들립니다

어찌 들어보면 퍼걱퍼걱, 무언가

헛것을 퍼내는 삽질소리 같기도 합니다

그러나 아무리 퍼내도

내 몸속의 찬 강물 줄어들지 않습니다

흘려보내도 흘려보내도 다시 밀려오는

저 아스라한 새들은

작은 밥상에 놓인 너무 많은 젓가락들 같고

삐걱삐걱 노 젓는 날개소리는

한 접시 위에서 젓가락들이 맞부비는 소리 같습니다

그 서러운 젓가락들이

한쪽 모서리가 부서진 밥상을 끌고

오늘 저녁 어느 하늘을 지나고 있는지

새가 너무 많은 것을 슬픔이라 부르고 나니

새들은 자꾸 날아와 저문 하늘을 가득 채워버렸습니다

이제 노 젓는 소리 들리지 않습니다

— 「기러기떼」 2연 4~17행, 3연

2연 4행부터는 시각이 본격적으로 청각화되어 나타난다. 그런데 시각이 곧장 청각화되지는 않는다. 청각화되기 위해서는 "바위 끝에 하염없이 앉아 있"어야 한다. '바위 끝'은 무엇인가. 날카로운 것, 낭떠러지 같은 것이 아닌가. 강파른 생의 끝자락에 앉아 있어야, 그것도 '하염없이' 자신을 버리며 앉아 있어야만 시각의 겉면에 가려진 생생한 '소리', 삶의 이면에 내재된 '서러운 젓가락' 소리가 들린다. 화자는 기러기떼에게서 '퍼걱퍼걱' '헛것'을 퍼내는 소리를 본다.

여기서 화자가 소리를 '듣는' 것이 아니라 '본다'는 사실이 중요하다. 사물의 존재성은 보는 자의 시각으로만 접근할 때에는 그 각도에 따라 일면 혹은 일점으로 고정되지만, 만약 우리가 거기에서 벗어나 그 이면에 감춰진 소리 혹은 침묵과 공명하게 되면 비로소 다면적인 존재성이 열리게 된다. 이 시에서 철원 들판에 가득 내려앉은 기러기떼를 시각적 차원에서만 본다면 새들은 기껏 삶의 어려움을 "작은 밥상에 놓인 너무 많은 젓가락들"로 비유한 것에 그친다. 이것이 이 시의 서두인 '양(羊)이 큰(大) 것→미(美)'라는 등식이다.

하지만 화자가 제2의 등식인 새가 '너무 많은 것→슬픔'이라는 청각 차원의 세계를 열었기 때문에 새의 양적인 많음은 시각적인 미(美)에 그치지 않고 그 이면에 숨은 존재성으로 열리게 된다. 결국 소리를 본다는 것은 이 두 개의 방식이 소리의 시각화 혹은 시각의 청각화로 새롭게 결합됨을 의미한다. 그렇기 때문에 새떼들이 날개로 "삐걱삐걱, 낡은 노를 젓는" 행위는 작은 밥상에 가득 둘러앉은 우리네 가난한 삶의 힘겨움을 이미지화하는 데 그치지 않고 서럽지만 따뜻한, "한 접시 위에서 젓가락들이 맞부비는 소리"라는 존재가 지닌 슬픔으로 확장될 수 있게 한다. 게다가 마지막 연의 새떼로 가득 찬 공중, '슬픔의 만다라' 속으로 깊숙이 들어가버린 침묵의 공간은 어떤 '소리의 종교성'으로까지 나아간다.

부서진 날개의 울음소리

그렇다면 그는 왜 소리에 집착하는 걸까. 사물에 대한 시각적 이미지를 하나하나 버려서 종내 스스로 장님이 되려는 걸까. 이번 시집 제목에서 연상되듯이 왜 "어두워"지려고 하는 것일까. 그것은 최근시에 나타나는 그의 시적 모티프 가운데 하나인 '나비'로 표상되는 '날개'에 대한 상처, 근원의 부서짐에서 비롯된다.

그의 말을 빌리면 "어두워진다는 것, 그것은 스스로의 삶을 밝히려는 내 나름의 방식이자 안간힘"(「시인의 말」)의 소산이다. 저물녘이란 어둠이면서 빛이다. 어두워질수록 빛이 강해지는 시간대이다. 그는 어두워진다는 것, 즉 추억의 시간 속으로 내려가면서 역설적으로 미래의 시간을 향해 뻗어나갈 빛, 그러니까 어둠과 빛의 이중주에 자신을 맡기고 있다.

스물여섯 도막의 통나무가 한그루 의자가 될 때까지

얼마나 많은 못에 찔려야 했는지,

그 굳어가는 팔다리 속에 잉잉거리는 게 무엇인지,

그러나 말해주지 않아도 나는 알 것만 같다

———「한그루 의자」 부분

모래와 하늘, 그토록 확실한 바닥과 천장이

우리의 잠을 에워싸다니, 나는 하늘이 달아날까봐

몇번이나 선잠이 깨어 그 거대한 책을 읽고

또 읽었다 그날밤 파도와 함께 밤하늘을

다 읽어버렸다 그러나 아무도 모를 것이다 내가

하늘의 한 페이지를 훔쳤다는 걸,

그 한 페이지를 어느 책갈피에 끼워넣었는지를

———「일곱살 때의 독서」 부분

그에겐 허공이, 열매의 자리마다 비어 있는

허공이 열매보다 더 무거울 것이다

빈 가지에 나비가 잠시 앉았다 날아간다

무슨 축복처럼 눈앞이 환해진다

아, 네가, 네가, 어디선가 나를 내려놓았구나

———「사과밭을 지나며」 부분

시집『어두워진다는 것』에서 눈에 띄는 대로 뽑아본 시 구절
들이다. 첫번째 시는 스물여섯 도막의 통나무가 한그루 의자가
되기 위해서는 수없이 못에 찔려야 하며, 나아가 내부에서 수많
은 날개가 부서지며 잉잉대야 함을 말하고 있다. 두번째 시는 그
잉잉댐의 실체가 무엇인지 한자락 보여준다. 어느 초여름밤 지
붕도 바닥도 없는 바닷가 어느 집터에서 본 모래와 하늘에 대한
원체험을 통해서 말이다. 모래는 '파도'로 하늘은 '거대한 책'으
로 치환되고 있는 이 시에서 시인은 내밀한 고백을 들려준다. 자
신을 옥죄는(그러나 버릴 수 없는) 종교적이거나 세속적인 것
(그것은 "모래와 하늘, 그토록 확실한 바닥과 천장이 우리의 잠
을 에워싸다니"에서 엿볼 수 있다) 등의 가치 속에서 자기가 어
떤 비의를 훔쳤다는 것이다. 그리고 이것은 일종의 죄의식과 윤
리적 부채감으로 이어진다.

　「사과밭을 지나며」는 앞의 두 시에 비해 한층 더 내밀하다. 우
선 마지막 행의 "사과 한알을 내려놓는 데/오년이 걸렸다"부터가
그렇다. 시를 처음부터 따라가보면 가을에 나비가 낮게 나는 이
유는 내려놓을 것이 있어서이다. 그것은 사과나무도 다르지 않
다. 열매가 다 떨어진 뒤에도 사과나무의 휘어진 빈 가지가 펴지
지 않는 것은 아직 짊어질 게 있어서이다. 왜냐하면 열매의 자리
마다 비어 있는 '허공'의 무거움 때문이다. 이 시는 자신을 옥죄
는 것을 '가벼운' 것으로 극복할 수 있음을 암시한다. 무거운 가

치에 의한 것이 아니라 아주 가벼운 것——자신을 버리고 또 버려서 '백결(白結)의 옷'처럼 가벼운 날개를 얻는 것——을 통해 무거운 '사과 한 알'을 내려놓을 수 있음을 말하고 있다.

그러나 그 가벼운 날개 하나를 얻기 위해서는 최소 5년이 걸린다. 더구나 다음 시에서는 그 날개가 이미 부서져 있다.

가만히 좀 있어봐, 하면서
그는 내 얼굴에서 거미줄을 떼어낸다
저녁에 옷을 갈아입다 보면
윗도리에도 거미줄이 한웅큼 뭉쳐져 있다

낮은 허공에 걸려 있던 거미줄들이
얼굴을 확 덮치던 그날부터
내 울음은 허공에 닿아 거미줄이 되었다
버둥거리며 거미줄을 떼어냈지만
내 얼굴에선 한없이 거미줄이 뽑혀나왔다
울음으로 질겨진 거미줄 위에서
때로는 흰 꽃잎을
때로는 부서진 나비 날개나 모기 다리를
건져올리며 까맣게 늙어가는 동안
울음도 함께 늙어 말수가 줄어드는 것일까
나는 내 울음이 누구에게도 들리지 않게 되었다는 걸 안다

희미한 불빛 아래 둘러앉아 사람들은 말한다

가만히 좀 있어봐, 거미줄이 묻었어,

조금은 거미인 나를 향해 이렇게 말하곤 하는 것이다

—「거미에 씌다」 전문(같은 책)

여기서 시인은 '소리'까지도 거부한다. 「축음기의 역사」에서 "저 소리만으로는/스스로 暗轉될 수 없어"라고 탄식한 까닭이 축음기가 "소리를 기록"하고 "상처를 반복"하고 있음을 깨달았기 때문인 것처럼 말이다. 울음으로 만든 거미줄은 그의 시이다. 그러나 그 상처(거미줄, 시)에 의해서 "닳아가는 것은/그것을 읽는 바늘끝일 뿐"(「축음기의 역사」)이며 "울음으로 질겨진 거미줄"에서 건져올릴 수 있는 것은 "부서진 나비 날개나 모기 다리"뿐이다. 그리고 그것은 서울역 광장에서 만난 한 아이의 "그 운동화 바닥에 코울타르처럼 남겨진 나비의 진액"(「만화경 속의 서울역」)과 같은 마른 물의 이미지로 변용된다. 그의 많은 시에서 보이는 '소리'는 대개 '물'의 이미지와 연계된다.

그런데 이 시에서는 이 '물'의 감소와 함께 조금씩 '울음'마저 축소된다. 너무 많이 속으로 숨죽여 울었던 탓일까. '씌다'는 말이 무엇에 씌었다, 귀신에 들렸다 등의 뜻이라면 이것은 내면에 숨겨진 '거미'의 울음을 지칭하는 것이 아닐까. 거미는 쪼그라들어 있다. 김수영(金洙暎)도 거미는 서럽다고 했다(「거미」). 거미는 자신의 울음으로, 자신의 물기로 자신을 쪼그라뜨린 존재다. 그래서 그 색깔도 검다. 자신의 몸에서 빠져나간 울음으로 고운 거미줄을 만들지만 거기에 걸리는 것은 자신의 부서진 꿈뿐이다.

울음과 죽음, 그 너머의 환한 세상

그렇다고 나희덕이 자신의 미망에 갇혀만 있는 것은 아니다. 그는 부서진 날개에서, 그러니까 어둠속에서도 빛을 지향한다. 30대 중반인 나이를 사계절 중에서도 7월, 즉 더위가 강해지는 가장 중요한 시기로 여기는 듯한 「도끼를 위한 달」을 보면 그의 세상을 보는 따뜻한 눈길과 끊임없는 반성의지를 감지할 수 있다.

이 폭염 속에 도사린 추위가 말하고 있다
11월은 도끼를 위한 달이라고 했던 한 자연보존론자의 말처럼
낙엽이 지고 난 뒤에야 어떤 나무를 베야 할지 알게 되고
도끼날을 갈 때 날이 얼어붙지 않을 정도로 따뜻하면서
나무를 베어도 될 만큼 추운 때가 11월이라 한다
호미를 손에 쥔 열 달의 시간보다
도끼를 손에 쥔 짧은 순간의 선택이,
적절한 추위가,
붓이 아닌 도끼로 씌어진 생활이 필요한 때라 한다

무엇을 베어낼 것인가, 하루에도 몇번씩

내 안의 잡목숲을 들여다본다

—「도끼를 위한 달」 부분(같은 책)

가장 활력이 넘쳐야 할 7월의 생을 살고 있는 화자가 11월을 생각하는 것은 자신의 생을 끊임없이 반성하고 있기 때문이다. 자신의 생을 가꿀 열 달의 시간보다, 적절한 추위로 해서 어떤 나무를 베야 할지를 깨닫는 11월, 즉 도끼를 위한 달을 통해 가장 화사해야 할 7월의 '추위'를 어떻게 이겨내야 할지를 예지하고 있다. 이 시는 나희덕의 특성을 보여주는 전형적인 시이다. 간결하고 쉬운 언어로 복잡미묘한 세상을 바라보는 그만의 태도를 설득력 있게 보여주고 있다. 이러한 태도는 그가 세상을 통찰하는 보편적인 시선을 놓치지 않는다는 증거이다. 이와 같이 앞쪽에서 살펴본 시편들이 대체적으로 개인적 내밀성에 기반해 있다면, 그 반대편에는 좀더 보편적 지평에서 자신의 삶과 사회를 통찰하는 「도끼를 위한 달」, 그리고 김달진문학상 수상작(2001)인 「엘리베이터」가 놓여 있다.

모판 위의 삶을 실은 홀수층 엘리베이터와

칠성판 위의 죽음을 실은 짝수층 엘리베이터는

1층에서 만난다, 울며 떨어지지 않으려는 가족들과

짝수층 엘리베이터에 실린 죽음을

홀수층 엘리베이터에서 내려 바라보는 사람들 앞에서
흰 헝겊으로 들씌워진 한 사람만
짝수층 엘리베이터에 남고, 문이 닫히고,
잠시 후 B1에 불이 들어온다, 그새
홀수층 엘리베이터 안에는 다시 사람들이 채워진다
　　(…)

엘리베이터는 나른다, 병든 입으로 들어갈 밥과 국을
엘리베이터는 나른다, 더이상 밥과 국을 삼키지 못하는 육체를
엘리베이터는 나른다, 병든 손을 잡으려는 수많은 손들을
엘리베이터는 나른다, 더이상 병든 손조차 잡을 수 없는 손들을
　　　　──「엘리베이터」 부분(『사라진 손바닥』, 문학과지성사 2004)

　엘리베이터를 평면으로 펼치면 수평으로 이동하는 무빙워크
(moving walk)가 되고 비스듬히 구부려 세워놓으면 에스컬레
이터가 된다. 수직으로 상승하는 것은 인간이 가진 욕망이다. 현
대사회는 그러한 수직 구조를 교묘하게 구부려 자본화한다. 어
쨌든 이 시의 엘리베이터는 홀수층에는 산 자가, 짝수층에는 죽
은 자가 타는 공간이다. 그들이 만나는 곳, 삶과 죽음의 경계가
엷어지는 공간이 일층이다. 홀수층 엘리베이터는 "병든 입으로
들어갈 밥과 국을" 나르고 짝수층 엘리베이터는 "더이상 밥과 국
을 삼키지 못하는 육체를" 나른다.

시인은 살기 위해서 가는 병원을, 엘리베이터라는 차가운 물질을 통해 삶 속에 죽음이, 죽음 속에 삶이 기생하고 있음을 보여준다. 그것들은 전혀 별개인 듯하지만, "삶과 죽음을 오르내리는 사다리"는 서로 외면하는 사이에도 끊임없이 함께 움직인다. 하나는 삶에 하나는 죽음에 발을 걸치고 있는 이러한 형국은 「나비를 신고 오다니」라는 시에 더욱 처연하게 드러나 있다.

산 자를 위한 축제인지 죽은 자를 위한 축제인지 모르고 초대된 꿈속에서 그는 의미심장한 목소리를 낸다. 어쩌면 이후의 시적 향배를 가늠해볼 수 있는 실마리가 이 시에 구현돼 있는 것 같다.

잔칫집인지 초상집인지
문득 둘러앉은 얼굴들 낯설다

돌아가려고 하는데
어지럽게 뒤섞인 신발들 속에서
내 신발 찾을 수 없어 두리번거린다
신발 한짝은 보이지 않고
저쪽 유리창에서 날개 다친 나비가
나를 향해 파닥거리고 있다

나비를 신고 오다니!

한 발은 나비를 신고

한 발은 땅에 디딘 채

절뚝절뚝 봄길을 날아 걸어왔으니

나비야, 나비야,

이 검은 땅 위에 다시 내려와 앉아라

내가 너를 신겠다

날개란 신기 위해 있는 것이니

내가 너를 신겠다, 나비야

　　　　　——「나비를 신고 오다니」 전문(『어두워진다는 것』)

　잔칫집인지 초상집인지 모를 꿈. 그것을 의식하는 순간 "문득 둘러앉은 얼굴들"이 낯선 것을 깨닫는다. 그는 이제 집으로 돌아가야 한다. 아니 잠에서 깨어나야 한다. 그래서 어지럽게 뒤섞인 신발들 속에서 자신의 신발을 찾으려 두리번거린다. 하지만 신발 한짝만 보이고 나머지 신발 한짝은 찾을 수가 없다. 그 순간 나비가 '나'를 향해 파닥거린다. 이승과 저승, 삶과 죽음, 어둠과 밝음, 가벼움과 무거움 등 그가 '시인의 말'에서 "피 흐르는 상처 속에 고스란히 함께 있"(같은 책)다고 한 '두 세계'가 서로를 겨누고 있는 풍경이다.

그 풍경은 「불켜진 창」에 나타나는 "문이 아닌 창 쪽으로 가서 집 안을 들여다"보는 모습을 연상시킨다. 남편과 큰아이가 장기를 두고 있고, 접시에 남은 과일은 아직 물기가 마르지 않았고, 주전자에서는 김이 오르고 있는 방 안. 그는 꿈결처럼 "작은아이는 자는가" 스스로에게 묻는다. 그리고 자신이 창밖에서 날아온 한마리 '나방'이라도 된 것처럼 너무도 "익숙한 살림살이들의 낯섦에 대하여" 곰곰 생각하고, 어둠속에 숨어서 "불 켜진 버스처럼 금방이라도 떠날 것 같은/그 창문을" 오래 들여다본다. 그런데 나방의 가벼운 날개를 얻기 위해서는 가장 소중한 것을 잃을지도 모른다는 두려움이 이 시에서는 해소되고 있다. 서로 갈등하면서, 서로에게 상처를 주고 할퀴는 것이 아닌 '절뚝거림'을 통해 '봄길'의 환한 세상을 예고하고 있다.

한짝은 세상을 신고 한짝은 나비 날개를 신고서 시인은 춤춘다. 슬픔으로 세상을 정화하는 율동이다. 그 기이하고 불가사의하고 낯선 춤이 우리를 존재의 심연으로 이끈다.

느끼는 것이 전부이다

장철문 『산벚나무의 저녁』

장철문(張喆文)의 두번째 시집 『산벚나무의 저녁』(창작과비평사 2003)에서 눈에 띄는 시어(詩語) 중의 하나는 '프로펠러'이다. 프로펠러는 수중 또는 공중에서 회전하여 선박이나 항공기 등에 추진력을 제공한다. 하지만 고장이나 사고 등으로 프로펠러가 비행기에서 떨어졌을 때 프로펠러는 통제불가능한 위험한 짐승이 된다. 장철문의 「기억의 프로펠러」는 "기억의 광기로 씩씩거리"는 "먼 옛적으로부터 날아온" 프로펠러를 통해 과거의 기억들이 현재에 미치는 위험성을 환유적으로 표현한다.

무엇보다 이 작품은 김수영(金洙暎)의 「달나라의 장난」을 떠올리게 한다. "비행기 프로펠러보다는 팽이가 기억이 멀고/강한 것보다는 약한 것이 더 많은 나의 착한 마음이기에/팽이는 지금 수천년 전의 성인과 같이/내 앞에서 돈다" 김수영은 흥미로운 대비법을 보여주는데, 즉 프로펠러—강한 것, 팽이—약한 것이라는 대비가 그것이다. 프로펠러가 근대를 상징하는 것이라면 팽이는 전통이나 기억을 뜻하는 것이라 할 수 있다. 그런데 시를 읽어보면 이 팽이는 우리의 전래팽이와는 다름을 알게 된다. 아이들이 채찍으로 쳐서 돌리는 팽이가 아니라 줄로 몸통을 감아 던져서 그 추진력으로 돌게 하는 줄팽이인 것이다.

김수영이 자조적으로 털어놓았듯 도회지에서의 삶은 "쫓겨다니는 듯이 사는" 모양새에서 벗어나지 못하지만 '손님'으로 초대받아 방문하게 된 전형적인 도회지인의 집에서 그는 '별세계'와 만나게 된다. 아이가 돌리는 줄팽이. 팽이를 돌리는 아이는 집이 살 만한 "노는 아이"다. 아이가 줄팽이에 끈을 감아 손가락 사이에 끈의 한끝을 잡고 방바닥에 던지자 "소리없이 회색빛으로" 변하며 도는 것이 '달나라의 장난' 같아 보인다. 너무 회전력이 좋아 "팽이가 까맣게 변하여 서서 있는 것"을 보면서, 그것이 "영원히 나 자신을 고쳐가야 할 운명과 사명"을 비웃는 것처럼 느끼는 것이다.

지금이야 줄팽이가 그리 신기로운 물건이 못되지만 전쟁이 끝난 1950년대 초반의 공간에서 한순간의 힘만으로 팽이를 돌리는 아이의 모습에서 '달나라의 장난'을 연상하는 것은 시인의 복잡한 심사가 반영된 것이다. 매순간 채찍질을 하지 않아도 도는 줄팽이는 어쩌면 아무리 애써도 최상의 모더니티에 도달하기 힘든, 자신의 농경적이며 전통적인 사유방식으로는 도저히 따라잡을 수 없는 근대와 근대인의 '노는' 삶을 한순간에 깨닫도록 한 것일 수 있다. 김수영은 줄팽이에서 "공통된 그 무엇", 즉 "수천년 전의 성인"을 연상해내고 '서러워'하는 것이다. 그러니까 앞에서 말한 프로펠러는 강한 것이지만 매순간 동력을 주어야 한다는 점에서는 전래팽이와 같다. 이처럼 이 시의 미묘한 난해성은 프로펠러/팽이의 대비 밑에 있는 전래팽이/줄팽이의 또다른 대립각으로부터 발생하고 있다. 프로펠러처럼 끊임없이 추진력을 발생시켜 근대를 향해 나아가야 했던 시인에게 '노는 아이'의 줄팽이는 그 회전력이 실상은 정지라는 것을 말해준다. 아무리 방심하지 않고 있는 힘을 다해 운명과 사명을 향해 투신해도 제자리로 돌아올 수밖에 없음은 그가 "살림을 사는 아이"였기 때문이다.

장철문 역시 김수영처럼 프로펠러를 통해 자신의 운명을 바라본다. 그는 어려서부터 '살림을 사는 아이'여서 그를 앞으로 내닫게 했던 프로펠러가 제 회전력을 이기지 못하여 튕겨나가는 모습을 본다. 그가 '노는 아이'였다면 까맣게 변한 프로펠러의 중심을 보았으리라. 하지만 아무리 자신의 혈관에서 뿌리내린 채 녹지 못하는 기억의 운명을 고쳐나가려 해도 "기억의 광기"는 "떨어져나온 엔진의 기억"을 소진하지 못한 채 "식어버린 엔진의 미련"에 헐떡인다. 운명의 갱신이란 기억의 무게를 먼지 속에 뉘었을 때 비로소 찾아오는 것일까. 그가 미얀마로 스님 연습하러 떠난 것은 이러한 저간의 사정 때문이었을 것이다.

　미얀마에 가기 전까지 그는 7년인가를 출판사에서 근무했다. 어느날 그는 하루종일 책상에 고개를 파묻고 교정지를 넘기다가 "이중에 몇권이 꼭 만날 사람을 만나 그로 하여금 얼마나 오랫동안 창가에, 혹은 길모퉁이에 세워둘까?"라는 환청을 들었다. 한장 한장 넘길 때마다 교정지의 까만 글자들은 바스락거리는 소리를 내며 새가 되거나 잎이 되어 머릿속을 어지럽혔다. 나무가 책이 되는 시간 속에서 얼마나 많은 숲의 파닥거림과 숨결과 여린 살과 노래가 숨죽였을까를 상상하며 그는 자신이 만든 책을 천장에 닿을 때까지 쌓아나갔다. 그에게 책은 부서지고 으깨지고 표백되고 잉크가 찍힌 집이었다. 그것은 기억으로 된 집이었고 '몸체를 잃은 위험한 프로펠러'였으며, 먼지 속에 몸을 누이고 쉬어야 할 '녹슨 갑옷'이었다.

　장철문과 처음 만난 것은 1996년 무렵이었다. 그 시절 나 역시 그와 마찬가지로 책의 하인이었다. 하루종일 신간서적을 읽고 리뷰 기사를 써서 밥벌이를 하고 있었다. 마침 내가 다니던 회사가 '창비'와 같은 마포에 있어서 힘들이지 않고 일주일에 한번씩 새로 나온 책을 받으러 들렀다. 그 무렵 그는 '장시천'이란 필명으로 막 시단에 얼굴을 내민 신참이었는데, 막상 만나보니 신참답지 않게 심심한 얼굴을 하고 있었다. 창비 회의실 한편에서 만날 때마다 그는 '동학'과 '절' 이야기를 자주 들려주었는데,

나는 모더니티의 화려한 외양에 빠진 또래의 시인들과는 다른 면모를 그에게서 발견하고 같은 촌놈으로서의 친밀감이 더 진해 지게 되었다.

그 시절 그는 책의 하인으로서 자신의 인생을 '하품'에서 찾았 다. 일이 고되면 출판사 옥상에 가서 '하품'을 해대곤 했는데, 비 를 두어 번쯤 맞은 바닥에 떨어진 꽁초는 자신처럼 피곤한 사람 이 남긴 "하품의 흔적"(「개가죽나무」)쯤으로 알고 혼자 웃곤 하였 다. 그런데 그 옥상에 개가죽나무가 한 그루 자라고 있었다. 수 조(水槽)와 벽 사이에서 자라는 자신의 키보다 조금 야트막한 개가죽나무 앞에서 하품을 하면, 문득 이런 생각이 들곤 했단다. '내가 하품을 할 때마다 개가죽나무는 깡말랐으나 잎을 부지런 히 피웠으니 나와 개가죽나무는 서로의 하품으로 숨통을 연결하 고 있는 것이 아닌가.' 장철문은 그런 사람이었다.

이러한 사고가 이번 시집의 1부를 구성하는 '미얀마 시편'의 한 핵심이 아닌가 한다. 첫머리에 등장하는 「내 복통에 문병 가 다」는 미얀마에서 처음으로 쓴 작품이다. 통증이란 무엇인가. 물 리적인 아픔이지만 그것은 또한 기억의 퇴적물이 아닌가. 그는 그곳에서 위빠싸나(Vipassanā)라는 명상을 하며 기억을 가라앉 히려고 애쓴 모양이다. 그 와중에 그의 몸과 마음에 찾아온 것이 통증이었다. 위빠싸나의 특징은 자기 몸과 마음에서 일어나는 현상을 있는 그대로 보는 것이라고 한다.

있는 그대로 본다는 것은 제3자의 눈으로 객관적으로 봐야 한다는 것이다. 그런 관점으로 보면 자기 안에서 일어나는 모든 행위의 주체는 '나'가 아니며 순간순간에 일어났다 사라지는 현상에 불과하다. '나'를 없애는 과정에서 결국은 '그'가 사라지고 '통증'도 사라지는 것이다. 그는 그곳에서 몸체에서 떨어져나온 프로펠러가 쏘아대는 '기억의 광기'가 남긴 통증이 아닌, 그 자체로서 통증인 그런 세계를 꿈꾸었다. 전통적인 남방불교의 수행법 위빠싸나는 순간순간을 알아차린다는 것이니 그가 얼마나 기억과 절연하려 애썼는지 알 수 있다.

　이러한 일상에서의 '하품'과 명상에서의 '통증'은 이번 시집에서 흥미롭게 읽히는 「마술」로 통합된다.

　우리 어머니 요술쟁이 없는 마술을 낳으셨네

　우리 어머니 무엇을 낳으셨나?

　껍데기도 없이 텅 비었네

　우리 어머니 어떻게 아들을 부르시나?

　당신의 아들을 찾을 수 없네

　아들 없는 우리 어머니 어디에 계시나?

——「마술」 전문

　장철문이라는 세계의 문을 여는 열쇠라고 할 수 있는 이 시는 '어머니—나'의 관계를 그린다. 수천의 오리떼가 주인의 인도 없이도 먹을 것을 찾아 아침에 강으로 나갔다가 저녁이면 붉은 해를 등에 지고 집으로 돌아오는 남방(南方). 거기 어느 선방에 들어앉아 수행을 하는 '살림을 사는 아이'. 그는 기억을 버리기 위해 끊임없이 "무아(無我)다, 무아다"를 중얼거리며 수행을 한다. 하지만 '살림'이란 '하품'이며 '통증'이어서 자신을 지우려고 하면 할수록 자신이 존재한다는 증거를 찾게 된다. 왜? 그는 '노는 아이'의 자유를 모르니까. '살림을 사는 아이가 아름답다'는 것이 태생적으로 혈관에 뿌리내려 있으니까. 그럴 때 자신의 '있음'을 증거해주는 것이 어머니이다.

　어머니는 사람을 존재하게 하는 가장 큰 뿌리이다. 그래서 이 시는 얼핏 어머니에 관한 시로 읽힌다. 하지만 그가 수행과정에서 썼다는 것을 염두에 둔다면, 그리하여 문맥대로 찬찬히 읽으면 어머니를 통해 자신의 이야기를 하고 있음을 알 수 있다. 어머니가 낳고 아들이라고 부르지만 따지고 보면 '나'는 어머니의 아들이라고 불릴 수 있는 근거가 없다는 것. 가령 꽃이 핀다고 할 때 흙과 물과 기온이 필요한 것처럼 '나'라는 존재는 어머니에게서만 나온 것이 아니다. '나'라는 존재, 혹은 '꽃'이라는 존재는 해체해놓고 보면 '나'도 아니고 '꽃'도 아니다. 그런데 어머니는 자꾸 '나'를 '아들'이라고 부른다. 하지만 껍데기마저 텅 비우고 싶은 욕구가 그를 기억의 뿌리인 '어머니'마저 해체시켜 '무아'에 대한 갈망 쪽으로 나아가게 하고 있음을 알게 된다. 따라서 삶이 하나의 '마술'이라면, 이 마술에는 주체가 없다. 그는 삶이란 순간순간의 모든 것들이 작용을 해서 이루어졌기 때문에 주

체가 특별히 없다는 것을 강조하고 싶었을 것이다. 이러한 극단
이 "모든 성스러운 것은 착취자들이다"(「어머니에게 가는 길」)라는
말을 낳게 한다. 왜냐하면 이것은 성(聖)이 속(俗)을 파먹고 살
기 때문이다.

　이렇듯 그가 미얀마에서 8개월간 머물며 본 것은 결국 세상에
고통 아닌 것이 없다는 것이었다. 그는 처음에 나—어머니를 해
체할 정도로 수행을 하며 뭔가를 이루고자 했다. 그런데 시간이
흐를수록 뭔가를 이룬다는 마음조차도 기억과 욕망에 불과하다
는 것을 깨달았다. 그것은 추상적인 것이 아니라 몸과 마음에서
끊임없이 솟구치려는 낡은 프로펠러의 몸부림 때문이었다. 쉽사
리 가족과 기억은 끊기지 않는, 끊어졌다고 믿는 순간 다시 이어
지는 어찌할 수 없는 운명이었다.

　그런 까닭인지 이 시집에는 아내에 대한 시편들이 심심찮게
발견된다. 아내는 "그저 들여다볼밖에/도리없는/이 적막"(「섬」)
으로, "몇만년의 유전"(「아내의 잠」)으로 묘사된다. 삶의 혼곤함을
혼자 감당할 수 없어 함께하는 아내에게서 "아내의 아버지와/어
머니의/사랑과 원망"(같은 시)을 발견해내는 행위는 반대로 화자
가 모로 누워 있을 때 아내가 바라보는 것 역시 '나'의 어머니와
아버지인 것이다. 이런 관계 속에서 볼 때에야 비로소 그가 "시
계방의 시계처럼/쉼없이,/중심을 밀지 못"하는 자신을 질책하면
서도 "빛나게 먼지를 뒤집어쓰고/오래되고 낡아"(「시계방에는 시
계가 많다」)가는 과거이자 미래 사이에 걸쳐 있는 자신을 통찰하

는 것을 이해할 수 있다. 그에게 결국 삶이란 '나—너'의 관계에서만 가능하기 때문이다. 그러고 보면 장철문의 '하품—통증—마술'은 그가 그렇게도 버리고자 한 낡은 프로펠러의 부속품들인 것이다.

나는 언젠가 그에게 "어렸을 때 거지가 되고 싶어한 것은 이해가 되는데 스님은 왜 되고 싶었느냐"고 물은 적이 있다. 그때 그는 즉답을 피하면서 다음과 같은 두 가지 이야기를 들려주었다. 먼저 고등학교 1학년 때의 추억이다. 불교학생회의 일원으로 고향 장수의 절에 간 적이 있는데 설법을 하는 스님에게 학생들이 첫사랑 이야기를 들려달라고 했다. 그때 스님이 한참을 망설이다가 칠판에 이렇게 썼다고 한다. '사랑하는 사람은 만나지 못해서 괴롭고 빚쟁이는 만나서 괴롭다.' 삶에는 빠져나갈 구멍이 없다는 거…… 그렇게 그는 스님의 이야기에 덧붙여 말했다. 자기가 좋아하는 것도 싫어하는 것도 하고 싶은 것도 피하는 것도 다 괴로움의 요소이니, 그렇다면 어디로 빠져나간다는 것인가.

또 하나는 그의 할머니 이야기이다. 그는 아침마다 할머니와 함께 밭에서 키운 배추나 열무, 그리고 아버지가 양계를 해서 생긴 계란을 손수레에 싣고 집에서 2km 남짓 떨어진 면소재지로 향했다. 시장에 내다팔 물건을 가득 실은 손수레를 그는 끌고 할머니는 뒤에서 민다. 그렇게 어려서부터 '살림을 사는 아이'는 시장에서 물건을 다 팔고서야 등교했다고 한다. 이러한 할머니와 손자의 정은 「할머니의 봄날」이라는 시에 잘 나타나 있다. 그가 성장한 뒤에도 '할머니의 봄볕'이 여전히 절마당에 내린다고 할 만큼 할머니는 절에 자주 올라가셨다. 어린 그는 초파일이 되면 연등을 켜러 가는 할머니를 따라 절에 가고 싶었다. 그러나 무슨 까닭인지 할머니는 어린 손자를 한번도 데리고 가지 않았고, 그는 집에 남아 할머니가 등(燈)을 켜는 모습을 상상하곤 했다. 어쩌면 그가 커서 시를 쓰게 된 까닭 중 하나도 사람과 사람 사이에 발생되는 이런 느낌 때문이었으리라.

직유나 은유를 동원하지 않아 물에 물탄 듯 술에 술탄 듯 심심한 그의 시는 삶을 있는 그대로 받아들이려는 태도의 산물이다. 이렇듯 대상과 나 사이에서 환기되는 순간의 느낌에 집중하는 것은 그의 오래된 서원(誓願)이기도 하였다. 하지만 그것은 또한 그가 끝내 떨어뜨려내지 못한 기억의 남루하고 높은 곳에 걸린 '조각달'의 표정이자 옛날옛적에서 날아온 "기억의 광기로 씩씩"대는 프로펠러이기도 하다.

늙은 풍경에 대한 관능, 혹은 샤머니즘

문태준 『수런거리는 뒤란』

1

대개 농촌 출신 시인이 도회지에서 오래 살게 되면 고향에 대한 추억, 이야기 들이 도회지의 말들로 가필한 느낌을 주게 마련이다. 고향에 대한 기억이 이미지와 이미지로 연결된 다큐멘터리로 고정되어버리는 것이다. 이에 비해 문태준(文泰俊)의 첫시집 『수런거리는 뒤란』(창작과비평사 2000)의 시들은 시어부터가 토속적이고 원색적인 느낌을 준다. 이것은 그가 아직도 고향을 현재화해 살아가고 있다는 증거가 된다.

내가 다시 호두나무에게 돌아온 날, 애기집을 들어낸 여자처럼

호두나무가 서 있어서 가슴속이 처연해졌다

철 지난 매미떼가 살갗에 붙어서 호두나무를 빨고 있었다

나는 지난여름 내내 흐느끼는 호두나무의 哭을 들었다
그러나 귀가 얇아 호두나무의 중심으로 한번도 들어가보지 못했다

내가 다시 호두나무에게 돌아온 날, 불에 구운 흙처럼 내 마음이
뒤틀리는 걸 보니 나의 이 고백도 바람처럼 용서받지 못할 것을 알
겠다   ──「호두나무와의 사랑」 전문

서시와 같은 이 작품은 호두나무의 열매가 다 떨어진 뒤 귀향
한 자의 모습을 그리고 있다. 호두나무의 열매가 있던 자리에 철
지난 매미떼가 붙어서 운다. 화자는 열매가 다 떨어지고 조로해
버린 호두나무, 그 열매 있던 자리에 매미가 붙어서 우는 그런
풍경에만 가봤을 뿐이라고 자책한다. 매미가 붙어 있는 자리는
사실 '호두나무의 중심(열매)'이 있던 곳이다. 화자는 그런 중심
들에 가보지 못한 자신이 비겁하다며 스스로 '용서받지 못할 것'
이라고 시인하는 것이다. 이러한 화자의 생각은 고향이 폐허가
되어서야 탕아처럼 돌아온 자의 뉘우침이라고도 할 만하다. 중
요한 것은 이것이 선언에 그치지 않는다는 점이다. 자세히 들여
다보면 서시는 직유를 통해서 화자가 보는 풍경을 시각, 청각화

된 이미지로 드러낸다. 그것을 거칠게 풀이해보면 다음과 같다.

1. 화자는 (어떤 이유로) 다시 고향에 돌아왔다. 고향은 호두나무처럼 언제나 그 자리에 서서 그를 기다렸다. 그런데 호두나무 열매가 다 떨어져서 가슴이 처연해졌다. 그 까닭은 호두나무가 "애기집을 들어낸 여자처럼(시각)" 서 있기 때문이다.

2. 열매가 떨어진 호두나무에는 '철 지난 매미떼'가 붙어서 울고 있다. 화자에게 '철 지난 매미떼'는 바로 자신이라는 생각이 든다. 뒤늦게 돌아온 자신처럼 매미는 호두나무에 붙어서 호두나무를 빤다. 고향을 떠났으되 늘 고향에 대한 그리움을 버리지 못한 화자에게 매미가 붙어 있는 것이 살갗을 빠는 모습으로 비치는 것은 당연하다. 왜냐하면 열매가 있던 자리가 젖꼭지라는 생각을 하고 있기 때문이다. 즉 매미소리(청각)가 빠는(시각, 청각) 모습으로 전이되는 과정에서 화자가 심리적으로는 한번도 고향을 떠나지 못했다는 것을 보여주고 있다.

3. 지난여름에도 화자는 호두나무가 바람(혹은 매미소리)에 흔들리는 것을 보았다. 화자에게 그것은 호두나무가 곡(청각)을 하는 것처럼 느껴졌다. 그렇게 느끼는 것은 호두나무가 자신을 기다리고 있다고 믿는 심리가 강하기 때문이다. 그러므로 자신이 "호두나무의 중심으로 한번도 들어가보지 못했다"는 자책이 설득력 있게 들린다. 자신의 내면에서 쉼없이 들리는 호두나무의 곡을 "귀가 얇아" 제대로 듣지 못했다는 것은, 역으로 그 곡소

리가 그만큼 강했다는 반증이 된다.

4. (이런 생각을 하며) 화자는 호두나무 앞에 서 있다. 그러는 동안 처음에 처연해진 마음이 차츰 뒤틀려진다. 지난여름부터 지금까지 한번도 고향을 제대로 받아들이지 못한 것은 아닌가 자책하는 사이, 마음이 "불에 구운 흙처럼(시각)" 뜨겁게 갈라지는 것을 느낀다. 이 갈라짐 혹은 뒤틀림은 폐허화된 고향과 자신이 방치해둔 고향이 갈등하는 양상을 구체적으로 드러낸 것이다. 그것은 동시에 한번도 고향의 진정한 모습 속에 다가가지 못한 것에 대한 화자의 아픈 고백이기도 하다. 그러나 이 고백 또한 이제껏 그래왔듯 "바람처럼" 흘러가버릴 것일지 모르니 "용서받지 못할 것"임에 틀림없다고 스스로를 반성하는 것이다.

이 반성이야말로 시인이 끊임없이 고향을 사랑해왔다는 것을 역설적으로 보여준다. 이 사랑은 진정으로 고향에 들어가고 싶은 마음과, 이제는 버려진 풍경으로 있는 고향에 대한 원망이 갈등하는 구조가 하나로 맞물려 있는 것이다. 그에게 고향은 지나간 추억이 아니라 늘 현재로서 있다.

그의 시에서 끊임없이 되풀이되는 서사의 이미지화, 구체적으로는 서사의 시각화가 도드라지는 것은 그가 고향에 대한 추억을 현재화해 살고 있으며, 또한 실체로 있는 고향에 자신을 투신해 살고 싶다는 욕구가 반영된 것이다. 가령 돌배나무에 접을 붙여 배나무로 만드는 과정을 그리고 있는 「돌배나무와 배나무」의

"옛사람의 그림자만 남았다"는 표현을, 그가 추억의 유적지에 빠져 있는 것으로만 보는 것은 부당하다. 오히려 배나무로 바뀐 돌배나무는 여전히 폐허화된 존재를 지탱하는 '뿌리'로, 여전히 실체로 살아 움직임을 여백에 깔고 있는 것이다.

이러한 문태준의 시들은 고은, 신경림에서 내려온 농촌시의 계보가 70년대생 디지털세대에게까지도 전승될 수 있다는 점에서 놀라움을 준다. 비슷한 또래의 젊은 세대의 시들이 실체의 자연을 탈각시키면서 싸이버스페이스(가상공간)의 '기계화된 자연'을 조립해가는 것과는 정반대로 움직이고 있기 때문이다. 또한 지난 90년대의 대표적인 젊은 시인들이라고 할 수 있는 이윤학, 이정록, 차창룡과도 다른 차원에서 농촌에 접근하고 있다. 언뜻 보면 한 세대를 건너뛰어 다시 새마을운동 노래가 들릴 법한 세계가 재현되는 것으로 비칠 수 있다. 왜냐하면 앞세대의 농촌시가 이미 그곳에 없는 농촌에 대한 기억의 현재화가 강하다면, 뒷세대인 문태준은 지금 그 기억을 현재화해 살고 있을 뿐 아니라 전면적으로 그곳의 현실을 살아내고 있기 때문이다. 그런데 이 단절은 낯설기만 할 뿐 아니라 폐쇄적인 느낌도 강하다.

제깐엔 가마니 같은 눈을 뜨고도 성에 안 차
하는 족족 늦둥이 애한테 퉁박이다
마수걸이에 호되게 구시렁거리는 아범이다
봄 햇살에 내놓자 바구미들이 구탱이로 몰렸다

겨울 한철에 정미소 기둥이 한쪽 내려앉았다
구덩이에서 무를 꺼내나 반 썩어질 양
정미소가 제 폼을 찾으려면 먼데서 여럿 와야 할 모양이다
바구미 등처럼 까맣게 빛나는 봄날 오후의 下里 정미소

—「下里 정미소」 전문

이 시만 보아도 화자의 내면정서보다는 그 바깥에서 벌어지는
일을 점묘하듯이 시각화된 이미지로 드러냄으로써 까다롭게 읽
힌다. 봄날의 정미소 풍경을 그리고 있는 이 시는 1,2행만 읽으
면 이해하기가 어렵다. 3연에 가서야 겨우 의문이 풀린다. 늦게
아들을 둔 아범(시골에서는 늦게 아이를 본 것도 못난 것의 일종
이다)인 주제에 늦둥이 아들이 일을 못한다고 성에 안 차 '가마
니 눈'을 뜨고서 통박질을 한다. 일종의 회화시킨 풍경인데 웃음
을 유발하기보다는 이해하는 데 더 애를 먹인다. 그러나 이것을
이해하게 되면 겨울 내내 한산했던 정미소가 봄날이 되어 부산
해지는 풍경을, 아들을 통박주는 늙은 아범과 쌀에 생기는 바구
미로 절묘하게 결합한 시인의 재능에 감탄하게 된다. 특히 정미
소의 부산함을 "바구미 등처럼 까맣게 빛나는 봄날 오후"로 시각
화해 드러낸 이미지는 선명하게 다가온다. 그러함에도 이 스냅
사진과도 같은 풍경이 실세계에서 동떨어진 느낌을 주는 것은
왜일까. 이것을 이해하기 위해서 문태준이 살았던 경북 김천의
조그만 동네로 여행을 떠날 필요가 있다.

그의 고향은 추풍령에서 오리 정도 떨어진 곳으로 황악산 자락에 덮여 있다. 황악산은 김천시에서 서쪽으로 12km 정도 떨어진 곳으로 소백산맥 가운데에 위치해 있다. 예로부터 학이 많이 찾아와 황학산(黃鶴山)으로 불리었으나, 직지사의 현판과 『택리지』에는 황악산(黃岳山)으로 되어 있다. 이 산은 울창한 소나무숲과 깊은 계곡에 옥같이 맑은 물, 가을의 단풍과 겨울의 설화(雪花)가 유명하다. 그는 직지사 뒷산에 있는 황악산 높은 봉우리가 보이고 사방이 산으로 둘러싸인 작은 마을에서 자랐다. 김천시가 그리 멀지 않은데도 차가 한 시간에 한대 정도 다녔으며 전기도 늦게 들어왔다. 마을은 가난한 편으로 논농사가 많지 않았으며 그것도 천수답이었다. (지금은 포도농사를 주로 짓는다.) 그래서 마을에 두 개 있는 저수지의 물길을 서로 차지하려는 물꼬싸움이 벌어지곤 했다. 지금은 40여 가구에 80명 정도가 거주하고 있는데, 오십 된 사람이 젊은 축에 낄 정도로 고령화된 동네이다. 이곳은 너무나 빨리 돌아가는 세상에서, 마치 태풍의 중심에 있는 것처럼 느리고 고요하게 움직인다.

문태준은 이 정지된 듯한 풍경이 우리 삶의 근원임을 일러준다. 이 시집에서 대부분의 시가 40여 가구만 남은 고향의 삶에 주목하는 이유도 여기에 있다. 그는 대중매체를 접하지 못하더라도 자신의 방식대로 삶을 살아내고 있는 사람들이 여전히 그 공간에 있다는 것을 알려주고 있는 것이다. 그의 시는 대중매체에 장악돼 사는 우리가 제대로 살고 있다고 할 수 있겠는가 하는 의문마저 던지고 있는지도 모른다.

2

문태준의 첫시집은 대략 농촌현실과 농촌사람들 이야기, 늙은 것(특히 늙은 여자)에 대한 관능과 거부, 샤머니즘 등이 큰 줄기로 구성되어 있다. 이중에서도 농촌현실과 농촌사람들의 이야기는 시집 전반에 걸쳐 폭넓게 그려진다. 가령 아버지가 봉고차를 타고 "젊은 축과 어울려 공사판을 떠"돈다는 시 구절에서 가족사를 엿볼 수 있고, 고향의 모습은 냉해에 시달리거나 "장대가 닿지 않아 남겨진 감들, 끄트머리에서 다닥다닥 엉긴 감들이 내리는 그림자"(「태화리에서 1」)로 남아 있다. 그것의 구체적인 실체는 "긴 빨랫줄에 符籍 꼴로 널리다 마실 가는 바람, 퇴락한 것은 풍문 잦다"(「태화리에서 2」) "마을엔 나무란 나무가 죄다 포도나무, 늙은 생애들뿐이다"(포도나무들」)에 잘 나타나 있다. 특히 마을의 퇴락을 한눈에 보여주는 시편이 「빈집」 연작이다.

　　오랜 후에 당신이 돌아와서 나란히 앉아 있는 장독들을 보신다면, 그 안에 고여 곰팡이 슨 내 기다림을 보신다면 그래, 그래 닳고 닳은 싸리비를 들고 험한 마당 후련하게 쓸어줄 일입니다.
　　　　　　　　　　　　　　　　　　　　　──「빈집 1」 부분

옹이 같았던 사랑은 날 좋은 대패로 밀고 문지방에 백반을 놓아
뱀 넘나들지 않게 또 깨끗한 달력 그 방 가득 걸어도 좋겠습니다.
　　　　　　　　　　　　　　　　　　　　　──「빈집 2」 부분

이 방은 이물스럽다 저녁이 이울고
구석서부터 물오르는 소리들의 구근
장판 걷혀진 구들장으로 불기둥이
훅 지나간다 흔적은 얼마나 관능적인가
　　　　　　　　　　　　　　　　　　　　　──「빈집 3」 부분

　빈집은 바람에 들려 살점이 떨어져나가듯이 서서히 무너져내
린다. 그런데 문태준에게 있어 빈집은 뭔가가 나가는 곳이라기
보다 뭔가가 들어오라고 손짓하는 공간이다. 빈집은 한 여인이
자신을 품어달라는 것처럼 관능적인 자태로 서 있다. 빈집은 쓰
러지고 있지만, 그 안의 내부는 누군가를 기다리는 모습으로 '흔
적'을 남기고 있다. 그것은 '애기집을 들어낸 여자'로 비유되는
호두나무와 같다. 시인은 이 빈집 마당을 싸리비로 깨끗이 쓸고
싶어하며, 뱀이 들어오지 못하도록 문지방에 백반을 놓겠다고
말한다. 「회고적인」도 이와 유사한 맥락에 놓이는 시이다. 아무
도 없는 빈집에서 "쟁기질하는 소리" 등을 듣는 소는 실제로 우
리들의 눈에는 보이지 않는 소일 수 있다. 아무도 살지 않는 빈

집에서 소가 어떻게 추억을 되새김질하듯이 앉아 있을 수 있겠는가. 그것이 아무도 돌아갈 수 없는 "不歸, 不歸!"의 실체이다. 하지만 이 시의 제목에 주목할 필요가 있다. 소는 "텅 빈 마당으로 밀물지는 쇠죽 연기"처럼 '회고적인' 자태로 앉아 있다. 누군가 이곳으로 다시 들어오라고 애타게 울어대는 소는 빈집의 다른 모습이다. 마지막 시행이 "도시 회고적인 저 소 좀 봐"로 끝나는 이유는 누군가가 들어와서 빈집이 찼으면 좋겠다는, 그러나 아무도 오지 않기 때문에 흔적으로 남아서 관능적인 자태로 서 있는 빈집에 대한 화자의 강렬한 끌림을 나타낸다. 문태준은 이처럼 늙은것들에 대해 매우 친화감을 느낀다. 특히 빈집과도 같은 늙은 여자들에 대한 친밀감은 젊은 여자들에 대한 그것보다 훨씬 강렬하다.

처음에는 까만 개미가 기어가다 골똘한 생각에 멈춰 있는 줄 알았을 것이다

등목을 하러 엎드린 봉산댁
젖꼭지가 가을 끝물 서리 맞은 고욤처럼 말랐다
댓돌에 보리이삭을 치며 보리타작을 하며 겉보리처럼 입이 걸던 여자
해 다 진 술판에서 한잔 걸치고 숯처럼 까매져 돌아가던 여자
담장 너머로 나를 키워온 여자

잔뜩 허리를 구부린 봉산댁이 아슬하다

———「개미」 전문

　이 시는 늙은 여자의 젖꼭지를 "개미가 기어가다 골똘한 생각에 멈춰 있는" 것으로 표현한 것으로 오해할 소지가 있다. 그런데 2연에 들어가면 그 개미는 "등멱을 하러" 등을 구부린 아낙의 모습임을 알 수 있다. 왜냐하면 2연 2행에서 "젖꼭지가 가을 끝물 서리 맞은 고욤처럼 말랐다"고 직접적으로 언술하고 있기 때문이다. 들일을 끝내고 저녁때쯤 돌아와 쉰내나는 몸을 씻는 늙은네는 햇빛에 몸이 까맣게 그을려 개미처럼 보인다. 이 개미는 가난에서 벗어나기 위해 끊임없이 일을 해야 하는 고단한 시골 늙은네이면서, 한편으로 화자에게 최초의 관능을 심어준 여인이다. 화자는 청상과부인 '봉산댁'을 담장 너머로 훔쳐보면서 자랐기 때문이다. 특히 개미처럼 "잔뜩 허리를 구부린 봉산댁이 아슬하다"고 한 데에서 나타나듯, 이 늙음에 대한 화자의 친화와 끌림은 아슬할 정도로 깊다. 문태준에게 늙은 세계는 강렬한 원체험이다. 하지만 이 늙은 세계가 늘 따뜻한 것은 아니다. 그 세계로 가고 싶은 유혹이 강한 만큼, 그 반발로 그 세계로부터 벗어나려는 원심력도 강해진다.

　가시나무를 지고 저 맨발의 늙은네가 나를 꼬신다
　잡풀에 묻힌 무덤에서나 발굴될 뼈를 움직여

저 가시나무 무리가 나를 꼬신다

소 혓바닥 같은 시선으로 노인네가 나를 보며 내 몸을 핥는다

가시나무 덤불이 나를 옭아맨다

길 위에 엎힌 저 두툼한 맨발이 내 삶을 지고 간다

— 「유혹」 전문

맨발로 가시나무를 지고 오는 늙은네. 거의 폐허나 다름없는
늙은 세계가 자신의 몸을 핥는 것에 화자는 심한 거부감을 느낀
다. 오죽하면 "잡풀에 묻힌 무덤에서나 발굴될 뼈를 움직여 / 저
가시나무 무리가 나를 꼬신다"고 했을까. 그러함에도 그 가시나
무 덤불과 같은 노인네들의 삶, 그 "길 위에 엎힌 저 두툼한 맨
발"에 의해 화자는 자신의 삶이 가꿔져왔음을 부인하지 않는다.

문태준의 첫시집이 가장 빛나는, 어쩌면 농촌시의 새로운 영
역이 열리는 지점은 바로 여기에서이다. 늙은 세계에 동화되는
듯하면서, 거기에 완전히 함몰되지 않으려는 의식, 그 팽팽한 긴
장은 다채로운 시각(비유)에 의해서 아연 샤머니즘의 개화로 이
어진다.

3

유년기 문태준은 문을 열면 계곡 물소리가 들리는 환청에 시

달릴 정도로 아팠다. 병명이 판명되지는 않았지만 콜레라에 걸린 것으로 추측된다. 그의 어머니는 외아들을 살리기 위해 무당을 찾아갔다. 어머니에게 무당이 말하길, 아버지가 나무를 팔아 가족들이 겨울 한철을 나던 때 산신이 들어 있는 나무를 잘못 베어 아들이 아픈 것이라고 하였다. 곧 무당의 굿이 시작됐고 그의 아버지가 그를 가마니로 둘둘 말아 마루에 내려놓고 그 위에 삽으로 흙을 퍼붓기 시작했다. 아버지가 그를 죽인 것이다. 그런 제의를 통해 그의 병은 용케 나았다. 그의 고향은 무속과는 떼려야 뗄 수 없는 고장이었다. 한때는 마을 앞산의 커다란 바위가 지금 사는 동네와 맞지 않는다는 무당의 말에 따라 그 바위를 옮겨버린 적도 있었다.

어린 그는 그런 샤머니즘을 보며 자랐다. 어머니는 그의 건강을 위해 무당에게 아들을 팔아버려, 그는 임의로 무당의 자식이 되어 어린 시절을 보냈다. 이 폐쇄된 공간의 자족적인 세계, 나름대로의 질서가 외부 세계에 보이는 경계심은,

꼿꼿하게 뿔 세우고 있는 흑염소 무리들을 보았습니다 죽창 들고 봉기라도 하듯 젖먹이 어린것들 뒤로 물린 채 북풍에 수염을 날리고 있었습니다 가끔 뒷발질에 먼지를 밀어올리면서 들판에 일렬로 벌이어 있었습니다

— 「오, 나의 어머니」 전문

에 장엄하게 표현되어 있으며, 그 세계를 움직이는 축인 샤머니즘은,

> 그 늙은 무당이 독을 품어 한 집의 황소가 넘어갔다고 소문이 돌았으니,
> 나는 가장 작은 무덤을 다른 곳으로 옮기고 가끔 마당에 소금을 뿌렸으며 북쪽으로 머리를 두어 눕지 않았다
>
> ──「비겁한 상속」 부분

에서 보이듯, 엄격한 모습으로 나타난다. 이것은 "늙은 고양이 오줌을 받아다 귓구멍에 부으면 귀머거리의 귀가 뚫린다"(「들고양이」) "그 여자 죽으면 늙은 소 큰 귓속으로 들어가겠다"(「미친 여자와 소 이야기」) "지게가 집 쪽으로 받쳐 있으면 집을 떠메고 간다기에/달 점점 차가워지는 밤 지게를 산 쪽으로 받친다"(「處暑」) 등에 구체적으로 그려진다. 시인은 이 늙은 세계, 폐쇄된 공간에서 들려오는 삶의 지혜를 들려주고 싶어하는 것 같다. 그리고 그 늙음은 '나'를 다시 살아가게끔 해주는 지혜로서 세상의 문을 열게 만든 원체험으로 깊이 각인된 것 같다.

이 작은 마을에서 벌어지는 샤머니즘적인 풍경이야말로 이 세계의 사람들이 살아가는 제의로서, 삶을 움직여가는 원동력이다. 문태준의 시는 이들이 믿는 샤머니즘이란 가난에서 기인한 것이지만, 또한 그 샤머니즘은 이들이 추구하고 싶은 삶의 표지

로서 기능한다는 것을 역동적으로 보여준다. 이것은 선배들인 신경림, 김용택, 고재종이 주로 농촌풍경을 서사로 그리고 있는 것과는 또다른 지점에서 자신의 새로운 길을 개척해나가려는 패기로 읽힌다. 특히 샤머니즘적인 세계를 고양이의 움직임을 통해 생생하고 역동적으로 그린 「들고양이」, "나는 살아내는 일이 무구덩이 같았다"면서 '육촌형의 죽음'을 꽃뱀의 이미지로 연결시킨 「꽃뱀을 쫓아서」 등은 깊게 분석해볼 만하다. 또 외할아버지의 지겟작대기 끝에 걸려들어온 능구렁이를 통해 불교의 윤회까지도 포괄하고 있는 「사라진 뱀 이야기」는 백석(白石)의 서사계보를 이을 만한 재능을 과시하고 있다.

물길 아래
돌들은 팔을 괴고 앉아 복화술로 말을 걸고 있네
———「돌들이 팔을 괴고 앉아」 부분

그의 시를 조용히 읊조리다가 나는 이 아름다운 시 구절에 눈길을 준다. 그 사십여 가구가 사는 작은 마을이 내게 "복화술로 말을 걸고 있"는 동안 나는 어느새 제트기가 날아가는 하늘에 눈을 주던 느림의 세계에 발을 들여놓게 된다. 우리의 삶은 거기에서 퍼진 구름이 아닌가. 어찌 거기가 별천지이겠는가. 무너지는 자세로 팔을 벌려 돌아오라고 손짓하는 빈집들이 원초적으로 아픈 그곳이……

떠난 자를 위한 노래

고운기 「소고(小鼓)」

　어렸을 때부터 나는 악기를 가져본 적이 없다. 그 흔한 피리 하나 가져본 적이 없고, 그러니 다룰 줄 아는 악기가 없다. 어느 봄밤이었던가. 목련꽃이 떨어지는 골목의 어느 술집에서 술을 마시다가 새벽녘에 술집 한구석에 놓여 있는 기타를 들고 나왔다. 술기운 탓으로 돌릴 수 있겠지만, 술집 주인에게 호기롭게 저 기타가 갖고 싶다고 말했다. 기타를 가슴에 안고 주택 담장 밖으로 떨어져내리는 목련꽃잎을 바라보며 눈물을 흘렸다. 나는 처음으로 기타를 갖게 된 것이다.

　어째서 나는 어렸을 때부터 악기를 가져보지 못했는가. 동네 뒷산 아래 우리가 비석거리라고 부른 곳에 오랜 세월로 비문(碑文)이 흐릿해진 묘지가 있었다. 동네 어른들조차 한자를 읽지 못해 그 무덤의 주인이 누구인지는 가르쳐주지 못했으나, 우리에게 그곳은 더할 나위 없는 놀이터였다. 우리는 잔디와 질경이가 뒤섞여 피어나는 비석거리에서 축구를 하고 야구를 하였다. 그곳으로 학교에 가져갈 잔디씨를 훑으러 나간 햇빛 좋은 날, 동네 형이 상석(床石)에 앉아 기타를 치는 모습을 보았다. 비석에서 흘러내리는 봄볕의 젖은 그늘 아래서 들려오는 동네 형의 기타 소리는 슬프고 맑았다. 마음속에서 기타를 배우고 싶은 열망이 피어났으나 그 뒤로도 나는 기타를 가질 수 없었다.

내게 악기는 내가 도달하지 못할 어떤 한계로 보였다. 나에게는 저런 아름다움을 불러올 만한 능력이 없다는 것. 그것은 찢어지게 가난한 집 2남 6녀의 막내라는 태생의 한계였고, 그 숙명의 안타까움은 내 존재를 그럴듯하게 꾸며낼 줄 모르는 '산화(散華)'의 흔적으로 남게 하였다.

그러니 어느 봄날 술에 취해 술집에서 가져온 기타는 얼마나 안타까운 것이었겠는가. 그 뒤 그 기타는 오랫동안 책꽂이 옆에 세워져 있었고 세상에 실연(失戀)할 때마다 한줄 기타음을 냈다. 악기를 연주할 줄 모르니 나는 한줄밖에 다룰 줄 몰랐고, 기타의 한줄에서 흘러내리는 음은 내 속에 가득한 좌절과 슬픔을 때로는 큰 음으로 때로는 가장 낮은 음으로밖에 표현해내지 못했다. 유명상표가 붙어 있는 내 것이 된 기타는 내 서러움을 타악기로밖에 변주하지 못했다.

6학년에 올라간 형과 누이들은 소고를 배웠다.

가을운동회 때

그들이 벌이는 소고춤이 이날의 절정이었다.

운동장에는 만국기처럼

소고의 선배들이 분야별로 도열해 있었다.

형과 누이 들의 반은 농사꾼이 되었고

반의반은 서울이나 광주나 부산으로 돈 벌러 갔고

나머지 반의반 가운데 반씩은 조폭의 예비단원이 되거나

아주 운좋은 중학교 진학반이 되었다.

행렬의 꽁무니를 따라가며 소고를 칠 줄 알아야

가장 안정된 한 촌락의 구성원에 들어갔다.

그러기 싫다면 슬금슬금 눈치보며 뒤따르다 끝내 대열에서 떨어
져나와 기차를 탔다. 도시의 불빛에 떠는 부나방처럼, 황량히 살아
남자고 온갖 깃을 친 흔적들, 그런데도 해가 갈수록 뒤따르는 형과
누이 들이 늘어만 갔다.

소고는 찢어 없애야 했다.

산화(散華)한 흔적은 애처롭지도 아름답지도 않았다.

운동회가 파하고

저무는 가을 햇빛을 안고 걸어가는 형과 누이 들의 손에 들려 있
던 소고.

　　　——고운기 「소고(小鼓)」 전문 (『문학사상』 2004년 3월호)

고운기(高雲基)의 「소고」는 떠난 자를 위한 노래이다. "겨울
밤은 석화 안주에 찬 소주 한잔으로 보내기 좋다. 그런 밤은 눈
이라도 내려야 한다. 밋밋한 생애에 도리어 뜨거운 불이 오르게
하는 것이, 소주에서 무엇으로 옮겨가는지 나는 지켜보고 싶다."
그의 '시작메모'를 참조해서 말하면, 이 시는 꾸며내지 않은 밋
밋함이 도리어 불이 되는 한 지극을 보여준다.

현재 우리 시단은 무슨 따뜻함 불러내기 경연장 같다. 매달 집
으로 배달되는 문학잡지마다 왜 이렇게 세상은 따뜻한 것인지.
『좋은 생각』에 산문으로 써야 할, 못살았던 시절의 이야기를 깨
달음으로 적당히 포장한 비슷비슷한 소재의 시들이 끊임없이 발
표된다. 아름다운 기억도 있겠지만, 대체로 기억은 그렇게 쉽게
미화할 성질의 것도, 잠언화할 성질의 것도 아니다. 기억의 시화
(詩化)에는 오늘의 불안한 현실을 살고 있는, 매순간 떠날 수밖
에 없는 예술가의 초상이 담겨야 한다. 예술가에게 기억은 세상
과의 불화와 화해 사이에 떠 있는 유빙(遊氷)이며, 따라서 그것
의 시화는 깨달음으로 귀착되어야 할 것이 아니라 팽팽한 긴장
으로 오늘의 현실에 무섭도록 치열하게 각성의 신호로 기능해야

한다. 적당한 수사와 운율로 맞춤하게 양산되는 우리 시단의 꾸며낸 듯한 따뜻한 시, 깨달음의 시, 초월의 시는 이제 오늘의 현실을 직시해야 한다.

고운기의 「소고」는 이런 우리 시단의 현실에서 보면 의외로울 정도로 우뚝하다. 현재 우리 시가 잃어버린 것 중 하나는 감동이다. 감동은 꾸며내서 오는 것이 아닌데 감동을 꾸며내려는 비슷비슷한 시인들이 너무 많다. 이 시의 탁월함은 "밋밋한 생애에 도리어 뜨거운 불이 오르게 하는" 우리 시의 전통과 맥이 닿아 있는 데서 찾을 수 있지만, 그것을 따지기에 앞서 기억의 시화가 어떤 것인지 아름답게 보여주는 데 있다. 이 시 어디에 떠나는 것이 무엇인지 적당한 잠언투 한줄로 설득하려는 구절이 있는가. 오래 삭힌 기억을 소고의 슬픈 리듬에 실어보낸 이 시는 그래서 감동으로 다가온다.

"도시의 불빛에 떠는 부나방처럼, 황량히 살아남자고 온갖 깃을 친 흔적들, 그런데도 해가 갈수록 뒤따르는 형과 누이 들이 늘어만 갔다." 안락한 촌락의 구성원이 되는 대신 도시로 올라갈 수밖에 없었던 떠나는 자들의 초상과 운명이 이 한줄에 아프게 제시되어 있다. 떠나지 않기 위해 소고를 두드리는 동안 소고에 두드림의 깃이 남은 것처럼, 떠난 자들의 운명에도 도시의 불빛에 멍들어 부나방처럼 온갖 깃을 친 흔적이 새겨져 있다.

남은 자들이나 떠난 자들이나 운명은 매순간 아득하고 불안하고 지쳐 있으며 이제 그 산화한 흔적조차 애처롭지도 아름답지도 않게 되었다. 그러나 이러한 역설은 포기와 좌절로 귀착되는 것이 아니라 뜨거운 무엇으로 옮아가게 하는 아름다운 무력한 힘의 위대함을 보여준다. 그래서 나는 이 시의 비유와 상징, 작법을 그럴듯하게 설명하기보다는 그저 읽고 그 감동을 오래 간직하고 싶다. 그것은 내가 이 시인에게 보낼 수 있는 유일한 최고의 찬사이기도 하다.

지금은 온갖 잡동사니가 들어 있는 작은방에서 먼지를 뒤집어쓰고 있는 기타. 언제 시간이 나면 고운기 시인을 초대해 시인의 '소고'에는 턱없이 못 미치지만 기타로 치는 내 타악기 연주를 들려주고 싶다. 그때가 되면 이 시와는 달리 차마 '없애지' 못한 기타는 다시 내 방 책꽂이에 기대어 한줄로 울며 내 무력한 현실을 견디게 하리라. 뜨거운 무엇으로 옮아가게 하리라.

누추함이라는 것
조정권 「책이 사치를 누리고 있다」

온몸을 벙어리처럼 묶고 수도원 도서관으로 들어갔다

쉿! 소리 죽일 것.

오랜 나이를 잡수신 고대서들이 금과 비단에 싸여 일이층 온 사방에 들어차 있다

인간보다 책이, 어마어마한 호사를 누리고 있다

어떤 지체 높으신 책께서는 오색구름이 물든 유리관 속에서 사치스럽게 살고 계신다

반쯤은 이미 먼지뭉치로 변한 채 살아가는 책들이 수도사들에 의해

현대식 기구를 달고 수명을 연장하고 있다

모든 책마다, 먼지들이 창궐하여 먼지궁전을 짓고 잔치를 벌이

고 있다

　소돔과 고모라를 지키고 있는 고문자 기둥과

　그 도시를 공경하신, 의인들은 벌써 수천년 전에 먼지가 되어 돌아가신 지 오래다

　예언자들도 뒤돌아보다 돌기둥으로 돌아버리신 지 오래다

　빨리 눈감고 싶어하시는 저 사치스런 책님들에게서 괴로운 산소호흡기를 모두 떼내주고 싶다

　추위에 쫓겨들어온 발들 난방기구 쪽으로 불러들이고 싶다

　저 수천년 동안 금빛에 싸여 누리고 있는 지체 높으신 책님들이

　난로만 독차지하고 있다면 그 또한

　누추함에서 벗어나지 못할 것이다

　　　　—「책이 사치를 누리고 있다」 전문(『떠도는 몸들』, 창비 2005)

　바슐라르(G. Bachelard)는 "매일 새로운 이미지들에 대해 말해주는 책들이 바구니 가득 하늘에서 떨어졌으면 좋겠다"면서 독서의 신에게 "오늘도 우리에게 일용할 굶주림을 주시옵고⋯⋯"라고 『몽상의 시학』(김현 옮김, 홍성사 1978) 서문 끝에서 기도를 올리고 있다. 바슐라르 같은 사람은 '새로운 이미지의 빛'이 깃든 책이라면, 그것이 어떤 내용을 담은 책이라고 해도 너무나 사랑스러워 먹어치울 것 같다. 얼마나 책을 좋아했으면 책이 '일용할 굶주림'이 되었을까. 물론 바슐라르는 '새 책'에 대해 이야기하고 있다. 하지만 몽상가에게는 새것이 옛것이고 옛

것이 새것이다. 바슐라르에 따르면 "생생한 기억"이란, 이를테면 "낡은 책의 이미지에서도 무지갯빛을 발견"(36면)하는 것이기 때문이다. 따라서 그의 말을 변용하면 새 책은 옛 책의 호흡 속에서 태어난다.

바슐라르가 새 책에서 옛 책의 가치를 발견해낸다면 조정권 (趙鼎權)의 「책이 사치를 누리고 있다」는 반대로 옛 책에서 새 책과의 소통을 문제삼는다. 여기서 내가 꺼낸 새 책이란 비유적인 의미인데, 넓게는 이 세상을 염두에 두고 한 말이다. 이 시에서 옛 책들은 정신의 가장 높은 경지를 보여주는 성스러운 책들이다. 그것들은 은밀한 수도원의 도서관에 "금과 비단에 싸여" 보관된다. 하지만 이 세상이라는 새 책과는 절연되어버린 '먼지의 책'이다.

정신적 극점이라 할 수 있는 옛 책들은 이제 먼지의 무덤이 되어버렸다. 옛 책들은 수도원 도서관에서 "현대식 기구를 달고 수명을 연장"할 뿐 더이상 예언의 목소리를 내지 못한다. 옛 책들이 베풀어주는 예언이란 사실 이 세상, 혹은 이 시대를 지그시 정신의 무게로 눌러주는 일이다. 이런 관점에서 보면 조정권의 이 작품은 그가 10년 만에 펴낸 시집 『떠도는 몸들』을 관통하는 주제와도 밀접하게 연결된다. 이 시집의 많은 소재들은 그의 『산정묘지』(민음사 1991) 시대가 보여준 무위와 은둔과 초월의 세계에서 멀리 벗어나 있다. "獨樂堂 對月樓는/벼랑꼭대기에 있지만/옛부터 그리로 오르는 길이 없다./누굴까, 저 까마득한 벼랑 끝에 은거하며/내려오는 길을 부서버린 이."(「獨樂堂」 전문) 이러한 초월의 아득함으로 벼랑꼭대기에 서 있던 시세계와 이번 시집에 이르러서는 독락당 대월루와 부서져버린 내려오는 길 사이에 다리를 놓고 있다. 그는 온몸으로 허공에서 이 세계로 내려오기 위해 암중모색을 하고 있었던 것이다. 『떠도는 몸들』의 많은 시편들이 세속의 거리에서 씌어지고 있다는 점이 이러한 그의 고뇌를 말해준다.

그러면서도 그가 세속에서 만나는 것들은 하나같이 죽은 자들의 넋이다. 이 시집에는 외국의 밤거리나 우리나라의 골목을 배회하면서 쇼팽, 횔덜린, 김수영 등 시대와 불화했던 예술가들의 자취를 더듬거나 무덤에 자주 시선이 머무는 것이 발견된다. 이렇게 죽은 것들에게서 정신의 극점을 찾는 것은 바슐라르가 옛 책에서 새로운 이미지의 무지갯빛을 발견하고자 한 여정과 다를 바 없다. 나는 이 시대야말로 옛 책들이 새롭게 은혜를 베풀어줄 때라고 생각한다.

추위에 쫓겨들어온 발들 난방기구 쪽으로 불러들이고 싶다
저 수천년 동안 금빛에 싸여 누리고 있는 지체 높으신 책님들이
난로만 독차지하고 있다면 그 또한
누추함에서 벗어나지 못할 것이다

아무리 장엄한 정신이라 해도 소통이 없을 때는, 아무리 깊은

묵상이라 해도 그 묵상이 안으로만 타들어갈 때는 생명을 잃어버리고 만다. 이 세상을 향해 숨통을 열어두지 못한 정신은 그것 자체로 권력이 되어버린다. 나는 조정권의 시가 보여주는 자신의 수명을 연장하기 위해 "현대식 기구를 달고" 자신의 안으로만 타들어가는 옛 책들의 역설을 통해서 '추위에 떨고 있는 발들'을 만난다. 추위에 떨면서 그 '발'들이 만나고자 한 '난로'를 생각한다. 그래서 이 시에서 말한 '누추함'은 오래오래 내 시선을 떼지 못하게 한다. 다 읽지 못해도 다 읽을 수 없어도 공경해야 할 책, 그것이 어쩌면 세상이기 때문이다.

제4부

이 계절에 시를 읽는다

침묵과 생명

소풍은 걸으면서 바람과 잘 논다는 것

미국의 피아니스트 러쎌 셔먼(Russel Sherman)이 지은 『피아노 이야기』(이레 2004)라는 책을 보면 '듣다'(listen)라는 말이 '조용한'(silent)이라는 말의 철자를 바꾼 것이라는 대목이 나온다. 러쎌 셔먼은 캐나다의 작곡가 머리 셰이퍼(R. Murray Schafer)의 저서 『세계의 조율』의 한대목도 인용하고 있다. "지구 최초의 실내악은 바다의 목소리, 바람과 물의 여러 화신, 그리고 대지와 초목과 숲의 속삭임과 신음이었다. 이 여러가지 목소리는 불가해한 것이었지만 우리에게 위안을 주었다. 생명의 신성한 근원에 대한 탐구에 증거와 신념을 제공해주었기 때문"(201면)이라는 것이 그것이다. 하지만 우리 귀와 영혼을 만족시키는 이러한 원시적인 자연음은 이제 "거대 도시의 기형적 부산물들이 온갖 소음의 증식을 촉진하는"(202면) '소리 제국주의'의 세계 속에서 그 존재가치를 상실하고 있다. 스트라빈스키가 열정적으로 예찬했던 "불과 한 시간 만에 시작되어 대지 전체가 쩌렁쩌렁 울리게 하는 러시아의 격렬한 봄"(201면)이라는 말은 이제 자연도감에서나 찾아볼 수 있는 예감어린 추억이 된 것 같다.[1]

'듣기'에 '침묵'이 들어 있는 것은 아이가 모체에서 물소리를 들으며 생명이 되어가는 과정과 유사하다. 바위에 부딪히는 자연의 파도소리, 해질 무렵 골목에서 서로의 꼬리를 물고 장난을 치는 개들의 낑낑대는 일상의 소리 등은 엄마가 듣는 소리이면서 아이가 자신의 주체를 형성해가는 과정이다. 산모와 태아 사이의 관계는 나이면서 타자이고 타자이면서 동시에 나인 것이다. 그러나 우리는 끊임없이 나와 타자를 분리하면서 통일적 주체를 염원한다. 침묵은 마치 임신한 여자처럼 주체와 타자의 혼란을 초래하지만 구획된 세계에 혼돈을 가져온다. 이렇듯 침묵

---

[1] 피아니스트가 쓴 글이지만 이런 대목은 시의 본질을 상기시킨다. "침묵이 없으면 음악도 없다. 소음에 지속적으로 노출되어서 청각이 퇴화되기 때문이 아니라, 침묵은 음악적인(그리고 시적인) 생각의 틀이자 안정된 해결책이기 때문이다. 침묵은 탄산수이며, 상쾌한 공기이며, 천사의 지시를 받기 위해 건너야 할 존경의 다리요 방식이다. '나는 음표는 몰라도 쉼표는 다른 피아니스트들보다 더 잘 연주한다'고 한 아르투르 슈나벨의 말을 상기해보라."(같은 책 203면)

은 아직 의미를 형성하지 못한 듯 보이지만 이곳과 저곳, 나와 너의 경계에 서 있음으로 해서 생명을 잉태한다. 이것은 침묵이 양자가 넘나드는 지대에 스스로를 위치시키려 하기 때문이다.

우리의 삶은 늘 통일적인 주체를 염원하지만 사실은 형성중인 주체 속에서 버려나갈 뿐이다. 내 속에 들어와 있는 타자를 모르지만 그 요구 속에 충분히 담기기를 욕망할 뿐이다. 따라서 인간이란 형성 완료된 주체는 없고 형성중인 주체만이 있다. 침묵은 경계선상에 위치한 카오스이며 뫼비우스의 띠처럼 얽혀 있고 융합되어 있는 존재의 미결정 상태라고 할 수 있다. 어머니와 탯줄로 연결된 아이는 어머니가 먹는 것을 먹고 아이의 똥은 어머니가 먹는다. 내가 너가 되는 미분화 상태, 음과 양이 나눠지기 이전의 태극 상태에 비유할 수 있다. 쥘리아 크리스떼바(Julia Kristeva)는 『시적 언어의 혁명』(동문선 2000)에서 이러한 물질이면서 물질을 넘어선 상태를 코라(Chora)적 상태라고 부른다. 어머니와 아이의 공생의 리듬, 억압, 반향, 언어 등이 코라의 세계에서 가장 중요하다. 어머니와 아이의 한몸 관계는 상상적 합일만이 아니라 실제 합일이기도 하다. 어머니의 호흡과 아이의 호흡이 일치되는 과정을 통해 아이는 생명이 된다. 그것은 의미론적 차원에서 다가오는 것이 아니라 바다의 조류, 바람소리의 순환이라든가 하는 차원에서 우주와 일체되는 느낌으로 다가온다. 인간은 타자(어머니)의 언어를 환기시키려는 욕망이 있다. 어른이 된다는 것은 정서적 차원에 그치는 것이 아니라 이러한 메씨지를 수렴하고 이해하는 차원으로 나아가는 것을 의미한다. 하지만 시인의 언어는 자연의 언어를 닮은 것이고 어머니를 닮은 것이기 때문에 인위성의 언어를 들어내려고 한다. 크리스떼바는 시인에게 주체 이전으로 거슬러올라가서 모성으로 합체되었던 시절을 재발견하라고 촉구한다. 그때 시인이 처한 경계인적 위치야말로 이곳과 저곳을 넘나드는 존재가 되며, 이럴 때 "인간은 같은 강물에 두 번 발을 담글 수 없다"는 철학적 정언이 '있다'는 역설로 바뀐다. 시인에게 이러한 역설을 가능하게 하는 것은 결국 언어이며, 시인은 언어를 통해 모성의 절대성을 '환유적 대체물'로 확보한다.

　침묵은 이렇듯 자연의 원초음, 어머니의 뱃속에서 꾸르륵대는 물줄기를 닮아 있는 것이 아닌가 한다. 침묵은 결코 소리의 배제가 아니라 생명으로 나아가게 하는 통로가 된다.

　　자식들 도시락 싸다 남은 김밥
　　몇줄 썰던 아내가 갑자기 소풍 가잔다

　　소풍은 걸으면서 바람과 잘 논다는 것
　　반드시 도시락에 김밥 싸가지고 가서
　　바람에게도 한입 먹여줘야 하는 것

　　아내가 평생 안치고 푼 쌀밥과

씻은 밥그릇 얼마나 되는가

아이 잘 배던 아내는 가난했던 젊은 날

한입이라도 덜기 위해 아이 많이 지웠는데

이제 몸에 통풍하는 나이 되어 맛난 것 만들어놓고 보니

낯선 바람 찾아서라도 한입 잘 먹여주고 싶은가보다

맑은 봄날 시골 가 들길 걷다 나란히 앉았다

아내는 도시락 풀어서

김밥 한 개 멀리 바람에게 고수레하고

또 한 개 던지려다 말고 내 입에 쏙 넣어주었다

먹는 것이 전부이다시피 한 삼백육십오일 일생, 우리가

저마다 먹으러 이전의 세상에서 와 만났으나

서로 먹이지 못하면 이후의 세상으로 가는 것이다

자식들 집으로 돌아오기 전에

소풍 끝내려는데 바람이 계속 불어왔다

　　　　—하종오「소풍 가잔다」전문(『시와시학』2004년 겨울호)

　부부가 맑은 봄날 들판에 앉아 있다. 들길에 나란히 앉아 바람을 느끼며 아무 말 없이 앉아 있다. 그들은 그러나 보고 있는 것이 아니라 듣고 있다. 이 시에서 침묵하는 것은 바람소리인가, 아니면 부부인가. 바람과 부부는 따로 떨어져 있지 않고 서로의

몸으로 스민다. 화자는 아내를 생각하고 아내는 바람을 생각하고 바람은 자식들 집으로 돌아가기 전에 소풍 끝내려는 부부를 생각한다. 이 침묵의 풍경은 우리들로 하여금 자신을 앞서 있는 존재에 대해 질문을 던진다. 강화도와 서울을 넘나들며 시를 쓰는 하종오(河鍾五)의 최근 작업은 주목을 요한다. 시골과 도시의 풍경을 시화하는 그의 작업에서 엿볼 수 있는 것은 일견 서울과 농촌의 단절을 말하고 있는 것 같지만 그 밑자락에는 그 경계를 넘나들며 생명의 소중함을 일깨우는 침묵의 언어가 깔려 있다. 시집 『반대쪽 천국』(문학동네 2004)이 그러하거니와, 이 시 역시 그러한 경계가 시 속에 녹아드는 풍경을 보여준다.

이 시는 "걸으면서 바람과 잘 논다"는 소풍의 새로운 의미를 전해주고 있다. 아이들 뒷바라지와 먹고살기 위해 아등바등하다 삶에 지친 화자와 아내는 맑은 봄날 소풍을 떠난다. 아마도 아내는 공부하는 자식이 안타까워 입맛을 돋워주려고 도시락에 김밥을 쌌을 것이다. 그러다가 몇줄 남은 김밥을 바라보다 마음 편히 소풍 한번 못 가본 자신과 남편을 생각했을 것이다. 이 시가 이러한 아내의 애처로운 처지를 긍정하는 것에 그쳤다면 사뭇 감동은 줄어들었으리라. 오히려 화자가 아내에게서 보는 것은 봄날 시골에 가서 김밥을 먹으며 가난했던 젊은 날을 위무하는 장면이 아니라 낯선 바람 찾아서라도 한입 잘 먹여주고 싶은 모성에 있지 않을까. 아내가 평생 안치고 푼 쌀밥, 씻은 밥그릇이란 사실 아이 잘 배던 아내의 억척스럽고 스산한 삶을 말해준다.

그런데 아내는 몸에 통풍하는 나이가 되어 맛난 것 만들어놓고 보니 한입이라도 덜기 위해 지웠던 아이들이 자연의 바람 속에 있음을 알게 된다. 이러한 시 속의 장면에 이르러 나는 어디선가 들었던 말이 떠오른다. "나는 기쁨을 잃어버렸다. 그러나 원망하지 않는다. 들판에 핀 민들레가 그것을 기억하고 있을 테니까." 이 말처럼 통풍 들 나이가 된 아내는 자신의 삶을 잃어버렸다는 것을 원망하지 않는다. 바람에게 한입 먹여주려고 들판에 김밥을 던져주다 화자의 입속에도 한 개 넣어주기를 잊지 않는 아내. 화자의 소풍이란 이런 아내와 함께 걸으면서 바람과 놀고 그 바람 속에서 자신들의 삶을 발견하는 행위이다. 화자도 아내도 침묵하고 있지만 그들 사이로 부는 바람은 그들이 서로 넘나들 수 있게끔 통로를 열어준다. 우리는 여기서 먹는다는 것, 혹은 먹지 못한다는 것이 대립각을 이루는 것이 아니라 생명의 통로로 들어가기 위해 '잘 노는' 제의라는 것을 알게 된다. 내가 너가 되고 너가 내가 되는 죽임과 살림이 한몸이 되는 광경 앞에서 우리는 시적 진정성이 어디에서 오는 것인가 깨닫게 된다.

다소 평이하고 진부한 듯 보이는 시이지만 이렇듯 이 시 속에 들어 있는 풍경은 되풀이해 읽게 만드는 매력을 발휘한다. 카프카의 소설 「변신」에 보면 벌레가 된 그레고르 잠자가 죽고 난 뒤 일가족이 전철을 타고 소풍을 떠나는 장면이 있다. 이 소설의 마지막 장면은 허위에 가득 찬 인간사회의 소통 불가능성을 쓰라리게 전해준다. 반면 하종오의 소풍은 인간과 자연, 도시와 시골이 서로 통풍할 수 있는 가능성을 열어준다.

　살고 죽고 느끼고 울고 매달리고 좌절하는 자연의 법칙이 늙어가는 아내의 몸에 통풍을 들게 하지만 그것은 결코 부정적인 의미로 다가오지 않는다. 오히려 아내의 몸속의 통풍은 소풍의 원인이 되고 인간의 희로애락이 저 자연의 들판에 부는 바람 속에 있음을 절실하게 들려준다. 자연이 내 속에 있고 내가 자연 속에 있다는 어쩌면 평범한 진리가 설득력을 발휘하는 보기 드문 감동을 선물해주는 작품이다.

호박을 끌어안고 씨앗을 잉태하는 시인

　함민복(咸敏復)의 언어에도 침묵의 빛이 감돈다. 그 침묵은 갯벌의 진득진득한 힘에서 온다. 딱딱한 모든 것을 물렁물렁한 뻘길로 바꾸는 그의 시는 가히 생명의 신발이라고 할 수 있다. 그는 갯벌의 말랑말랑한 힘을 믿기에 "맨발로/지구를 신고"(「숭어 한 지게 짊어지고」, 『말랑말랑한 힘』, 문학세계사 2005) 생명의 황홀 속에 동참한다.

　이는 그의 최근시가 세번째 시집 『모든 경계에는 꽃이 핀다』 (창작과비평사 1996)의 연장선상에 있음을 의미해준다. 그는 이 시집을 통해 자본주의 비판에서 보여주던 해체시의 영역에서 벗어나 가난의 공간을 따뜻한 사랑으로 껴안는다. 「꽃」에서 그것은 사람의 삶이 '전생과 내생 사이의 경계에 핀 꽃'이라는 인식을 통해 드러난다. 그 경계는 상처이면서 동시에 '꽃'이라는 긍정적인 세계이다. 시집에서 자주 언급되는 금호동 산동네의 고단한 서민들의 삶이 비관에서 긍정으로 바뀌는 것은 그 점을 잘 나타낸다. "똥차가 오니 골목에/생기가 확, 돕니다"로 시작되는 「금호동의 봄」을 따라가보면, 대파탄을 든 아줌마가 코를 움켜쥐고 뛰어가고 숨 참은 아이가 숨차게 달려내려가고 목욕하고 올라오던 처녀가 전봇대와 몸 부딪쳐 비눗갑 줍느라 허둥대는 풍경이 이어진다. 함민복은 똥차가 오는 순간 금호동 골목길에 고여 있는 갖가지 냄새들이 한통속이 되어 인간의 냄새, 즉 '살내음'을 풍기는 모습을 잡아낸다.

「달의 눈물」에서는 "산동네의 삶처럼 경사가 져/썩은 내 풍길 새도 없이 흘러내리는/하수도 물소리//또 비린내가 좀 나면 어떠랴/그게 사람 살아가는 증표일진대"로 가난마저 낙천적으로 바라보려는 지순한 심성이 나타난다. 그러한 토대 위에서 태어난 시 「대나무」의 "행여 내 죽어 창과 활이 되지 못하고/변절처럼 노래하는 악기가 되어도/한 가슴 후벼파고 마는 피리가 될지니/그래, 이 독한 마음으로" 같은 시구는 깊은 울림을 준다. 독한 마음으로 연주하는 피리소리야말로 스스로가 상처난 삶속으로 들어가 상처와 하나되어 지순한 세계를 열려는, 굽힐 줄 모르는 희망의 원천이 어디에 있는지 환기시킨다.

그가 9년 만에 펴낸 새 시집 『말랑말랑한 힘』은 세번째 시집의 연장선상에 있으면서 한결 깊어진 울림에 기대고 있다. 그것은 우선 소재의 측면에서 보면 도시 외곽의 금호동 산동네에서 강화의 바닷가로 모습을 바꾸고 있다. 특히 자연에 대한 그의 애정은 일식처럼, "그림자도 빛반지를 저리 껴보는"(「일식」) 눈부신 서러움으로 빛난다. 추운 밤에는 머리맡에 두고 바라보던 호박을 품에 꼬옥 안아본다. 추위에 딴딴해진 호박이 그의 품안에서 물컹물컹해지며 봄의 씨앗을 잉태한다.

> 호박 한덩이 머리맡에 두고 바라다보면
> 방은 추워도 마음은 따뜻했네
> 최선을 다해 딴딴해진 호박
> 속 가득 차 있을 씨앗
> 가족사진 한장 찍어본 적 없어
> 호박네 마을 벌소리 붕붕
> 후드득 빗소리 들려
> 품으로 호박을 꼬옥 안아본 밤
> (…)
>
> 봄이라고 호박이 썩네
> 흰곰팡이 피우며
> 최선을 다해 물컹물컹 썩어 들어가네
> 비도 내려 흙내 그리워 못 견디겠다고

썩는 내로 먼저 문을 열고 걸어나가네

——「호박」 부분

이 작품은 자연이 하나의 삶의 현장이 된 그의 최근 시경향을 압축해놓은 듯하다. 강화도의 단칸방에서 혼자 사는 그는 외로움을 달래기 위해 머리맡에 호박 한덩이를 두고 바라보면서 추운 겨울밤을 견딘다. 시인의 스산한 마음처럼 호박은 추위에 딴딴해져 있지만, 그것은 오히려 속에 씨앗을 가득 채우는 견딤의 시간을 통해 물컹물컹해진다. '최선'을 다한다는 시어가 이 시집에서 간간이 눈에 띄는 것을 보면 그는 자연에서 사는 삶 또한 생활이라는 점을 강조하고 있는 것으로 보인다. 그러는 사이 겨울은 지나간다. 그것은 벌소리와 후드득 내리는 빗소리라는 청각을 통해 환기된다. 그는 그런 밤 호박의 씨앗을 틔우기 위해 꼬옥 품에 안아본다. 그의 이러한 행위는 딱딱한 알을 품고 있는 갯벌의 새를 연상시킨다. 딱딱한 것, 혹은 딴딴한 것을 부드러운 생명으로 바꾸는 행위는 그의 최근시가 생태시적인 면모를 띠고 있음을 보여준다.

현수씨 콤바인 타고 들어가 고기 싣고 나오는 얘기는
여차리 일부 뻘 얘기지만 뻘이 딱딱해진다는
너무 슬픈 얘기라 함부로 글을 쓸 수 없고
아버지 얘기는 그냥 시인데 뭘 제목만

'인생'이라고 붙이면 되지 않겠어

형님, 한잔 드시겨

—「어민 후계자 함현수」 부분

강화도의 작은 어촌 여차리에 사는 어민 후계자 함현수와 화자가 술을 마시면서, 함현수와 자신의 말을 대화체로 옮기고 있는 이 시는 "숭어를 지고 뻘길 십리길"을 걸어나오면서 생기는 생활의 즐거움과 애환을 다루고 있다. 생생한 사투리체가 생활의 현장감을 한껏 살리면서 '숭어 타작'이라는 시어가 나타내듯, 삶과 생명이 어우러지는 한판 굿거리 장단을 신명나게 전해준다. 그런데 이 시는 마지막에 전환을 보여준다. 갯벌에 콤바인을 타고 들어가 숭어를 싣고 나온다는 얘기 속에는 환경오염으로 인하여 뻘이 딱딱해진다는 슬픈 얘기가 담겨 있다는 것이다. 아무리 궁벽한 어촌이라 하더라도 생활을 위해 자연을 희생시켜서는 안된다는 화자의 심정이 술을 건네는 어민 함현수의 "형님, 한잔 드시겨"라는 말과 오버랩되어 여운을 남긴다.

또 하나 이번 시집에 눈에 띄는 특징은 짧은 시를 통한 깨달음의 언어를 들려주고 있다는 것이다. 어렵지 않은 생활어로 딱딱한 것 속에서 부드러운 것을 꺼내는 그의 짧은 시들은 생활이 녹아 있어 매우 쉽고 구체적으로 다가온다. 다만 때로는 단시에 대한 집착이 지나친 깨달음의 지경을 보여주어 가령 "소리에 어른

이신 저 큰 말씀/무슨 뜻인지 모르겠네"(「천둥소리」)와 같이 해탈로 나아가서는 곤란할 것이다. 이런 점은 그의 시가 처음 출발했던 도시 변두리에 사는 '우울씨'의 내면풍경으로부터 너무 멀리 떠내려온 것은 아닌가 하는 우려도 던져준다. 그러나 나는 여전히 그의 밑바탕인 천진성의 시학이 다음과 같은 탄탄한 생명의 언어로 승화되어갈 것임을 의심하지 않는다.

돌에는
세필 가랑비
바람의 획
육필의 눈보라
세월 친 청이끼

덧씌울 문장 없다
돌엔
부드러운 것들이 이미 써놓은
탄탄한 문장 가득하니   ──「돌에」 부분

소비되는 자연과 죽음의 성찰

많은 시인들이 자연을 대상으로 하여 침묵의 언어를 되살리려

하는 것은 도시의 거리 속에는 침묵이 들어설 자리가 없어서이다. 우리 시에서 생태문학의 성과가 요청되는 것도 이런 상황과 무관하지는 않을 것이다. 생태의식을 불러일으키는 데에는 크게 두 가지 방법이 있다. 하나는 생태계 질서의 파괴가 가져온 부정적 결과를 부각해 그 중요성을 말하는 방법이고, 다른 하나는 건강한 생태계의 긍정적 효과를 보여주는 방법이다. 이는 생태계의 순환질서나 우리가 경멸하는 사물에 대한 인식의 전환을 요구한다.[2]

지하 구내식당에서
혼자 먹는 늦은 점심
상추쌈 아귀아귀 집어넣는다
혼자 하는 광합성이다

29층 화장실
멀리 한강은 아주 느린 하류
변기에서 움찔 놀란다
바다의 한 입이
여기까지 올라와 있다

———이문재 「천지간」 부분

2) 홍문표 『현대문학비평이론』, 창조문학사 2003, 864면.

이문재(李文宰)의 시집 『제국호텔』(문학동네 2004)에서 두드러진 상상력 중 하나는 도시 속에 불쑥 출현하는 자연에 대한 성찰이다. (혹은 그 반대일 수도 있다.) 기술문명과 싸이버 세계의 확장, 유전공학 등에 맞선 생태적 상상력이 도시/자연의 인위적 대립각을 허문 상태로서 표현된다. 그의 생태시편은 많은 서정시인들이 집착하는 사라진 자연에 대한 비감어린 추억에서 벗어나 이미 생활이 되어 소비되고 있는 현재의 자연에 촛점을 맞춘다. 그는 자연을 미학적 대상으로 삼거나 이상적이고 관념적인 삶의 메타포로 삼지 않는다. 대신 이미 우리 일상에서 소비되는 수평적 자연에 관심을 둔다. 이 점은 그가 의식적으로 생태시를 자기 시의 주요한 전략으로 삼고 있음을 예시해준다. 이 시는 상품화된 자연을 소비하고 살아야 하는 현대인의 생활을 소재로 하여 성공을 거둔 작품이다.

　　지하 구내식당에서 점심식사를 하며 상추쌈을 먹는 모습을 혼자 하는 광합성으로 본 시적 발상이 참신하다. 그래서 광합성을 한 화자가 29층 사무실로 올라가는 장면은 나무의 수직성을 상기시킨다. 하지만 화자는 사무실에서 일을 하는 대신 바로 화장실로 향한다. 그가 광합성한 것은 살아 있는 생명으로서가 아니라 상품화된 것이어서 탈이 난 것이다. 그리고 그는 문득 변기의 물속으로 불쑥 올라온 저 아래 한강의 느린 하류를 따라온 바다의 한 입에 놀란다. 훼손된 자연은 시인에게 결코 영감을 불러일으키지 못한다. 그저 유리창 밖으로 내뿜은 담배연기가 성층권으로 빨려올라가듯 무심할 뿐이다. 이문재의 『제국호텔』이 보이는 성취 중 하나는 이와 같은 도시풍경과 시인의 일상 등을 병치하여 생태문제를 도시의 한복판으로 끌어들여 비판적으로 성찰하고 있다는 점에 있다. 그런 한편 생태시에 진력하면서도 자연과 추억에 대한 원초적인 감수성을 놓치지 않고 있는 점도 흥미롭다. 시집 초반부의 작품들은 매우 서정적이고 언어적 감수성이 찬란하다. 가령,

> 염전이 있던 곳
>
> 나는 마흔살
>
> 늦가을 평상에 앉아
>
> 바다로 가는 길의 끝에다
>
> 지그시 힘을 준다 시린 바람이
>
> 옛날 노래가 적힌 악보를 넘기고 있다
>
> 바다로 가는 길 따라가던 갈대 마른 꽃들
>
> 역광을 받아 한번 더 피어 있다
>
> 눈부시다
>
> 소금창고가 있던 곳
>
> 오후 세시의 햇빛이 갯벌 위에
>
> 수은처럼 굴러다닌다
>
> 북북서진하는 기러기떼를 세어보는데
>
> 젖은 눈에서 눈물 떨어진다   ──「소금창고」 부분

이런 작품은 시운동 시절의 이문재의 초기시편을 떠올리게 만든다. '시린 바람' '눈부시다' '수은처럼 굴러다닌다', 젖은 눈에서 떨어지는 '눈물' 같은 이미지는 그의 무의식 속에 여전히 여리고 감성적인, 천생 서정이 원적(原籍)일 수밖에 없는 예민한 시적 체질이 관류하고 있음을 일러준다.

이문재가 자연에 대한 추억과 생태적 시선을 한 시집 안에 공유하고 있는 반면 김지하(金芝河)는 뚜렷한 자신의 시론을 통해 생태시학의 한 전범을 나타낸다. 최근 시집 『유목과 은둔』(창비 2004)에서 김지하는 더이상 시에 문학적인 환상을 덧씌우지 않는다. 최근에 나온 산문집 『생명과 평화의 길』(문학과지성사 2005) '머리말'의 "시는 계속해서 배나 비행기나 차 속에서 메모되고 또한 허름하고 쉬운 형식으로 계속 발표될 것"(8면)이라는 말을 참조해본다면 그의 시적 전략은 지구문명의 기준, 생명의 패러다임을 촌철살인의 깨달음으로 전해주는 데 있다.

그러나 그의 시집 제목을 역설화하면, 그러한 원대한 생명의 패러다임마저도 '유목' 안에 '은둔'이, '은둔' 안에 '유목'이 소통하지 않는다면 감동이 배제된 시적 담론으로서 우리에게 기능할 우려가 있지 않을까. 길 위에서 허름하게 씌어지는 "쉽고 허름한 형식에/서늘하고 신령한 내용!"(「내 시의 스승은 조형 다음에 또 이형」)이라는 그의 시학은 아직 생명운동의 절실함을 체화하지 못한 나 같은 독자에게는 "생명과 평화의 길 강연"(「기꾸지」)에 억지로 초대되어 끌려나온 것처럼 시집이 강연장의 축소판 같은 느낌마저 준다. 하지만 다음과 같은 시는 대가의 유목적 삶이 얼마나 은둔, 즉 침묵을 바탕으로 하여 형성된 것인가를 절실하게 깨닫게 해주어 선입견을 교정시켜준다.

일요일 한복판에 홀로 앉아
아무 위안도 없이

술도 담배도 몽상도 없이
아내만을 기다린다

와선
아무 말도 없을 것이다

다만 밥을 지어주고
함께 뜸뜨러 여의도로 갈 것이다

그뿐
그러나

내겐 그밖에 아무런
할 일이 없다

(…)

아아
예순넷

그렇다

죽음이 선풍기 근처에 와
빼꼼히 날 쳐다보고 있다

그렇다, 죽음.

그밖엔
아무것도 없다.

──「선풍기 근처에」 부분

이 시는 모든 것이 멈추어 있으면서 동시에 움직이고 있는 상
태를 보여준다. 이 시에서 죽음은 별개의 것이 아니라 말로 표현
할 수 없는 삶 그 자체다. 러쎌 셔먼을 빌려 말하면 시인은 "무의
상태로 돌아가 스스로를 창조"(『피아노 이야기』, 207면)한다. 일요
일날 시인은 선풍기가 돌아가는 방 안에 홀로 앉아 시골 간 아내

를 기다린다. 그런데 계절은 어느새 여름과 가을 사이에 있다. 생명과 죽음이 겹쳐 있는 그 지대는 창에 어른거리는 흐린 하늘이라는 시행의 도움을 얻어 아무렇지 않게 표현된다. 그런데 그가 앉아 있는 방에 놓여 있는 선풍기의 날개는 돌아가고 있는 것인가, 멈추어져 있는 것인가. '여름과 가을 사이'와 '흐린 하늘'은 시인이 자신이 속한 시간의 지대를 명명한 '일요일 한복판'과 그 속에 '홀로 있음'과 어떤 관계를 맺고 있는가. 계절의 절정과 조락이, 격정에 가득 찬 삶의 여정과 은둔의 침묵이 한 공간에 있는 이 시의 '사이' 속에는 아내를 처음에는 '내 애기 엄마'로 부르다가 나중에는 '아내'로 부르는 시인의 복잡한 심정이 뒤섞여 있다. 시가 진행됨에 따라 '홀로 있음'이 강조되면서 그는 오직 '아내만'을 기다린다고 쓸쓸하게 털어놓고 있지 않은가. 아내는 시골에 가서 돌아오지 않았지만, 시인은 이미 아내가 돌아와 자기와 함께 보낼 시간을 더듬고 있다. 아내가 간 곳이 친정인지 시댁인지 우리는 알 수 없지만 시인이 '시골'이라고 한 점을 참작하면 '시골'은 존재가 창조되는 곳, 즉 그곳은 생명의 근원지임을 어렴풋이 깨닫게 된다. 시인은 시골에 간 아내를 통해 과거의 추억 속에서 방 안에 앉아 미래를 바라본다.

그러나 그 미래는 "아무 위안도 없는" 침묵으로 감싸여져 있을 뿐이다. 아내가 돌아와 시인에게 해줄 일이라곤 아무 말 없이 밥을 해주고 뜸뜨러 여의도로 가는 길에 동행해주는 정도에 불과하다. 시인은 이제 늙어서 책을 읽으면 두 눈이 쓰라리고 글을 쓰든가 먹[墨]을 잡으면 정신이 온통 어지러운, 그 생각 자체도 어지러운 '아아 예순넷'이다. 시인은 그것을 새삼 '그렇다'라고 강조하기까지 한다. 그런데 여기서 문득 전환이 일어난다. 시 안에서 한 번도 출현한 적 없는 선풍기가 돌연 등장하는 것이다. "죽음이 선풍기 근처에 와/빼꼼히 날 쳐다보고 있다." 우리는 여기서 시인이 창밖의 흐린 날씨를 보며, 문득 계절이 여름과 가을 사이에 있는데, 또한 늙은 자신은 아내를 기다리고 있는데, 의식하지 못한 사이 방 안에 선풍기를 켜놓고 있었음을 알게 된다. 날은 쌀쌀해져가는데 "술도 담배도 몽상도 없이" 빈방에 홀로 앉아 있는 시인처럼 저 혼자 돌아가는 선풍기. 있는 듯 없는 듯 계절의 변화 속에서 약하게 틀어져 있을 선풍기의 바람은 그런데 문득 큰 울림을 지닌다.

똘스또이 소설 「이반 일리이치의 죽음」의 한대목인 "죽음이 침상 모서리까지 와 앉아 있다"를 상기시키는, 선풍기 근처에 와 빼꼼히 시인을 쳐다보는 '죽음'. 그러나 그 죽음은 소설의 대목과는 달리 묵시론적인 의미의 죽음이 지닌 부정성으로 다가오지 않는다. 오히려 정반대로 절대 무의 상태로 돌아가서 새로운 존재의 창조로 이끈다. 계절의 변화 사이에서, 아내를 지칭하는 두 가지 호칭 사이에서, 혹은 추억과 미래 사이에서, 이 시 속의 있는 듯 없는 듯한 방 안을 맴도는 선풍기의 바람은 소리가 완전히 배제된 죽은 소리가 아니라 소요 혹은 격정을 내재한 침묵의 무한한 확장성 안으로 우리를 이끈다. 즉 미약한 선풍기 바람은 모든 '사이'에 들어 있는 존재의 관계성을 살려내며, 죽음이 자신을 "빼꼼히 쳐다보는" 것을 다시 멀찍이 떨어져서 바라보게 하는 침묵, 혹은 은둔의 상태와 교우하게 한다.

이 점은 옥고를 치르며 죽음을 기다리던 그를 살게 한 힘이 되어주었다고 토로한 다음의 대목을 떠올려준다. "만약 생명이 추억과 예감의 밑바닥에 생생하게 살아 있지 않다면 추억은 곧 기억의 수정으로, 예감은 즉시 망상의 비현실로 전락했을 것이다." (『생명과 평화의 길』, 348~49면) 그러니 시인이 아내를 가리켜 "아내는 다가오는 날들의/이름이다"(「윤동주 앞에서」)라고 명명한 대목이 눈물겹지 않은가.

피로와 침묵

옛날 풍경이다. 한 사내가 싸리꽃 핀 벌판에 서 있다. 푸른 연못을 넘쳐흐르는 장마통의 싸리꽃 핀 벌판에 서 있다. 앞으로 열광하게 될 자유와 사랑의 미묘한 탄생의 때가 시작되기 직전인 1959년 가을의 초입에 벌판에 나가서 생각에 잠겨 있다. 그는 머리와 가슴 중에 하나를 택하기보다는 그 둘이 융합된 온몸을 믿었기에 변화무쌍한 세상을 모던하면서도 구체적으로 구성하였다. 외래 사조의 파도에 휩쓸려 새로운 언어에 탐닉하는 시인들은 그가 보기에 촛점 없는 동작에 현혹되어 '코스춤'에 휩쓸린

유리창에 부딪는 새들 같았다. 일반인과 전형적인 시인들이 시가 자신의 바깥에 있다고 믿은 반면 그는 생활 속에서 시를 발견하였다. 그는 쉽사리 자연을 노래하지 않았다. 시가 아름다우면 시인 자신부터가 그 포로가 되기 때문이었다. 그는 대상을 민감하게 온몸으로 받아들이면서 대상을 통해 자기의 감정을 분출하는 대신 구체적으로 대상이 자신에게 들어와서 생겨난 제3의 새로운 무엇인가를 구성하려 하였다.

장마통의 지리한 세속도시를 벗어나 싸리꽃 핀 벌판에 서 있는 그는 결코 싸리꽃 냄새를 맡지 못했다. 구질구질한 도시의 삶과 도취의 피안으로 인도할 싸리꽃 냄새 사이에서, 그가 애써 머리로 구성하려고 했던 것은 피로였다. "피로는 도회뿐만 아니라 시골에도 있다." 그는 간신히 장마통의 도시를 빠져나왔지만 그가 묻히고 온 도시의 역한 냄새는 자연이란 '형이상학'조차도 온전히 누리기 힘든 것으로 만들었다. 그를 시골로 실어나르던 기적소리는 자연의 풍요로운 삶 대신에 오히려 자신이 처한 궁색한 '문명의 밑바닥'을 알려주는 신호음이었고, 그의 머리 위에서 떨어지는 '돈지갑'이었다. 그런 처지가 그로 하여금 푸른 연못을 넘쳐흐르는 장마통의 싸리꽃 핀 벌판에서 "나는 왜 이다지도 피로에 집착하고 있는가" 되묻게 하고 있다.(김수영 「싸리꽃 핀 벌판」)

물론 그는 일년 후에 열광적으로 혁명에 도취하였고 온몸으로 자유를 노래하였지만 곧 싸늘하게 식어질 혁명의 열기를 예감하고 반년도 안되어 다시 피로에 빠져든다. "혁명은 안되고 나는 방만 바꾸어버렸다"(김수영 「그 방을 생각하며」)는 것이 그 피로의 요체라고 할 수 있는데, 이번의 피로에 대한 생각은 예전의 한탄 섞인 것과는 다른 무엇이었다. 피로는 '하루의 나머지 시간'이며, 세계가 그러한 '무수한 간단(間斷)'으로 이뤄져 있다는 것을 알게 했기 때문이다(김수영 「피곤한 하루의 나머지 시간」). 어둠에서 불빛으로 넘어가는 찰나에 그만큼 불안하지만 변치 않는 사랑이 있음을 알았고, 그래서 그는 훗날 혁명이란 '눈을 떴다 감는 기술'이며 '간단도 사랑'임을 피로의 요체를 빌려 아들에게 말해줄 수 있었다(김수영 「사랑의 변주곡」). 그는 "어느 한순간, 때로 지속되며 빛나는 것은 시간 속에서, 시간을 벗어난 시간"[3] 속에서만 있음을, 시간 밖의 시간은 '폭발 일보직전의 정지상태의 순간적 긴장' 속에서만 있음을 깨닫는다. 그에게 피로란 순간들 속에서 포착할 수 없는 것을 다시 포착할 수 있고, 현재의 속성을 이용하여 '간단'을 영원화하는 응고의 기술이었다.

이제 한줌 흙이 된 시인 김수영(金洙暎)의 영혼을 빌려, 21세기의 화려한 여명 아래 넘쳐흐르는 풍요를 바라보며 왜 이다지도 나는 지금 피로에 집착하는 걸까. 우리 시는 어느 순간 피로에 대한 집착에서 벗어나 피로로부터 자유스러워진 면모를 띠고 있다. 젊은 시인들을 중심으로 한 다양한 실험성의 시들은 도시적 상상력을 폭죽처럼 선보이고 있지만 삶의 근원적인 성찰로

---

3) 앙드레 뒤 부셰 『회화』, 1983; 미셸 꼴로 지음, 정선아 옮김 『현대시와 지평 구조』, 문학과지성사 2003, 66면에서 재인용.

이어지지 못하고 있으며, 서정을 매개로 한 시들은 언제나 자기보다 우위에 선 자연에 대한 예찬을 통해 개인의 자아를 확보하는 데 치중하는 경향이 있다. 때로는 이러한 저간의 사정이 '새로운' 시인과 '낡은' 시인들간에 소통불가를 조장하기도 한다. 나는 적어도 김수영 시인이 말한 피로란 나로부터 벗어나서 나를 보게 하는 기술, 즉 침묵이라고 믿고 있다.

시는 도시나 시골이라는 바깥에 있는 것이 아니라 그 둘이 연결되는 틈에 있다. 쉽게 말하면 도시 안에 시골이 보이고 시골 안에서 도시가 보인다. 시인이 하는 일이란 그 둘이 연결된 틈을 잘 닦는 일이다. 자신의 생각을 담기에 급급해서는 그것이 아무리 새로운 소재를 다룬 시이든, 혹은 우리 삶의 본질을 전해주는 자연의 소중한 가르침을 담은 시이든 남의 말을 듣지 않으려는 태도에 지나지 않는다. 침묵은 존재의 일체를 그리워하지만 '사이'가 낳은 갈망의 그림자이다. 그러나 침묵이 그 그림자로서 우리에게 전해주는 것은 생명을 꿈꾸는 새로운 존재의 창조, 즉 갱신에 있지 않을까.

떠도는 낭만의 기호들

국수 삶는 출출한 밤이다

우르가를 보는 밤, 곰보는 징기스칸의 후예, 테무친 같은 나의
아들은 잠들고 참으로 고요한 밤이다, 몽골 영화 우르가를 보면서
자꾸만 그대의 초원에 우르가를 꽂고 싶은 밤이다

곰보는 징기스칸의 후예, 곰보의 딸은 부마, 집시도 아닌 것이
아코디언을 연주하네

(…)

술을 마시며 우르가를 보는 밤이다. 술에 취해 몽골의 낮은 구릉
들에 취해, 우르가의 풍경을 듣는 밤이다

나는 고독의 후예, 삶에 취한 밤이면 나도 말을 타고 한세상을
건너가지

나도 말을 잘 타지, 그대에게 취한 밤이면 말을 타고 아득한 시
간의 저편으로 나는 마구 달려가네, 우르가를 들고 그대의 드넓은
초원 위를 달려가는 나는 고독이 사랑한 生의 후예

국수 삶는 출출한 밤이다
———박정대 「우르가」 부분(『서정시학』 2005년 봄호)

『서정시학』 2005년 봄호는 특집으로 '21세기, 젊은 남성시인
들의 시세계'를 내세우고 있다. 이윤학 박정대 박형준 이정록 이
장욱 장철문 문태준 배용제 권혁웅 손택수 유홍준 등 11명의 신
작시 두 편과 자선시 한 편씩을 수록하고 있다. 그리고 '한국의
젊은 남성시인들'이라는 제목의 좌담으로 평론가 이광호 유성호
박혜영 김용희 등이 수록된 시인들의 작품세계를 훑어보고 있
다. 나도 과분하게 이 특집에 초대되어 잡지를 일별할 기회를 갖
게 되었다. 그런데 그중에는 90년대 초반부터 활발하게 시작활
동을 하여 이미 중견 소리를 들을 만한 시인도 다수 포함되어 있

어 다소 의아한 생각이 들었다. 좌담을 살펴보니 이광호(李光鎬)는 이런 선정에 이의를 제기하는데, 주류 담론의 보수화가 젊은 시인들의 새로운 개성이 발현될 수 있는 시적 공간을 제한한다는 그의 지적에 공감이 갔다.

사실 7, 80년대의 최승자 이성복 황지우 기형도 등의 시에 비해 90년대 시들이 확연한 시적 개성이 부족한 것은 많은 평론가들이 지적한 바 있다. 가령 이 좌담에 참석한 유성호(柳成浩)가 "우리 시대를 규정하고 있는 복합적인 타자들을 시 안으로 불러들이는 데 게으른 것 같"다며 "다만 풍경과 기억을 병치한다든가, 내면으로 침잠해서 시적 완결성을 꾀한다든가, 이런 작법들이 의외로 많"다고 지적한 것이 한 예가 될 것이다. 허나, 나 자신이 특집에 포함되었고 또 거기에 수록된 다수의 시인들과 지속적으로 교류하고 시를 토론한 사이여서 그런지 이런 소리가 그저 곱게 들리지만은 않았다.

그런데 이 좌담을 설렁설렁 넘기고 특집시들을 읽다보니 좌담자들의 우려가 그저 탁상공론만은 아닌 듯했다. 또 필자는 말할 것도 없거니와 이윤학 이정록 장철문 등의 시는 더이상 젊은 시의 범주에 포함시킨다는 것이 민망스럽게 느껴졌다. 이윤학(李允學)의 시는 자기 폐허의 성채에서 빠져나와 '참외꽃의 솜털'을 바라볼 줄 아는 동심을 보여준다(「흔적」). 또 장철문은 '할머니가 빚은 수제비 반죽을 집어던진 것'이 둥근 달이 되고 그것이 다시 화자의 딸아이에게로 떨어지며 유전되는, 추석날의 아름다운 저녁을 우리들의 심정에 새겨넣는다(「추석」).

90년대의 대표적인 시인이라고 할 수 있는 이들의 시세계는 자기 기원으로까지 거슬러올라가 상처가 시작되는 지점을 우리 현실에 대입하여 보여주었다. 마치 뒤를 돌아보며 앞으로 내달리는 타조처럼 이들의 시는 기억과 현재의 통합을 아슬아슬한 내달림으로 형상화해왔다. 그러나 이러한 시적 경향을 지닌 시인들을 21세기의 젊은 남성시인이라 부를 수는 없을 것이다. 한 계절이면 십여종이 넘게 출간되는 문예지에 어느덧 이들의 시가 앞머리를 장식할 만큼 시적 연륜이 쌓인 것도 단적인 이유가 될 듯하다. 시에서 굳이 남성과 여성을 가르거나 젊은 시니 아니니 따지는 것도 부질없기는 마찬가지이다. 차라리 90년대의 시적 경향을 넘어서서 지금 우리의 현실을 날카롭게 직시하는 시가 새로움의 전범이 되어야 할 것이다.

이런 점에서 보면 박정대(朴正大)의 시는 2000년대의 시적 특징이라 할 수 있는 낭만성을 시적 역량으로 끌어올린 좋은 본보기가 된다. 그런데 이 글을 쓰기 위해 앞의 박정대 시를 몇차례 읽다보니, 처음에 새롭게 느껴졌던 것들이 그닥 새롭지만은 않게 다가왔다. 화자는 국수를 삶아 출출한 배를 채우며 몽골 영화 「우르가」를 보고 있다. 시적 공간이 명시되지는 않지만 밤이 깊고 아들마저 잠들었다고 하는 것을 보면 추운 겨울밤이 떠오른다. 화자는 고독에 빠져 뜨뜻한 국수를 삶아 먹고 술을 마시며 게르(Ger, 몽골족의 이동식 천막집) 같은 방 안에서 몽골의 대평원을 쫓고 있다. 눈자위에 붉은 기가 어린 화자는 화면의 평원을 바라보는 어느 순간 자신도 어느덧 말 위에 올라타 아득한 시간의 저편으로 달려가고 있다. 시의 마지막을 "연애처럼 낡고 오래된 지구의 깊은 밤이다"라고 끝내는 것을 보면 고독과 국수와 몽골의 대평원과 술 한잔이 어우러져 낭만의 대단원을 보여주기에 부족함이 없다. 하지만 감동은 거기까지이다. 시인은 대평원을 바라보며 자기의 집을 게르로 느낄 만큼 유목적 삶을 한껏 고양하고 있는데, 이 시를 읽는 나는 왜 점점 힘이 빠져가는 걸까.

그 맥빠짐을 곰곰이 돌이켜보니 이런 생각이 든다. 박정대의 시에 백석의 「北方에서」라는 시가 중첩되었기 때문은 아닐까. "밤에는 먼 개소리에 놀라나고/아츰에는 지나가는 사람마다에게 절을 하면서도/나는 나의 부끄러움을 알지 못했다." 우리 역사를 먼 북방의 동이족들의 삶 속까지 밀고 올라가 기원을 응시하고 있는 백석의 시가 빛나는 대목은 바로 이러한 부끄러움에 대한 치열한 각성에서 비롯된다. 물론 우리는 식민지시대에 살고 있지도 않고 역사에 대한 책무로 시가 알리바이가 되던 80년대의 공간에서 살고 있지도 않다. 때문에 한 시인이 자기의 고독을 낭만화하여 이 비좁은 현실을 탈출하려는 시도는 그 자체로 아무 문제가 없다. 그런데 이런 낭만성은 문화산책자인 박정대의 아름다움만으로 그치는 것이 아니라 2000년대에 등단한 많은 시인들의 시에 폭넓게 유포되어 있다. 정작 이 글에서 다루려고 하는 것은 90년대적 사고를 지닌, 앞서 인용된 시인들이 아니라 이제 막 시집을 준비하고 있는 우리 시단의 젊은 전위들에 대한 이야기가 될 것이다.

*

최근 젊은 시인들의 시를 읽다보면 '낭만성'이란 무엇일까 하는 상념에 빠지곤 한다. 이들의 시를 1920년대 김소월류의 초혼성(招魂性)과 결부시키는 것은 난망한 일이지만, 한 비평가이자 시인으로부터 '미래파──2005년, 젊은 시인들'(권혁웅, 『문예중앙』 2005년 봄호)이라는 멋진 수사를 얻은 이들의 시에서 나는 애써 김소월을 떠올려보는 것이다. 초혼성이란 다른 말로 하면 '불러내기' 정도가 될 터인데, 주술적 능력을 지닌 사람이 혼령을 불러내는 이 행위 속에는 상상력으로 현실의 엄혹함을 돌파해보려는 안간힘 같은 것이 깔려 있지 않나 여겨진다.

서구에서 앙드레 브르똥이 창안했다고 전하는 자동기술법 역시 당시의 물질문명과 실증주의에 압사되었던 상상력을 자유롭고 새롭게 복권하고자 하는 움직임에서 비롯되었다고 하면, 이러한 초혼성은 현실에 맞선 치열한 대결의지의 응축이라 봐도 무방하겠다. 그런데 과연 21세기의 초반부를 수놓고 있는 한국의 젊은 시인들이 재래적이다 싶은 이런 초혼성을 염두에나 두고 있는지 궁금하다.

다만 이들의 최근시의 흐름을 보면 흥미로운 대비가 나타나는 데, 크게 상상적/귀향적이라는 대립쌍을 보여주는 점이라고 하겠다. 앨런 메길(Allan Megill)이 『극단의 예언자들』(새물결 1996)에서 모더니즘의 주요한 흐름을 짚으면서 해석하고 있는 이 시도는 21세기 서두의 우리 젊은 시의 흐름에도 한 잣대가 될 성싶다. 이것은 후자가 '기원으로의 복귀'를 꾀한다면, 전자는 원래의 기원을 흐려버리고 미래를 향해 도약하는 상상적 움직임을 보여준다는 정도로 요약할 수 있겠다.[1]

문태준 손택수 박성우 등으로 대변되는 일군의 젊은 시인들이 자신의 뿌리찾기에서 사라져가는 전통을 새로운 시법으로 형상화하고 있다면, 그 반대편에는 각종 문화적 텍스트를 자신의 주체에 착종한 '미래파'들이 서 있다. 귀향적 도정에 선 시인들이 앞세대의 시에서 보이던 자연에 대한 탐구를 더 시원적이며 더 직접적인, 그래서 진정성으로 가득 찬 상황으로 더 멀리 그리고 더 깊게 변조해내고 있다면, 상상적 도정에 서 있는 시인들은 현재가 유기되었으며 모든 것은 무(無)로부터 창조되어야 한다는 생각으로 있는 그대로의 세계에 끊임없이 공격을 가한다. 따라서 이들의 공통점은 자연/문명의 대립쌍으로 묶이면서도 앞세대의 신서정과 실험시에 비해 훨씬 의식적이며 전략적이라는 데에서 찾을 수 있다. 가령 한쪽의 예각을 형성하는 시인군의 대표

---

1) 이에 대한 자세한 설명은 남진우 『미적 근대성과 순간의 시학』, 소명출판 2001, 65~67면 참조.

주자 문태준과 손택수(孫宅洙)의 시에서 나타나는 고립된 산촌 마을이나 '아버지 찾기'는 지금은 우리 현실에서 보기 힘든 '만들어낸' 이미지에 가까우며, 따라서 이들의 시는 장인적 연마의 결과물로 볼 수 있다. 물론 시인의 체험이 시집의 바탕이 되고 있다는 것에는 동의하지만, 그 체험은 그들 가계에 전해지는 설화적 공간을 상상화한, 그래서 미적으로 잘 빚어낸 구성체에 가깝다. 또한 '미래파'로 명명된 도시적 감수성의 시인들은 황지우 박남철 장정일 등으로 이어지는 실험시의 계보 속에서 현실과의 접점을 흩뜨리고 문화적 텍스트 혹은 유희에 기초한 상상력 쪽으로 나아가는 경향이 있다.

우리는 읊조린다, 조지아…… 비의 조지아……
기우는 나무 곁에서 흩어지는 바람 속에서
덫에 걸린 고양이처럼 서서히 오그라드는 귓바퀴처럼
조지아…… 오우 조지아,라고.
　(…)

우리는 조금 늦게 철이 들었고 아무것도 믿지 않았다, 분명하다
는 것은
의심할 게 없다는 것이지만 우리는 그게 싫었다, 아버지
조지아를 더욱 조지아답게! 아버지의 아버지가
아버지에게 그것을 보여주었고 죽을 때까지 물고 늘어졌다는 것은

죽을 때까지 의심했다는 것이고 우리는 그게 좋았다.

때때로 빗줄기가 사라지는 조지아의 밤, 그런 날이면

우리는 우리도 모르는 사이에 숲에 들어가 불을 놓았다

불길이 구름의 모양을 천천히 변화시키는 모습을 바라보며

비를 맞았다 아무도 서로를 추궁하지 않았다, 우리도 모르는 사

이에

우리가 저지른 일이므로. 제발 조지아, 젖은 머리칼이 약간

얼굴을 가렸을 뿐

──황병승 「비의 조지아」 부분(『문학과사회』 2005년 봄호)

최근 1~2년 사이에 등단한 시인 중에서 단연 압도적일 만큼
많은 작품을 문예지에 선보이고 있는 황병승(黃炳承)은 평자들
로부터 '새로운 시인'으로 불린다. 어느 사이에 우리 시에서 세
계와 '나' 사이에 가교를 놓던 은유 대신 의미의 형성을 쉽게 파
악할 수 없는 언어들 사이의 비약적 관계망으로 이루어진 환유
가 형식적 특징이 되어가고 있다. 앞뒤 맥락을 여러차례 반복해
서 읽어야만 겨우 그 가닥을 파악할 수 있는 시형식은 다수의 젊
은 시인들 사이에서 빠짐없이 등장하는 메뉴가 되고 있다. 앞의
황병승 시는 우선 새로움의 차원을 접고서도 시의 리듬이라는
면에서 재래적 서정에 기반한 시인과 독자들에게까지 호소력을
발휘하는 매력이 있다. 하지만 운율과 의미 사이에 끊임없이 차
단막을 형성하는 낭만성은 시를 쓸데없이 길고 모호하게 만든

다. 이 작품은 자유로운 상상력의 발현을 통해 무의식을 시화(詩化)하는 젊은 시인의 재능이 유감없이 발휘되지만, 중요한 시적 모티프라고 할 수 있는 '아버지'는 시인 자신만의 낭만적 산물일 뿐 거기에 독자가 틈입할 공간은 주어지지 않는다. 이 시 속의 아버지는 시인의 의미망 속에서만 존재하는 관념적인 아버지일 뿐이어서, 우리는 시인이 유장한 리듬에 파놓은 낭만성의 그림자를 추려내 아버지를 유추할 수밖에 없다.

꽃,
네가 죽었으면 좋겠어
밤의 주머니 속에 들어간 캥거루 새끼처럼, 달이 노랗게 떨고 있어
살아 있는 고통으로 밤을 빚었을 때
어둠속에서 발정 난 네 모가지 때문에
아무데서나 불쑥 불쑥 사생아들이 태어났고
낡은 아버지의 병든 아침 속에서도
너는 뻔뻔하게, 가녀린 발목을 대롱대며 사다리를 올랐지
네가 쿨렁일 때마다
광란의 비가 내렸고, 잔치의 끝 무렵처럼
애인들의 구두가 슬며시 떠나갔고
설사처럼, 굉음을 내며, 쏟아지던 그리움
때문에 압사당한 밤하늘, 너의 미친 노래를 온몸에 휘감고 나자

빠진 밤하늘!

─── 박연준 「봄밤」 부분(『현대문학』 2005년 4월호)

2004년 신춘문예로 등단한 박연준의 시 「봄밤」은 '꽃'에 대해 우리가 알고 있는 관념을 해체한다. 우리의 생(生)은 이 시에서 나타나는 것처럼 매순간이 꽃봉오리로서의 삶을 열망함으로써 비극이 벌어진다. 오히려 '살아 있는 고통' 자체로서 '밤'인 이 삶을 견디려 할 때 '꽃'은 '발정 난' 것처럼 우리 삶에 불쑥 출현한다. 병든 아버지를 보살피고 있을 때에도, 애인과 연애를 할 때에도 꽃은 광란처럼 우리 발목을 붙잡고 대롱대며 '사다리'를 오른다. 이 작품은 봄밤의 정황을 통해 정념과 광란으로 피어나는 여성의 욕망을 도입부에서 "꽃,/네가 죽었으면 좋겠어"라고 제시함으로써 도발적 이미지로 시를 전개해간다. 그런 점에서 신선하다. 그러나 인용된 부분에서 대충 추려봐도, "살아 있는 고통으로 밤을 빚었을 때" "늙은 아버지의 병든 아침" "광란의 비" "설사처럼, 굉음을 내며, 쏟아지던 그리움" "압사당한 밤하늘" 같은 표현들은 시인의 과다한 낭만성에 의해 감정이 절제되지 않고 그대로 토로되는 아쉬움이 있다.

내 몸은 아버지보다 늙었다 아버지
앞에서 자주 눕다보면 그걸 안다
아침녘에 그이가 내 방문을 열 때

나는 밤새워 뒹굴다가도 쌔근쌔근 숨을 쉬며

잔다, 자는 척한다 어떤 날은 십분씩 이십분씩

아버지가 내 몸 구석구석을 만지는데 그럴수록 몸이

뻣뻣해진다 그러다 잠들기도 한다 病과

같이 지낸 9년이 아픈 것이 아니라

내 몸 안에 저희들의 첩첩산성을 쌓아둔 안정제의

안정한 성곽이 무서워서가 아니라

한약 팩을 울분으로 잘라내는 습관적 손놀림이 익숙해져서가 아

니라

오늘 아침은 아버지 핏발 선 눈이 아프다

아침인데도 그리로 해가 지고 있다

응급실에서 돌아온 아침에 그이는

蘭이 겨울을 나는 법이라든가

癌에 걸렸다가 살아났다는 윗말 김씨 얘기를 한다

그 얘기를 하는 이유를 나는 안다 당신도 안다

그이의 아버지 朴龍文씨(1918~1977) 주민등록증을 지갑 속에

아직까지 넣어 다니는 걸 나도 안다

생몰 연대가 없는 금강에서 아버지는 나를

껴안는다 스물일곱의 내가 바라보는 錦江의 노을,

스물일곱에 아버지는 나를 낳으셨다 내 몸을 죽어라

껴안고 있는 그이의 심장이 펄떡거린다

비단강에 몸 푸는 목숨이여,

비단 같은 탯줄을 끊고 비단처럼

아름다운 나라로 가라,

처음 세상 나실 적처럼 우는 아버지,

나는 건강한 産母로 강바람에 오래 달궈진

버드나무 잎들을 미역 대신 따 먹으리라

아버지, 불쌍한 내 자식,

　　──「나는 아버지보다 늙었다」 전문(『목숨』, 천년의시작 2005)

　박진성(朴鎭星) 첫시집 『목숨』에는 "상습 불면, 자살충동, 공
황발작"(「안녕」)에 시달리는 젊은 시인의 고통이 화려한 언어로
'피어나고' 있다. 여기서 '피어난다'고 한 것은 일단 그의 시가
절제된 고통의 신음소리로써 우리를 절실하게 울리지 못한다는
뜻이다. 즉 피부에 맺힌 병의 무늬를 볼 때 느끼는 어떤 화사하
기까지 한, 그래서 시의 장식미로 느껴질 만한 감각적 수사가 읽
는이의 머릿속에 우선적으로 압도해 들어온다는 의미이다. "발
작 후의 울분, 울분 지나간 자리 측백나무 술렁임 지나 선생을
불러봅니다 고흐 先生, 호칭을 헤매다 며칠을 앓았습니다 고흐
兄은 발작하는 심장에 너무 가깝고 고흐 氏는 타라스콩으로 가
는 길처럼 멀기만 하고…… 미적 거리를 위한 내 서투른 시작법

이 先生이란 것에 기댄 것이겠지만 타인과의 병적 동일시를 통한 정신분열 가능성 의사 몰래 훔쳐본 차트에서 全生의 지문을 봅니다"(「반 고흐와 놀다」). 이 시집에는 이런 유형의 표현들이 너무 많다. 그런데 그가 시집 뒤에 붙인 시론적 성격이 강한 산문 「病詩」는 오히려 자신이 앓고 있는 병과 시의 관계를 투명하게 들려준다. 특히 이런 구절을 보면 그의 아픔이 강한 시적 환기력으로 다가온다. "내 몸 어딘가, 혹은 내 정신 어딘가가 끊임없이 아프다는 사실, '나—살아 있음'을 강력하게 부정하면서 동시에 삶을 이끌어나가는 동력. 궁극적으로 病은 '내가 아픔'을 통해서 '타인의 아픔'을 들여다보는 거대한 구멍이 아닐까, 혹은 그러한 아픔이 온전히 만날 수 있는 날[生]것 그대로의 혼용 상태가 아닐까." 그렇지만 시집에 수록된 그의 대부분의 시는 아직 이 시론에 미치지 못한 채 자신만의 낭만성에 갇혀 있다. 그의 시에 나타난 아픔은 '긴장의 미학'(박수연의 해설)을 제대로 획득하지 못하고 있다.

그에 비해 시집 마지막에 수록된 「나는 아버지보다 늙었다」는 이 시집 전체에서 단연 감동적이며, 그에게 미래를 걸어도 좋겠다는 희망을 안겨준다. 다만 아쉽게 느껴지는 점은 마지막 구절 "아버지, 내 불쌍한 자식."이 사족처럼 느껴진다는 것이다. 버드나무가 늘어진 강가에서 아버지와 껴안는 행위를 통해 이미 '아버지를 낳는' 상상력으로까지 진일보한 시적 행위가 마지막에 이르러 시인의 단정으로 말미암아 여운의 폭이 줄어든다. 이런 점은 앞서의 황병승 시에 나타난 아버지에 대한 관념성과 비슷하게 느껴진다. 그러나 이것은 시라는 미적 구성체를 읽고 느끼는 사람의 견해에 따라 다를 수 있는 문제이고 보면, 중요한 것은 젊은 시인이 보여준 병적 상상력의 진정성에 대한 성찰이 될 것이다.

이 작품은 평론가 박수연(朴秀淵)이 시집 해설에서 지적하고 있는 다음 구절을 떠올려준다. "아픈 실재를 긍정하는 언어들이 긴장의 미학으로 제자리를 찾는 모습을 만나게 된다면 한국시단은 훌륭하고 특이한 시인 하나를 갖게 되는 셈이다." 이 작품은 이러한 기대는 물론이고 자신의 시론을 입증해줄 만한 수준에 이르고 있다. 병과 더불어 살아가는 삶 속에서 아버지의 아픔을 발견해내는 행위는 자기를 둘러싸고 있는 현재의 상황을, 자신을 보살피는 아버지처럼 껴안고 갈 수 있음을 예시해준다. 이를 테면 이것은 자신의 병수발을 하는 아버지의 모습을 단순하게 드러낸 표현에서 엿볼 수 있다. "오늘 아침은 아버지 핏발 선 눈이 아프다/아침인데도 그리로 해가 지고 있다." 이런 대목은 화려한 언어들로 채색된 그의 시집 안에서 밋밋하기까지 하지만, 장식적 수사를 걷어버린 단순함이 오히려 오래 여운을 준다. 이 속에는 9년 동안 자신의 병수발을 하느라 늙어버린 아버지를 바라보는 화자의 마음이 애틋하게 묻어난다. 이러한 마음이 부계(父系)를 거슬러 생의 기원이라 할 수 있는 '금강'에 이르게 하고, 거기서 "비단 같은 탯줄을 끊고 비단처럼/아름다운 나라로 가라"는 수일(秀逸)한 이미지를 낳는 힘이 되고 있다.

*

　최근 젊은 시인들 사이에서 보이는 낭만적 상상력은 대개 자신의 고통과 관념, 유희에 매몰된 감상의 산물일 때가 많다. 이들의 시에서 나타나는 표현의 화려함과 환유적 사고, 무의식에 대한 과다한 집착은 전시대의 시와 자신들의 시를 구별해내 독자적 미의식을 창출하려는 조급함이 반영된 것으로 볼 수 있다. 그렇다고 해서 이들이 시에서 보여주는, 시대에 뒤떨어지지 말아야겠다는 의지가 이 시대의 새로운 미적 가치를 산출하려는 몸부림으로 이어지는 것마저 부정하는 것은 아니다. 어떤 측면에서는 전시대와 단절하려는 의지의 산물인 그들의 새로움을 긍정하고 싶은 연민이 더 크다. 그러나 잎과 가지만을 보며 앞으로 내달리면서 자기도 모르게 뒤로 모습을 드러낸, 자신의 뿌리를 간과하는 태도는 지나치게 인위적인 시로 연결된다. 중요한 것은 키치든 문화든 기억이든 무엇이든 시인이 그것에 대한 '중독자'이자 '반성자'(김현)가 되지 않으면, 그 양자간의 거리에서 빚어지는 '긴장의 시학'은 물론이려니와 새로운 미적 가치도 태어나기 어렵다는 것이다.

환상과 실재

　로트레아몽(Lautréamont)의 시집 『말도로르의 노래』(*Les Chants de Maldoror*)에는 '재봉틀과 우산'을 결합시키는 대목이 나오는데, 문학청년 시절에는 매우 신선하게 다가왔던 이 구절이 지금은 왠지 고전적으로 들린다. 어쨌든 서로 거리가 멀면 멀수록 충돌 효과가 커지는 동떨어진 대상들의 새로운 메타포의 효과가 내 머릿속에서는 최상의 모더니티로 각인되어 있었다.

　그것은 일종의 순간적인 착시 같은 것이었는데, 영화에서처럼 소리들이 일시에 소거되며 휴대폰에 대고 무어라 소리치거나 소곤대는 사람들의 입 모양, 귀 모양, 액정을 뚫어져라 응시하는 눈, 빠르게 무언가 꾹꾹 눌러가는 손가락들이 어안렌즈 속의 세계처럼 과잉 왜곡되어 클로즈업된 채 전철 안을 가득 메우고 있는 듯한 느낌을 불러일으켰다. 사람들은 모두 모국어로 말하고 있었고 모국어로 문자를 송신하고 있었지만 나는 순식간에 이방인의 느낌 속에 빠져들고 말았다. 나만이 아니라 전철 안의 모두가 서로에게 이방인인 느낌 같은 것이었다.

　　　　　　　——김선우 산문집 『김선우의 사물들』, 222면(눌와 2005)

　외국에 체류하다 돌아온 시인은 고국을 비워둔 단 일년이란 시간도 놀라웠나보다. 외국어가 주는 긴장에서 벗어나 오랜만에 모국어에 대한 갈망을 채우려는 노력도 잠시, 전철 풍경은 일거에 그 향수를 걷어가버린다. 시인은 서두부터 프루스뜨(M. Proust)가 마들렌느 과자를 적셔먹듯, 휴대폰을 커피 한잔과 함께 먹어치웠으면 좋겠다고 도발적으로 말한다. 차에 적신 과자 한조각의 맛이 '잃어버린 시간'을 찾아가는 여정이 되었듯, 커피에 적신 휴대폰에서 "어린 시절 종이컵 두 개를 실로 연결하여 만들었던 전화기"(같은 책, 225면)를 떠올리는 상상력이 돋보인다. 저편의 말을 헤아리기 위해서는 쫑긋거림과 숨결을 감지해야 하는 침묵의 언어가 필요하고 '낮은 무릎'으로 세상을 봐야 한다는 전언이 인상적이다. 밤이 되면 창틀에서 내려와 책상에 켜놓은 촛불을 보는 고양이와 그 고양이 눈을 응시하는 시인의 이야기는 얼마나 한없이 우리를 몽상의 세계로 이끄는가. 거기서는 여성도 남성도 식물도 동물도 모두 침묵의 아늑한 거처에 몸을 맡긴 채 서로의 눈 속에 타는 영혼을 깊이 빨아들이고 있다.

시인 김혜겸이 서상(書床)을 하나 선물로 가지고 왔다 헐어낸 고가에서 나온 구멍 숭숭 뚫린 널빤지를 정성스레 다듬고 네 귀에 나무못을 박고 가운데 서랍을 단 것이었다 도예가 이동욱이 만든 것이라고 했다 마루의 서쪽 벽면이 어울릴 것 같아 그 아래 두고 모시천을 깔고 작은 사발을 가만히 올려놓았다 흰 그늘 같은 것이 흐르는 듯했다 다음날 아침에 보니 어디로 갔는지 사발이 보이지 않았다 다시 검붉은 기가 도는 갈색 꽃병을 올려놓았다 그것 역시 보이지 않았다 이번에는 시집을 한 권 올려놓았다 시집도 행방을 감추고 보이지 않았다 서상(書床)은 저 홀로 제시간에 흘러가는 어둠을 보고 싶은 듯했다 그리고 여러 날들이 지나갔다 우수도 지나가고 청명도 지나갔다 한식이 내일모레라는 날 나는 시를 쓰려고 이층 서재에서 파지를 수십장 버리다가 작파하고 한밤에 층계로 한 걸음 한 걸음 내려갔다 나는 마루로 내려갔다 놀랍게도 마루에는 물과 같은 시간이 넘실거리면서 가고 있었다 서상(書床)은 시간 위에 둥둥 떠가고 있었다

──최하림 「서상(書床)」 전문
(『때로는 네가 보이지 않는다』, 랜덤하우스 중앙 2005)

현대시에서 환상과 이미지는 우리들의 현실보다 더 실제적이다. 시인들은 이제 붉은 혈액을 수혈받는 대신 환상과 이미지를

링거액처럼 공급받기를 더 좋아한다. 이민하의 시집『환상수족(幻想手足)』(열림원 2005) 해설에서 김수이(金壽伊)가 "환상계로 통하는 문은 발견하는 것이라기보다는 '발명'해야 할 대상"이라고 한 것은, 현대시에서의 환상의 의미에 대한 탁월한 지적이다. 서정시가 일상적으로 흘러가는 시간 속에서 기억과 현실을 결합할 수 있는 정지된, 그래서 영속화된 이미지를 '발견'하는 데 주력한다면, 젊은 시인들의 시에 나타나는 환상계란 매일 밤 새로운 이야기를 꾸며내야만 목숨을 보장받는 아라비안나이트의 세헤라자데의 운명과 비슷하다. 그래서 서정시가 꿈꾸는 기억과 근원에로의 회귀가 '정지의 미'를 꿈꾸는 데 비해, 환상시란 애당초 본질이 존재하지 않으며 미래만이 계속되는, 그 미래조차도 영토화가 되려는 순간 '발명해야 할 대상'인 가능성의 영역으로 미끄러지는 차연(差延)의 세계이다.

환상적 요소를 시에 적극 도입한 이민하의 시집에서「나비잠」의 화자는 밤마다 화자를 대상화시킨 '몸뚱이'에 투입되는 '바람의 링거액'을 체크한다. 그리고 아침이 되면 몸뚱이를 간호하던 화자 자신도 몸뚱이와 마찬가지로 벽을 부여잡은 채 고치처럼 눕는다. 우리들이 몸담고 있는 현실은 이제 우리의 몸과 정신을 치유해주고 이상을 제시해주기에는 너무 늙어버렸다. 가령 80년대 이성복이 "모두 병들었는데, 아무도 아프지 않았다"(「그날」,『뒹구는 돌은 언제 잠깨는가』)고 말한 것은 그 시효를 다했다. 이제 젊은 시인들은 그러한 명령에 귀기울이지 않는다. '아프지 않다'

는 이 말에는 현실에서 아픈 것을 발견하고자 하는 치열한 역설적 표현이 들어 있고 그러한 각성이 시인으로 하여금 끊임없이 망가진 현실의 축소판이라고 할 수 있는 가족과 기억으로 돌아가게 한다. 지난 연대의 시인들은 부서진 현실을 넘어서려고 쉼 없이 미래로 나아가지만, 이러한 운명으로 인해 매순간 자신의 기억으로 되돌아가서 다시 출발하지 않으면 안되었다. 그들은 아픔조차 느끼지 못하게 하는 망가진 현실을 견디기 위해서, 역설적으로 그 현실을 배태한 무의식으로 귀환해야 했으며 그 속에서 운명적으로 아픔을 '발견'해내야만 했다. 그러나 지금 시대의 시인들은 인터넷과 위성방송까지 즐길 수 있는 집에서 현실의 아픔을 '발견'할 수 있는 붉은 혈액을 수혈받는 대신 주삿바늘처럼 전선줄을 머릿속에 꽂고 "환상의 링거액"을 공급받는다. 최근 우리 시의 중요한 현상이라고 할 수 있는 환상은 이렇게 현실을 발견하는 대신 이미지를 '발명'하는 데 주력한다.

그렇다면 「서상」에서의 환상은 무엇인가. 이 시에 나오는 환상은 현실인가 이미지인가. 화자는 선물받은 서상을 놓을 자리를 고심하다 마루의 서쪽 벽면 아래 놓는다. 그런데 서상에 올려진 것은 서상의 용도와는 아무 상관이 없는 것이다. 처음에는 모시천을 깔고 작은 사발을, 다음에는 갈색 꽃병을, 마지막엔 시집을 한 권 올려놓았다. 화자에게는 시집조차도 읽기 위한 것이 아니라 서상에 어울릴 만한 그 무엇으로 보였던 것이다. 하지만 이상하게도 서상에 올려진 것들은 다음날이면 모두 사라진다. 그런데 그것들은 서상의 내면성(흰 그늘)→집과의 친화성(검붉은 기)→화자와의 친화성(시집)이라는 과정을 밟아간다. 우수와 청명과 한식은 이러한 서상의 존재에 대한 화자의 각성을 시간적으로 잘 보여주고 있다. 시간의 지나감은 그 무엇과도 어울리지 않고 맞지도 않는 서상이 "저 홀로 제시간에 흘러가는 어둠을 보고 싶"은 것을 깨닫는 과정과 조응한다. 한식이 내일모레라는 날 화자는 본업인 시를 쓰려고 이층 서재로 올라간다. 아래층 마루의 서상이 저 홀로 어둠을 바라보기 위해 작은 사발과 갈색 꽃병과 시집을 떠나보냈듯, 시인인 화자는 시를 쓰기 위해 수십장의 파지(破紙)를 낸다. 시의 마지막은 화자가 시쓰기를 작파해버리고 마루로 내려갔더니, 놀랍게도 서상이 물과 같이 넘실거리는 시간 위에서 둥둥 떠가는 것으로 마무리된다.

다시 시의 처음으로 돌아가보자. 선물받은 이 서상은 도예가가 정성스럽게 만든 것이다. 그런데 이것은 도예가가 "네 귀에 나무못을 박고 가운데 서랍을" 달기 전까지는 "헐어낸 고가에서 나온 구멍 숭숭 뚫린 널빤지"였다. 손님이 서상을 선물로 들고 오고 화자가 그것을 마루의 서쪽 벽면 아래 두었을 때는 낮이었을 것이다. 또한 손님이 돌아간 뒤 화자가 서상 위에 모시천을 깔고 작은 사발을 올려두거나 검붉은 기가 도는 갈색 화병을 올려두었을 때, 그리고 시집을 한 권 올려놓았을 때 역시 낮이었을 가능성이 크다. 낮은 사람과 사물이 선명하게 관계를 맺는 시간이기 때문이다. 그런데 밤이 지나고 다시 아침이 되어 서상 위를 보면 그것들은 모두 행방을 감추고 보이지 않는다. 서상은 그 위에 얹힌 사물들과 함께 새로운 환경 속에서 자신의 존재를 드러내는 것이 아니라 "헐어낸 고가"의 시간 속에서 존재한다. 서상이 바라보는 어둠은 자신의 "구멍 숭숭 뚫린 널빤지"에서 나온 것이다. 서상에서 사라진 사물들은 실종된 것이 아니라 그 어둠 속에 섞인 것이다. 그래서 이 시에서 나타나는 풍경은 실재와 환상이 서로 삼투하며 존재하는 양상을 보여준다. 따라서 우리는 이 시를 통해 실재와 환상이 분리되는 것이 아니라 한몸 속에 존재할 수 있음을 알게 된다. 그래서 아래층에서 서상이 "제시간에 흘러가는 어둠"을 타고 둥둥 떠가고 있듯, 아마 화자가 쓰다버린 파지 또한 이층의 서재에서 둥둥 떠가고 있으리라는 상상도 해볼 수 있다. 거기에 이르면 우리는 그 파지를 시인의 숭숭 뚫린 구멍에서 나오는 정신의 어둠으로 보아도 무방하리라.

그런데 로트레아몽의 예와 마찬가지로 엘리어트(T.S. Eliot)의 「알프레드 프루프록의 연가」(The Love Song of J. Alfred Prufrock)에서 저녁노을을 '에떼르로 마취된 환자'나 '수술대에 누운 환자'로 보는 상상력은 이미지를 어떻게 배치하느냐에 따라 시적 효과가 얼마나 달라지는지 보여준다. 대상이 갖고 있는 속성은 우리로 하여금 대상을 어떻게 대해야 하는지 결정하게 만든다. 우리는 끊임없이 대상에 의해 제약을 받고 있다. 예술가란 대상이 갖고 있는 규정성을 해체하고 그 구속력을 벗겨내는 자이다. 즉 인간의 삶을 규정짓고 있는 틀과 제약을 벗겨내는 것인데, 이것은 러시아 형식주의자들이 이미 말한 바 있다. 슈끌로프스끼(Victor Shklovski)가 "새로운 형식은 새로운 내용을 표현하기 위해 나타난다"고 했을 때, 이것은 새로운 형식이 새로운 내용을 표현하기 위해 나타나는 것이라기보다는 이미 예술성을 상실해버린 낡은 형식을 바꾸기 위해 나타난다는 뜻이다. 그에 따르면 그것은 아버지에게서 아들로 옮겨지는 것이 아니라 삼촌에게서 조카로 옮겨간다. 이를테면 주변적인 위치에 놓여 있는 것이 편입되어 중심으로 들어온다. 즉 문학사는 직선이 아니라 사선이다. 패배당한 노선은 파괴되는 것이 아니고 없어지는 것도 아니다. 그 노선은 단지 정상에서 미끄러져 휴식을 취하면서 아래에서 놀고 있는 것이며, 옥좌를 요구하는 영원한 왕자처럼 또다시 부각될 수도 있는 것이다.

최근 우리 젊은 시의 주요한 흐름이 되고 있는 환상성 또한 80~90년대 시의 한 조류였던 '해체'와 더불어 주변부에서 중심으로 들어오는 하나의 현상이 되고 있다. 자연의 유기적 질서를 원천으로 하는 동일성의 미학이 추구하는 자아와 세계의 진정한 합일은 자연이라는 자족적인 생명공동체를 전제로 한다. 최근 젊은 시인들의 시에 나타나는 환상의 기획은 "서정시의 영토를 통치하던 서정적 절대주체가 권좌에서 하야"(김혜순)해야 한다는 목소리와 밀접하게 관련되어 있다. 이러한 관점에서 보면, 젊은 세대의 시에서 남성들은 더이상 남성이기를 거부한다. 이들의 시에 나타나는 시적 페르쏘나(persona)들은 남근이라는 상징적

기표를 거부하는 '나의 분홍 종이 연인들, 언어로 가득 찬 자궁이 있는 남성들'(허윤진의 평론 제목, 『문예중앙』 2005년 여름호)이다. 이러한 사유는 자연의 섭리와 인간의 삶의 원리를 등가화하는 전통적 서정시들이, 단성적이며 이성애에 근간하고 있다는 부정적인 인식에서 출발한다. 그런데 이 인식이 재래적 서정에 대한 의도적인 차단에서 비롯된 것이라면 사정은 다르지 않을까? 실제로 젊은 70년대생 시인들의 시집 해설을 읽다보면 심심찮게 앞세대와의 단절을 언급하는 대목들이 등장한다. 그것은 이들이 "전통에서 일탈하는 것이 현대시의 임무"(이장욱의 해설, 김민정 『날으는 고슴도치 아가씨』, 열림원 2005)라는 데 공통적인 믿음을 두고 있기 때문이다.

 풀의
 웃은, 풀잎이듯
 태우면 고운 재의 粒子만 남는, 눈길 거두고
 몸 일으킨 맹인 안내견, 목줄 내밀어 새로 이삿짐을 푼 집의 방
으로
 다시 나를 데려갈 것이다
　　　　　　　　　——김신용 「재봉틀」 부분(『현대시』 2005년 8월호)

 나무도 환상통을 앓는 것일까?
 몸의 수족들 중 어느 한 부분이 떨어져 나간 듯한, 그 상처에서

끊임없이 통증이 베어나오는 그 환상통,

살을 꼬집으면 멍이 들 듯 아픈데도, 갑자기 없어져버린 듯한 날

한때,

지게는, 내 등에 접골된

뼈였다

木質의 단단한 이질감으로, 내 몸의 일부가 된

등뼈.

    (…)

몸에 붙어 있는 것은 분명 팔과 다리이고, 또 그것은 분명 몸에
붙어 있는데

사라져버린 듯한 그 상처에서, 끝없이 통증이 스며나오는 것 같
은 바람이 지나가고

새가 앉았다 떠난 자리, 가지가 가늘게 흔들리고 있다

              —— 김신용 「환상통」 부분(『환상통』, 천년의시작 2005)

  잘 알려져 있다시피 김신용(金信龍)은 부랑자 출신 시인이며,
젊은날 지게꾼으로 연명한 이력이 있다. 「재봉틀」이라는 시를
보면 화자는 현재 수의를 짓는 일로 생계를 이어가고 있다. 시골
로 새로 이사한 집에 "된장독 이불 보따리 같은 가재도구들"과

함께 '풀밭에 놓여 있는 재봉틀 한 대'. 또한 그 '재봉틀 위에 앉은 나비'. 화자는 그 재봉틀을 부려 삶을 꾸려가지만, 그 삶은 풀로 만들어진 수의처럼 "태우면 고운 재의 粒子만 남는" 그런 것이다. 이 시에서 '재봉틀/수의'는 '맹인 안내견/나비'로 변주된다. 화자가 풀밭에 놓인 재봉틀에서 자기 삶을 이끌어갈 맹인 안내견을 연상하면서, 자기 삶을 압축해놓은 이미지인 수의/나비를 통해 '풀→풀을 먹고 풀실로 수의(고치)를 짓는 애벌레→수의를 태우고 나비로 환생'하는 과정을 보여준다.

「환상통」역시 경험과 상상 혹은 환상이 겹이미지를 이루고 있다. 여기서 '환상통'은 환지통(幻肢痛)이다. 환지통은 사고나 수술을 통해 신체 일부를 상실한 경우에 발생하는 증상을 일컫는다. 가령 한쪽 다리를 잃은 환자는 그 없어진 다리에서 통증을 느끼며, 나아가 그 다리로 걷거나 발을 뻗으려 하는 등 마치 다리가 있는 듯한 감각활동을 계속한다. 메를로뽕띠(M. Merleau-Ponty)에 의하면 환지통은 '나는 생각한다'와 같이 의식이나 의지에서 출발하는 것이 아니라 몸 자체에서 발원하는 것이다. 말하자면, 절단되기 이전의 발이 누려왔던 행위 영역을 보존하려는 신체의 지향성에서 비롯된다(『지각의 현상학』). 이 시는 이러한 환지통을 빌려와 자기 삶의 상처를 가만히 들려준다. 화자는 물끄러미 새가 떠난 자리, 나뭇가지가 흔들리는 것을 본다. 그런데 나뭇가지의 흔들림 속에서 그가 보는 것은 한때 자신의 등에 붙어 있던 지게이다. 그는 그 지게를 "등에 접골된 뼈였다"라고까지 토로하고 있다. 그래서 나뭇가지에서 날아가는 한 마리 새를 통해 자신의 등에서 없어진 '끝없는 통증'을 기억하는 이 신체의 환상은 실재적이며 존재론적이다.

> 상처난 눈과 상상하는 눈을 전구알처럼 갈아끼우는
> 우리의 모든 날은 생일이므로.
> 어제의 시체를 파먹고 시간을 수혈하며 날마다 태어나는
> 마네킹 M.
>
> ──이민하 「20031010」 부분(『환상수족』)

그러나 최근 시인들의 시에 나오는 환상은 기획된 것이다. 김신용 시에 나타나는 환지통의 모티프가 이 시에서도 중요한 역할을 담당하지만, 그것은 살아 있는 것이 아니다. 이 시에서 나타난 것처럼 우리가 생각하는 환상은 이미지에 의해 지배되는 것에 가깝다. 그것의 원인 역시 모두 우리에게 있다는 사실을 간과해서는 안될 것이다. 현시대에 씌어지고 있는 환상시들 역시 어떤 이미지들의 지배를 받아 만들어진 작품이다. 그렇다면 환상이 무엇이란 말인가? 우리들의 머릿속에서는 무엇을 환상적이라고 규정짓고 있는가? 서정시와 환상시의 경계는 무엇인가? 환상시를 환상시로 만드는 요소는 시 안에서, 그리고 우리에게 어떤 영향을 미치는가?

이 시를 보면 현대시에서 환상과 실재를 구분하는 것은 고전

적이다 못해 너무나 구태의연해진다. 우리들은 이제 진짜 현실보다는 이미지와 환상으로 가공된 가짜 현실에 더 끌리며, 그것이 삶의 주요한 동력이 되었다. 인터넷과 게임, 위성방송 등의 영상과 그것을 가능하게 한 디자인혁명은 우리로 하여금 현실의 아픔보다는 가공된 환상과 이미지에 의해 아픔이 '발명'되는 새로운 세계를 목격하게 한다. 어쩌면 이제 진짜 현실보다는 가짜 현실이 더 생생하며 사물의 본질보다는 사물의 허상이 더 진실된 것인지 모른다. 이 시에서처럼 "어제의 시체를 파먹고 시간을 수혈하며 날마다 태어나는/마네킹 M"이라는 이름으로 우리들은 새롭게 자신을 '조립'해야 할지 모른다. 사람들이 날마다 생각하고 행동하는 일상적인 활동과, 프루스뜨의 마들렌느 과자가 베풀어주는 무한한 기억의 확장이라는 풍요로운 경험은 이제 이미지의 거울에 비치지 않으면 오히려 감각되지 않는 허상이 되어버렸다. 젊은 시인들이 이러한 뒤바뀐 진실을 통해 낡아빠진 현실과 이상을 버무린 '서정의 여물통'에 머리를 박고 있는 '고전'들을 조롱한다 해도 지금 뭐라고 대꾸할 수 있겠는가.

우리는 지금 환상이 가득한 세계에서 살고 있다. 우리는 환상을 실제보다 더 생생하고, 더 그럴듯하고, 더 '진짜'같이 만들어서 그 속에서 살려고 한다.[1] 우리들의 마음속에서 자리를 잡고 있던 이상이 사라지고 대신 그 자리에 이미지가 똬리를 틀고 있

---

1) 대니얼 부어스틴 지음, 정태철 옮김 『이미지와 환상』, 사계절 2004.

다. 이미지적인 사고방식과 이상적인 사고방식은 매우 대조적이라고 한다. 라틴어 이마고(imago)에서 온 영어 단어 이미지(image)는 라틴어 이미타리(imitari), 즉 모방하다(imitate)란 말과 관계가 있다. 이에 반해 이상(ideal)이란 단어는 이념(idea)과 관계한다. 이미지가 어떤 대상이나 사람의 외형을 인공적으로 모방하거나 표현하는 것이라면, 이상은 이미지와는 달리 인공적인 것이 아니다. 그것은 전통, 역사, 신에 의해 창조된다(273면). 부어스틴(Daniel J. Boorstin)의 말을 변용하자면 현대시는 자연 대신에 자연을 '의도적으로 배치한' 디자인에 더 점수를 준다. 시인은 자기가 본 자연에 감탄하는 것이 아니며, 그 자연의 아름다움이 최종적으로 담긴 시라는 결과적인 형태에 감탄하는 것도 아니다. 그보다 이 훌륭하고 영리하게 세상을 보는 방법, 즉 시를 찍어내는 기술에 더 감탄한다. 많은 현대시인들이 눈앞에 보이는 현실에는 관심이 없고 그것을 진짜처럼 제조한 자신의 환상 또는 이미지에 집착한다. 그래서 이제 "인간 경험은 집이 아니라 그 집의 실내장식에 지나지 않게 되었다"(248면). 우리는 이제 거울 속에서 우리 자신을 보기 원하며 그 비현실적이고 환상적인 삶은 어느새 이상이란 낡은 단어를 거울 밖으로 내던져버렸다. 이런 맥락에서 보면 최근 우리시에서 나타난 환상은 김수이가 말한 '발명'이지만, 그것은 '가공'된 상처이며 상상이다. 그런데 다음을 보라.

창조적 독창성의 스펙트럼이 다양하다 했나, 그들의 시가? 나는 전혀 그 반대라고 생각하는데? (…) 물론 성장기와 이러저러한 문화의 변화 때문에 빚어지는 현상 같은 것이겠지만, 이를테면 실내에서 하는 카드놀이나 좀 잘아빠진 테크닉을 요구하는 당구 같은 거는 잘하는데 넓은 잔디밭으로 나가서 뛰는, 땀을 흘리는, 장쾌한 스윙으로 홈런을 날리는 그런 시들은 잘 안 보여. 스케일이 큰 서사구조를 가진 시나 야성(야생)의 시가 좀 나타나주었으면 좋겠는데, 가만 들여다보면 늘 혼자만 노는 시들이야. 이름을 가려놓고 보면 누구의 시인지 잘 모르겠어. 어쩌면 그렇게 발상부터 표현기법까지 한결 엇비슷한지.

———유홍준·신동욱 대담 「차돌처럼 단단한, 자기부정과 갱신의 길」,
232~33면(『현대시』 2005년 8월호)

나의 시쓰기는 전략적으로 모색된 이후의 선택이었다는 점을 나름으로 피력하고자 합니다.

저는 제 자신에게 계속 '자신감'을 가지라고 최면을 걸고 있습니다. 이것은 일종의 제 시가 제 생활내력의 연장선에서 분출된 것이고(외설을 포함하여), 그 무엇을 부인해서도 안된다는 생각까지를 보태고 있습니다. 이유는 그것이 검증된 적이 없는 '불안한' '실험적인 시쓰기'라는 데 있고요.

———이기인 『알쏭달쏭 소녀백과사전』, 107면

앞의 인용문은 한 대담에서 70년대생들의 다양한 시적 스펙트럼을 어떻게 생각하느냐는 질문에 대한 유홍준(劉烘埈)의 답변이고, 뒤의 인용문은 이기인(李起仁)이 자신의 시집 해설을 부탁하며 쓴 편지를 해설자가 재인용한 것이다. 두 인용문은 서로 톤은 다르지만 공통적으로 지금 시대의 시쓰기에서 나타나는 전략 혹은 테크닉과 실제 삶의 연관찾기에 대한 고민이라고 할 수 있다. 그래서 이들의 시는 일정부분 그로테스크한 환상을 자신의 시적 전략으로 삼고 있지만 "언제까지고 한쪽 발은 현실에, 땅에 붙이고 있어야 한다"(대담, 225면)는 믿음이 강하다. 물론 여기서 내가 이들의 말을 인용하는 것은 오규원의 말처럼 "젊은 시인들에게 보이는 '가벼움'이 무거움을 이기기 위한 가벼움이고, 그렇기 때문에 그 가벼움은 고통스런 가벼움이기를 희망"[2]하는 마음에서 비롯된 것인지 모른다.

환지통이 잃어버린 것을 받아들일 수 없어 겪는 신체적 고통이라면, 그 고통은 한 나뭇가지의 흔들림에서 "등에 접골된 뼈"였던 '지게'를 감각하는 김신용 시에서처럼 절실함을 회복하려는 간절함이 반영된 것이라고 할 수 있다. 지금 우리의 현실과 삶이 아무리 훼손되었다 하더라도 그 안에 내재된 변하지 않는 낡은 이상이나 꿈을 미래에서 성취하고자 하는 끊임없는 갈망이 환지통인 것이다. 이렇게 잃어버린 꿈을 회복하고자 하는 이상

2) 오규원 『날이미지와 시』, 문학과지성사 2005, 171면.

이 가려움증이나 갈망으로 나타나는 것이라면, 환상과 실재는 서로 분리되어 있는 것이 아니라 현재와 미래를 위해 갱신을 도모하고 있는 것이라고 봐야 한다.

이 연장선상에서 살펴볼 수 있는 시집이 이기인의 『알쏭달쏭 소녀백과사전』(창비 2005)이다. 이 시집에는 소녀들의 성(性)과 기계의 결합이 다채로운 이미지를 통해 나타난다.

> 어둠과 소녀들이 교차하는 시간, 눈꺼풀이 내려왔네
>
> ㅎ방직공장의 피곤한 소녀들에게
> 영원한 메뉴는 사랑이 아닐까,
> 라면 혹은 김밥을 주문한 분식집에서
> 생산라인의 한 소녀는 봉숭아 물든 손을 싹싹 비벼대며
> 오늘도 나무젓가락을 쪼개어 소년에 대한
> 소녀의 사랑을 점치고 싶어하네
>
> ──「ㅎ방직공장의 소녀들」 부분

'기계와 사귀는 여자들'은 이 시에서 드러난 바와 같이 공장에 다니는 여공이거나 혹은 창녀들이다. 그의 시의 한가닥은 인천의 공장지대와 창녀촌, 그리고 교도소를 배경으로 하고 있다. 여기에서 소녀들의 삶은 직접적인 노동현장을 통해 드러나기보다는 분식점이나 공중화장실 같은 장소를 통해 간접적으로 드러난

다. 다음 시는 그 한 예가 될 수 있다.

공장과 공장 사이에 있는 화장실
흰 문짝은 오랫동안 페인트를 벗으면서, 깨알 같은 글씨를 토해
내고야 말았다

똥을 싸면서도 뭔가를 열심히 읽고 싶었던 이 못난 필적은 필시
쾌활한 자지를 바나나처럼 그려놓고 슬펐을 것이다.
　　　　　　　　　　　　　──「알쏭달쏭 소녀백과사전─흰 벽」 부분

　퇴락한 공중화장실의 흰 문짝에 칠해진 페인트가 벗겨지면서
나타나는 '깨알 같은 글씨'와 '쾌활한 자지'는 소녀들의 욕망을
은유한다. 이기인의 시에서 성(性)은 쾌락의 도구로서가 아니라
예정된 삶의 은밀한 그늘이다. 그녀들은 고쳐질 수 없는 삶을 산
다. 그녀들이 늙은 여자가 아닌 순결한 소녀의 이미지를 띠고 있
다는 점에서 이 훼손은 운명적이다. 소녀들은 현대사회의 화려
한 문명에서 소외되어 자신의 은밀한 꿈을 노동의 그늘에서 찾
는다. 이들이 현실에서 탈출할 수 있는 유일한 방법은 '사랑'에
대한 '메뉴'를 놓치지 않는 것이다. 기계 기름이 찌든 '봉숭아 물
든 손'을 바지에 싹싹 비비고 '나무젓가락을 쪼개어' 소년에 대
한 사랑을 확인하는 슬픈 열망은 분식점에서의 짧은 휴식시간을
통해서만 허용된다. 따라서 「ㅎ방직공장의 소녀들」에서 'ㅎ'은

'희망'이면서 동시에 '희생'이라는 이중적인 의미를 지닌다. 그러나 이러한 슬픈 열망은 현실이라는 화면에 수없이 덧칠되어 그 흔적은 겹겹의 페인트가 떨어진 다음에나 발견된다. 성과 기계의 결합은 소녀들의 삶을 수동적으로 내몰고 있지만, 그들은 이 수동적인 성을 역설화해 현실을 타개하는 적극적인 생존전략으로 삼는다. 시인은 이 소녀들을 빌려 우리의 삶이 '상처 디자이너'에 의해 기획된 것이지만, 그것을 외면하지 말고 그 속에서 암울한 삶을 헤쳐나갈 실재를 발견하고자 한다.

지금 우리의 젊은 시는 환상이라는 무한한 바깥과 조우하고 있다. 하지만 환상이 현재와 미래가 결여된 '배치와 기획'에 한정될 때, 이데올로기의 도구가 되어버린 지난 연대의 리얼리즘 시가 저지른 잘못처럼 또다른 의미의 배타적인 영역이 되어버린다. 자칫하면 환상이 범람하는 사회에서 내면의 나르씨씨즘적인 새로움은 금세 "대기 속에 녹아버리고" 가짜 이미지만이 끊임없이 그 모습을 바꾸며 실재를 대신할 것이기 때문이다.

상징이 되기 위한 몸짓들

　한때 시집이 삶에 대한 '예감'의 다른 말이라고 생각한 시절, 나는 한권의 시집을 너덜너덜해질 정도로 옆구리에 끼고 다녔다. 전철에서도, 버스에서도, 심지어 연애를 할 때에도 그 시집은 인생에서 빼놓을 수 없는 그 무엇, 영혼 혹은 상징이었다. 한권의 시집은 '구원할 수 없는 것'들의 총량이었다. 가령 정희성의 「저문 강에 삽을 씻고」는 아버지의 인생 전체를 상징하는 것 같았다. 그리고 이 한 편의 시를 사랑하게 되자 정희성의 시집은 내 몸에 각인된 영혼처럼 생각되어, 그의 시집에서 '구원'을 찾고자 밑줄을 그어가며 읽게 되었다. 저문 강에서 삽날에 비친 노을을 씻는다는 것, 그것은 노을의 붉은빛과 삽날의 은빛이 혼용되어 아버지와 가난이란 개인적 차원을 넘어서 시대와의 연대의

식을 꿈꾸게 하고, 그 과정에서 삶과 시대라는 이중의 억눌린 분노가 씻겨지는 카타르씨스를 느끼게 해주었다.

요즈음은 쏟아져나온 시집을 읽다보면 '상징'과 '의미'라는 말이 불쑥불쑥 떠오른다. 그리고 그것이 자꾸 시적으로 변용되어서 내가 지금 이 시집들 속에서 찾으려는 것이 '상징'인가, 아니면 '의미'인가 하는 질문이 꼬리를 문다. 시집을 상징으로 본다면, 나는 하나의 시집 속에 들어 있는 추상적인 것을 모두 불러내야 할 것이다. 그러나 시집을 의미로 인식한다면, 그 의미에 알맞은 구체적인 몇가지의 사례를 시집 속에서 찾아내면 될 것이다. 이런 생각이 든 것은 인터넷에서 본 흥미로운 기사 때문이다. 최근에 새로운 검색엔진이 하나 나왔다는 것인데, 다음 문장이 눈에 쏙 들어왔다. "기존 엔진에선 검색어를 하나의 상징(symbol)으로 인식해 그 단어가 들어 있는 모든 자료를 불러낸다. 그러나 렉시(lexxe.com)는 문장 속의 단어를 의미(meaning)로 인식해 전체 문장의 뜻을 이해한 뒤 답을 찾아"낸다(중앙일보 2005년 10월 26일자). 이 새로운 검색엔진의 특징은 검색질문이 입력되면 원하는 답만 간결하게 제공한다는 것.

한 계절에 읽어야 할 시집이 많다는 것이 마냥 행복한 일만은 아니다. 특히 올해처럼 많은 시집이 쏟아져나온 것은 문단에 나온 이래 십수년 동안 처음 보는 현상인 것 같다. 새로운 검색엔진에 저 시집과 시들을 넣고 돌려버릴까. 그래서 이번 계절의 시집과 시 들은 이런 의미를 가지고 있다, 하고 점잖게 한말씀하고 싶은 심정이다. 그러나 이것은 어디까지나 푸념일 뿐, 여전히 나는 시집에서 의미보다는 상징을 얻고 싶다. "하찮은 팸플릿에서도 새로운 이미지의 빛"[1]을 발견했다는 바슐라르가 한국에 다시 태어난다면 어떤 표정을 지을까. "사방에서 이미지들이 대기를 침범하고, 이 세계에서 저 세계로 건너가고 강대한 꿈에 혹은 귀를 혹은 눈을 부른다. 시인들이 넘쳐난다——대소시인, 유명한 시인, 잘 알려지지 않은 시인, 사랑받는 시인, 매혹하는 시인. 시를 위해 사는 자는 모든 걸 다 읽어야 한다."(같은 곳) 말문이 탁 막힌다. 바슐라르는 '시를 위해 사는 자'는 시집의 하인이 되라고 하지 않는가. 하지만 수많은 시집과 문예지에서 그가 말한 '이미지의 무지갯빛'을 발견하기란 쉽지가 않다.

말의 홍수 속에서 어떻게 비 갠 후 맑은 대기에 걸린 한줄기 내면의 광채를 볼 수 있단 말인가. 시인은 독자에게, 그들의 '고뇌'를 조금이라도 줄일 수 있도록 상징으로 통어된 '고뇌의 미학'을 제공해야 한다. 바슐라르의 기원처럼 나도 "매일 새로운 이미지들에 대해 말해주는 책들이 바구니 가득 하늘에서 떨어졌으면 좋겠다."(37면) 그러나 방바닥에 쌓인 새 책들이 불편하기까지 한 것은 이 땅의 시인들이 여전히 할 말이 너무 많아서 그들의 고뇌와 새로움에 독자가 주눅이 들기 때문이다. 우리 시가 어떤 시대보다 다양화된 것은 축복받을 일이지만, 그 다양성도 찬

---

1) 가스똥 바슐라르 지음, 김현 옮김 『몽상의 시학』, 홍성사 1978, 36면.

찬히 따지고 보면 자기 유파 내에서만 다양화된 것이지, 바슐라
르가 말한 '옛 세대가 새 세대를 깨우고 새 세대가 옛 세대를 깨
우는' 통합적인 면모는 부족한 것이 아닌가 한다. 그래서 밑줄까
지 그으며 '너무 빨리 읽지 않고' 침묵 속에서 음미해야 하지만
나는 바슐라르의 충고와는 반대로 방바닥에 놓인 책들을 '큰 덩
치를 삼키'듯 의미만을 추출하려는 유혹에 빠지는 것이다.

　나는 상징이라는 말을 비평적 의미보다는 어떤 추상적 아픔,
정신의 아픔으로 사용하려 한다. 시인이란 '나'와 세계 사이에서
빚어지는 상징을 표현하는 사람이다. 그 모습은 "다른 인간들은
고뇌 속에서 침묵하지만 신은 내게 얼마나 괴로운지를 말할 힘
을 주셨거늘"(괴테)의 형태일 것이다. 보들레르가 무슨 댓가를 치
르더라도 독창성을 추구하려고 했던 것이나, 두보(杜甫)가 남을
놀라게 할 만한 표현이 아니면 죽어도 쓰지 않을 것이라고 했던
다짐들은, 우선 시가 표현능력임을 일러준다. 그러나 시인들이
독창성을 추구하는 것은 세계의 괴로움에 대한 절실함과 간절함
에서 나온 것이지 그저 말장난이 아님은 물론이다. 간절함이 없
는 시는 상징의 정수인 '예감'을 얻지 못하고 의미의 세계에 복
속되고 만다. 반면, 빼어난 시는 빽빽한 숲에서도 자신만의 향기
와 모습을 간직한 나무처럼 빛이 난다.

　김노인은 64세, 중풍으로 누워 수년째 산소호흡기로 연명한다.
　아내 박씨는 62세, 방 하나 얻어 수년째 남편 병 수발한다.

문밖에 배달 우유가 쌓인 걸 이상히 여긴 이웃이 방문을 열어본다.
아내 박씨는 밥숟가락을 입에 문 채 죽어 있고,
김노인은 눈물을 머금은 채 아내 쪽을 바라보고 있다.
구급차가 와서 두 노인을 실어간다.
음식물에 기도가 막혀 질식사하는 광경을 목격하면서도
거동 못해 아내를 구하지 못한,
김노인은 병원으로 실려가는 도중 숨을 거둔다.

아침 신문이 턱 하니 식탁에 지독한 죽음의 참상을 차리니
나는 식탁에 앉은 채로 꼼짝없이 그걸 씹어야 했다
꾸역꾸역 씹다가 군소리도 싫어
썩어문드러질 숟가락 놓고 대단스럴 내일의
천국 내일의 어느날인가로 알아서 끌려갔다
끌려가 병자의 무거운 몸을 이리저리 들어 추스리어놓고
늦은 밥술을 떴다 밥술을 뜨다 기도가 막히고
밥숟가락이 입에 물린 채 죽어가는데
그런 나를 눈물 머금고 바라만 보는 그 누가
거동 못하는 그 누가

아, 눈물 머금은 神이 나를, 우리를 바라보신다.

— 이진명 「눈물 머금은 神이 우리를 바라보신다」 전문
(『문학들』 2005년 가을호)

이진명(李珍明)은 일상의 세목들에서 비의(秘意)를 캐내는 시인이다. 그의 시는 우리를 아주 먼 옛날에 사라져버린 시간으로 데려간다. 가령 그의 첫시집에서 '복자수도원'은 왜 골목에 숨겨져 있는 걸까? 그리고 화자는 산책의 끝에 복자수도원이 있다고 하면서, 마지막 행에 이르러서는 "내 산책의 끝에는 언제나 없는 복자수도원이 있다"(이진명 「복자수도원」, 『밤에 용서라는 말을 들었다』, 민음사 1992)고 하는 걸까?

화자는 수도원 안으로 들어가지 않고 빠끔히 열린 문틈으로 엿본다. 「무늬들은 빈집에서」란 시에서는 언덕에 올라간 화자가 빈집을 내려다보며 그곳에 "무언가 엷디엷은 것이 사는 듯"하다고 말한다. 그런데 여기서 수도원이나 빈집은 '비스듬히 올라간' 곳에 있다. 벤야민 식으로 이야기하자면 산책자에게는 어떠한 거리도 급경사를 이루고 있다.[2] 이진명의 시에서 성(聖)과 속(俗)이 포개어지는 시간은 경사를 이룬 곳에서 발견된다. 수도원 안의 무늬란 '엷디엷은 것'이라서 화자가 안으로 들어가서 '만지면' 그 생명을 잃고 만다. 이것은 기원할 때만 있다가 그

---

2) 산책자에게는 어떠한 거리도 급경사를 이루고 있다. 거리는 그를 '신화적인' 어머니의 나라들까지는 아니더라도 어떤 과거로 데리고 가는데, 이 과거는 산책자 본인의 것, 사적인 것이 아닌만큼 그만큼 더 매혹적인 것으로 다가올 수밖에 없다. 그럼에도 이 과거는 항상 유년시절의 시간 그대로이다. 그런데 왜 자신이 전에 살았던 유년의 시간일까? 아스팔트 위를 걸어가는 그의 발자국은 경이로운 반향을 불러일으킨다. 포석 위에 쏟아지는 가스등 불빛은 이러한 이중의 땅위에 양의적인 빛을 던지고 있다(발터 벤야민 지음, 조형준 옮김 『아케이드 프로젝트』, 새물결 2005, 964면).

기원이 이뤄지고 나면 사라지고 마는 꿈과 같은 이치이다. 시인이 서 있는 곳이 속(俗)이라는 점에서 산책의 끝에 복자수도원은 있지만, 그 안으로까지 들어가지 않는다는 점에서, 복자수도원은 없는 것이다.

그의 최근작 「눈물 머금은 神이 우리를 바라보신다」는 성과 속이 지닌 양의성(兩意性)을 절실성과 간절함으로 빚어낸 역작이다. 거리를 쏘다니다가 추억에 잠겨 도취에 빠지곤 하는 산책자는 눈앞에 감각적으로 나타나는 것뿐만 아니라 종종 단순한 지식, 죽은 데이터까지 몸소 경험하거나 직접 체험해본 것처럼 자기 것으로 만들어버린다(965면). 산책자 이진명은 집에 배달된 신문의 기사를 몽따주하여 절묘하게 속(俗)의 세계에 깊게 뿌리내린 비의를 체화시킨다. 1연에서 쉼표와 마침표를 의도적으로 사용하여 몽따주 효과를 극대화한 다음 2연에서는 그것을 자신이 몸소 체험한 것처럼 자기화한다. 3연의 단 한줄 "아, 눈물 머금은 神이 나를, 우리를 바라보신다"에서는 이 양의성이 절묘하게 결합된다.

그렇다면 기사 속의 "밥숟가락을 입에 문 채 죽어 있"는 아내 박씨와 "거동 못해 아내를 구하지 못한" 중풍 걸린 남편 김노인의 죽음을 화자는 어떻게 자기 것으로 체화하고 있는가. 첫째 화자는 박씨와 자신을 동일시한다. 조간신문이 식탁에 "지독한 죽음의 참상을 차리니" 어쩔 수 없이 "그걸 씹어야 했다는 것", 그러다 결국 자신도 "밥숟가락이 입에 물린 채 죽어가"야 했다는

것. 둘째는 김노인과 신(神)의 동일시이다. 그 과정에서 이 시에
세 차례 출현하는 '눈물'은 세속적 의미에서 비의적이며 상징적
인 구원의 의미로 전이된다. 그 과정에서 사실성은 모호성으로
흐려진다. 1연에서 죽어가는 아내를 거동을 못해 눈물을 머금은
채 바라보던 남편의 시선은, 2연에서는 같은 상황이지만 "그런
나를 눈물 머금고 바라만 보는 그 누가/거동 못하는 그 누가"로
모호하게 암시될 뿐이다. 그런데 이 모호함이야말로 시인의 절
실성을 입증한다. 세계의 구원이 어찌 이런 것이라고 확고하게
정의내릴 수 있는 성질의 것인가. 이진명 식으로 말하자면 그것
은 '엷디엷고' '얼비치기'만 할 뿐이다. 시인은 이 모호함을 자기
것인 양 절실하게 '사는' 존재이다. 만약 1연의 김노인의 눈물을
사실성에 입각해 곧장 3연의 세상의 모든 부조리에 침묵하는 신
에게 '당신의 눈물 따위가 무슨 의미가 있느냐'고 항변했다면,
이 시는 고작 세계의 모순을 고발하는 데서 그쳤을 것이다.

지난 연대의 민중시나 리얼리즘시의 과다한 목적의식, 그리고
최근의 선시(禪詩)류에서 발견되는 도통한 체하는 포즈들이 이
런 경우에 해당되는 것으로서, 시가 이렇게 씌어지면 상징을 얻
으려는 절실함도 없이 세계와 '나'는 곧장 연결된다. 이 시가 아
무도 말하지 못한 표현의 참신성을 획득한 것은 상징을 얻으려
는 절박하고 절실한 2연의 자기화과정이 있기 때문이다. 괴테가
말한 세상에 대해 "괴로운지를 말할 수 있는 힘"이란 한줄의 기
사에서도 자기를 발견할 줄 아는 절실함을 가리킨다. 이 시에서

알 수 있듯 상징이란 의미처럼 명확할 수는 없지만, 그러나 그 내부에 간직된 모호성은 '이 세상의 총량'에 맞먹는다. 세속과 신성의 결합으로 빚어낸 이 '눈물'은, 이진명 시의 '무늬'에 감돌고 있는 '슬퍼하는 자'가 꿈꾸는 '마음의 구원'이 어디에 있는지 감동적으로 전해준다. 이 시는 정보(신문기사)→이야기(자기화과정)→상징(신의 눈물)의 구도를 상상력을 통해 결합해서 보여준다. 특히 이러한 시적 구도는 "정보가 그것이 새로웠던 바로 그 순간에 가치를 상실"하는 반면, "얘기는 자신의 힘을 유지하며 집중하고 오랜 시간이 지난 후에도 방출할 수 있다"[3]고 한 벤야민의 말을 떠올리게 한다. 이진명은 문학의 구원이란 남을 구원하는 명확한 의미의 세계에 있는 것이 아니라 자기 마음의 위로에 있음을 한방울의 눈물을 통해 상징화하는 것이다.

  날개를 삶는다 날개에서 기름 나와 날개 사이로 떠다닌다 날개
 만 떠다닌다 머리 다리 어여쁜 몸통 무지개 같은 내장은 어디로 갔
 을까 길고 아린 발톱들을 누가 다 뽑아갔을까, 마치 전쟁 이제 막 끝
 난 도시 같은 닭국물 속으로 기름달이 수없이 많은 기름달이 뜨는
 데 날개를 여기다 두고 기름달을 여기다 둔 그 새는 어디로 갔을까
                              ——허수경 「날개를 삶다」 전문
                     (『청동의 시간 감자의 시간』, 문학과지성사 2005)

3) 유종호 『시란 무엇인가』, 민음사 1995, 149면에서 재인용.

이진명이 인간의 '눈물'에서 신의 '눈물'을 발견해낸다면 허수경(許秀卿)은 국솥에서 '기름달'을 본다. 근작 시집 『청동의 시간 감자의 시간』에서 세계를 솥에 넣고 끓이는 시인은 자신을 '눈먼 사제의 딸'로 비유하고 있다. 현재 독일에서 14년째 동방고고학을 공부하고 있는 그의 삶이 시작태도에 고스란히 반영되어 있는 셈이다. 그는 '시간 언덕'의 지층을 파헤쳐서 출토된 과거의 세계를 연금술적인 언어마술을 통해 현재의 삶으로 탈바꿈시킨다. 따라서 '국솥'은 이 세계를 모두 담을 수 있는 상징의 용기(容器)이다. 그의 이번 시집에서는 태양/달의 등식이 나오는데, 태양은 '청동의 시간'과 달은 '감자의 시간'과 각각 호응한다. 태양은 문명의 메커니즘이라 할 수 있는 '청동의 시간'을 뜨겁게 달구는 절대권력의 폭력성과, 달은 참혹한 현실을 견뎌온 인간의 끈질긴 생명력을 대변하는 '감자의 시간'과 맞닿아 있다.

그의 시에 있어 태양은 "마치 적군의 진격을 목전에 둔 마을/여인들의 공포 같은/빛의 움직임"(「새벽발굴」)으로서 "아이들 자라는 시간 청동으로 된 시간"(「물 좀 가져다주어요」)이다. 그 시간 속에서 아이들은 "언젠가 군인이 될 아이들은 스무해 정도만 살 수 있는 고대인"으로 설정된다. 태양의 시간으로 보면 아이들이란 스무해 정도만 살 수 있는 고대인이라는데, 그것은 역설적으로 스무해 정도만 전쟁에 사용될 수 있는 살인병기라는 뜻을 환기시킨다. 반면 달의 시간은 "땅속에서 땅사과가 아직도 열리는 것은/아이들이 쪼그리고 앉아 땀을 역청처럼 흘리"는(같은 시) 것과 연관된다. 인류의 배고픔을 충족시켜준 것이 구황작물 감자이듯이 노동하는 아이들의 세계를 통해 시인이 보는 '달'은 "내 속에 든 통증"(「달이 걸어오는 밤」)을 삼키는 여성성과 연관된다. 「물지게」의 전문을 보자.

물지게를 지고 지나가는 남자, 남방초길 십자성길 지나는 시간 없는 시간 속의 남자 지고 가는 물동이에 빛 있다 물이 우려내는 빛, 섬세한 빛 근육, 야자잎 드문드문 빛의 존재를 지우는데도 빛은 있다, 저 빛을 마신 남자의 아이들은 물이 되리라

태양의 빛과 달리 물지게에서 떠오르는 "물이 우려내는 빛"은 "섬세한 빛 근육"으로서 문명의 폭압적인 시간과 맞서 삶의 고난을 빨아들이는 달빛의 또다른 변용이라 할 수 있다. 이 시집에서 태양과 달의 이러한 이분법적 등식은 '끓인다'로 대변될 수 있는 국솥의 이미지에 의해 또다른 상징으로 태어난다.

「날개를 삶다」는 이러한 이중성으로 가득 찬 두 세계를 솥에 넣고 끓임으로써 새로운 희망을 암시한다. 바로 뜨겁게 끓고 있는 닭국물의 기름 속에서 발견해낸 '기름달'인데, 온몸이 산산이 부서져버린 닭의 날개에서 흘러나오는 그것은 이진명이 발견해낸 '신의 눈물'은 아니었을까. 그렇기 때문에 이번 시집에서 많은 부분을 차지하고 있는 고고학적 발굴을 다룬 시편들은 과거의 놀랄 만한 유적발굴에서 마주치는 문명의 위대함과는 아무

상관이 없다. 그것은 차라리 태양의 이미지를 띤 문명이 인류에게 가한 폭력의 현장인 폐허에서 그 밑 "땅속에서" 사는 "감자의 시간", 즉 문명이 가한 통증을 삭이는 달과 물이라는 인류애적 모성과 만나는 것과 관련이 있다.

어떤 의미에서는 뒤로 가는 실험을 하는 것이 앞으로 가는 실험과 비교해서 뒤지지 않을 수도 있다. 뒤로 가나 앞으로 가나 우리들 모두는 둥근 공처럼 생긴 별에 산다. 만난다, 어디에선가.

—허수경, 같은 책, 뒤표지글

나는 뒤로 가는 사람을 볼 때마다 돌아가고 싶은 곳을 생각한다. 뒤로 걸어서라도 돌아가고 싶은 곳, 돌아가고 싶은 시절, 뒤로 걸으면 돌아갈 수도 있을 것 같다.

—이윤학 산문집 『환장』, 43면(랜덤하우스중앙 2005)

허수경이 시집 1부에서 시를 각각 표준어와 고향 진주말로 써서 대비시킨 것은 삶의 원리가 순환의 리듬으로 되어 있음을 모국어 실험을 통해 보여준 사례이다. 그가 세계를 솥에 넣고 끓일 때 "먼 나라에서 온 악기쟁이들을 불러다놓고 끓"여야(「흰 부엌에서 끓고 있던 붉은 국을 좀 보아요」) 하는 까닭은 리듬이 삶의 원초적인 감각이기 때문이다. 많은 시에서 어미가 '~하지요' 등으로 마무리되는 이유 역시 리듬 속에 삶의 맨얼굴이 들어 있기 때문이다. 시인은 역사의 지층을 파헤쳐서 우리 시대의 표정과 연결하듯이 표준어라는 언어의 지층 밑에서 '감자알'과 같이 살아 있는 우리 본래의 언어를 발굴해낸다. 그러니 여성시인 허수경에게 뒤로 가는 실험은 앞으로 가는 실험과 비교해서 별반 차이가 없다. 왜냐하면 "둥근 공처럼 생긴 별"에서 사는 우리들은 어떻게 하든 "만난다, 어디에선가".

그러나 남성시인 이윤학(李允學)에게는, 최근 시집『그림자를 마신다』(문학과지성사 2005)의 "언어는 정신까지 가기 위한 도구일 뿐이다"라는 말(뒤표지글)과 위 인용문을 참조한다면, '언어는 철저히 뒤로 가기 위한 실험일 뿐이다'.

오리가 쑤시고 다니는 호수를 보고 있었지.
오리는 뭉툭한 부리로 호수를 쑤시고 있었지.
호수의 몸속 건더기를 집어삼키고 있었지.
나는 당신 마음을 쑤시고 있었지.
나는 당신 마음 위에 떠 있었지.
꼬리를 흔들며 갈퀴손으로
당신 마음을 긁어내고 있었지.
　　(…)
나는 당신 마음 위에서 자지 못하고
수많은 갈대 사이에 있었지
갈대가 흔드는 칼을 보았지.

칼이 꺾이는 걸 보았지.

내 날개는

당신을 떠나는 데만 사용되었지.

———이윤학 「오리」 부분(『그림자를 마신다』)

    이윤학은 진술의 폐해를 생리적으로 체득하고 있는 경우에 속
한다. 철저히 대상을 투시하여 아픔을 생각하고, 결국 아픔의 맨
밑바닥에 닿아서야 비로소 자신이 누군가를 사랑했다고 말하는
지독한 면모를 지니고 있다. 아니, 그는 바닥에 닿았다고 사랑이
완성됐다고, 끝났다고 하지 않는다. 그가 세상을 최고로 사랑하
는 방법은 그가 만난 세상의 온갖 상처를 들춰내고, 나아가서 아
물고 있는 고통마저 들쑤시는 것이기 때문이다.

    이 시는 여러면으로 그의 대표작 중의 하나, "하루종일,/내를
따라 내려가다보면 그 저수지가 나오네/내 눈 속엔 오리떼가 헤
매고 있네"로 시작되는 「저수지」(『붉은 열매를 가진 적이 있다』, 문학
과지성사 1995)를 떠올려준다. 이 두 시의 시적 공간에서 보면 '저
수지→호수'로 바뀌어 있지만 하강의 이미지는 유사하다. 먼저
「저수지」를 보자. "물결들만 없었다면" "속까지 다 보여주는 거
울"이었을 저수지의 바닥을 헤집고 들어가는 것은 '돌'이다. 따라
서 '돌'은 저수지에 떨어지고 있는 것이 아니라 저수지, 즉 거울
에 비친 풍경 속으로 떨어진다.

    이번 시집의 「오리」가 공간의 유사성을 제외하고 「저수지」와

다른 점이 있다면, 「저수지」에서는 수동적으로 묘사됐던 '오리'가 주체적 역할을 맡고 있다는 점이다. 이 시의 '오리'는 사실 「저수지」의 '돌'이다. 비유하자면 배우는 다르지만 맡고 있는 배역은 같다. 다만 무생물인 '돌'이 하강의 역동성 측면에서 수동적인 반면 생물인 '오리'는 적극적이라는 점이 다르다. 화자 역시 「저수지」에서와는 달리 대상, 즉 '당신'과 일체가 되기 위해 '오리'처럼 능동적인 모습을 보인다. 그래서 뭉툭한 부리로 끊임없이 호수의 바닥을 '쑤시고' 있는 오리가 화자의 다른 모습임을 쉽게 알 수 있다. '호수의 몸속 건더기'를 찾기 위해 부단히 노력하는 오리의 운동성은 "너무 깊고 넓게 퍼져" 있는 '당신'의 마음을 탐사하는 화자의 절실함과 맞닿아 있다. 그러므로 "내 날개는/당신을 떠나는 데만 사용되었지"는 비극적 결말이 아니다. 오히려 상처받은 영혼이 바닥까지 비집고 들어가서야 만난 사랑의 실체이다. 그것은 더이상 후진할 데가 없을 때까지 뒤로 가는 실험을 펼친 시인이 건져낸 생각의 본체이다. 그는 스스로를 들쑤시고 대상을 들쑤셔 떠남으로써 완성되는 빛나는 사랑의 날개를 얻으려 한다. 때문에 '돌'이나 '오리'는 사랑을 완성하기 위한 영혼의 추(錘) 역할을 한다. 이윤학은 그 추에 자신의 상처와 사물을 달아놓고 한쪽으로 기울지 않는 묘사의 시학, '응축의 시학'을 펼쳐 보인다. 비유한다면 그는 독사처럼 머리 치켜든 비애와 늘 맞서고 있지만 그 머리를 베어버리지 못한다.

내게는 그 이율배반이 두 가지 의미로 다가온다. 하나는 그가

'망가진 육체의 옷가지'인 이 세상의 가난한 모든 것들의 흔적을 지독하리만치 끈질긴 응시의 미학으로 복각해낸다는 점이다. 그리고 두번째는 이 차가운 바라봄의 미(美) 속에 그 누구보다 따뜻한 연민의 정서가 자리잡고 있다는 점이다. 그래서 이번 시집에서는 생의 희망에 대한 잔잔한 성찰이 큰 비중을 차지하고 있다. 가령 "민들레꽃 진 자리/환한 행성"에서 꽃씨들이 "햇빛 에너지를/충전하고 있"다면서 "뿔뿔이 흩어질/꽃씨들의/여러 터진 마음이 있어" 민들레가 "높이 안테나를 세"운다는(「민들레」) 상상력이 그렇다. 하지만 여전히 그의 시에서는 첫번째에 해당되는 '뒤로 가는 실험'이 지배적인 요소를 차지하고 있는데, 이것은 반복되다보면 습관이 될 수 있다.

> 너라는 존재
> 무수히 위장 속에 침을 놓고
> 떠날 때까지
> 하루 종일 귤만 까먹었다
> ──「하루 종일 귤만 까먹었다」 부분(『그림자를 마신다』)

이렇듯 대상을 떠나기 위해 "구역질이 쉬지 못하도록/손톱 속이 노래지도록/하루 종일 귤만 까먹"다가는 그 연민이 원한이 될 수도 있다. 이러한 사물과 인간을 바라보는 습관이 굳어지면 '아플 때만 다녀가는 이미지'는 그의 추억과 기억 속에 유폐된 화석이 되어버린다.

　시인은 폐허 속에서 발견된 부장품을 가지고 상처받은 마음을 위로할 줄 아는 악기, 즉 상징을 만드는 이가 아닐까. 상징은 결국 '뒤로 가는 실험'이라는 전(前)영혼과 '앞으로 가는 실험'이라는 현(現)영혼이 섣불리 목적의식이나 유폐, 피안으로 떨어지지 않게끔 서로 강력하게 결합되어서 독자들로 하여금 '숨을 잘 쉬게', 구원에 대한 예감을 꿈꾸게 하는 것이라고 할 수 있다.

　나는 결국 바슐라르의 충고를 따라 이 계절에 나온 문예지와 시집 들을 되도록 천천히 읽고 몇편의 아름답고 절실한 상징들과 조우하게 되었다. 그러고 보면 문예지나 문학출판사에서 할 일은 시와 시집들을 신중하게 세상에 내놓는 일이다. 독자가 말의 홍수 속에서 길을 잃지 않도록, 그리고 그 안에 생명을 잉태할 소중한 강줄기를 이루는 시인들의 목소리가 제대로 들리도록 말이다.

아름다움에 허기지다

초판 1쇄 발행/2007년 1월 31일

지은이/박형준
펴낸이/고세현
책임편집/박신규
펴낸곳/(주)창비
등록/1986년 8월 5일 제85호
주소/413-756 경기도 파주시 교하읍 문발리 513-11
전화/031-955-3333
팩시밀리/영업 031-955-3399 · 편집 031-955-3400
홈페이지/www.changbi.com
전자우편/literat@changbi.com
인쇄처/한교원색

ⓒ 박형준 2007
ISBN 89-364-7124-4 03810